BEATE BAUM
Weltverloren

ALLES VERLOREN Winter in Dresden. Journalistin Kirsten Bertram liegt im Krankenhaus. Dort lernt sie Marianne »Ännchen« Kulka kennen, die von der Familie Erich Kästners abstammt, jedoch kaum etwas über den Schriftsteller weiß. Die 19jährige ist streng religiös erzogen, was mit ihrer natürlichen Lebensfreude, Wissbegierde und Offenheit kollidiert. Als Ännchen aus der Klinik entlassen wird, beschließt sie ihr Leben radikal zu ändern. Sie zieht von zu Hause aus, informiert sich im Erich Kästner Museum über das Leben des Autors und schließt sich einer Initiative an, die den Ausbau der Königsbrücker Straße in der Dresdner Neustadt verhindern will. Doch dann wird die Leiche eines jungen Mannes gefunden: Kevin Sunders, Praktikant des Erich Kästner Museums. Ännchen war in seiner WG untergekommen und wird verdächtigt, ihn nach einem Streit getötet zu haben. Kirsten hingegen ist von ihrer Unschuld überzeugt und beginnt auf eigene Faust zu ermitteln ...

© Thomas Bertrams

Beate Baum wurde 1963 in Dortmund geboren. Nach Abschluss des Literaturwissenschaftsstudiums arbeitete sie bei verschiedenen Tageszeitungen. Mitte der 90er-Jahre zog es sie nach Liverpool; bis heute ist sie nicht nur für Reisereportagen häufig in Großbritannien unterwegs. Ihre Musikbegeisterung lebt sie in ihrer Wahlheimat Dresden auch als Kritikerin aus.

Bisherige Veröffentlichungen im Gmeiner-Verlag:
Tod in Silicon Saxony (E-Book Only, 2015)
Dresdner Geschäfte (E-Book Only, 2015)
Mörderische Hitze (E-Book Only, 2015)
Die Ballade von John und Ines (2015)
Ruchlos (2009)
Häuserkampf (2008)

BEATE BAUM
Weltverloren
Kriminalroman

Die automatisierte Analyse des Werkes, um daraus
Informationen insbesondere über Muster, Trends und
Korrelationen gemäß § 44b UrhG (»Text und Data Mining«)
zu gewinnen, ist untersagt.

Bei Fragen zur Produktsicherheit gemäß der Verordnung
über die allgemeine Produktsicherheit (GPSR) wenden Sie
sich bitte an den Verlag.

Spannung pur – mit unserem Newsletter informieren wir Sie
regelmäßig über Wissenswertes aus unserer Bücherwelt.

Gefällt mir!

Facebook: @Gmeiner.Verlag
Instagram: @gmeinerverlag
Twitter: @GmeinerVerlag

Besuchen Sie uns im Internet:
www.gmeiner-verlag.de

© 2010 – Gmeiner-Verlag GmbH
Im Ehnried 5, 88605 Meßkirch
Telefon 07575/2095-0
info@gmeiner-verlag.de
Alle Rechte vorbehalten

Lektorat: Claudia Senghaas, Kirchardt
Herstellung/Korrekturen: Julia Franze / Doreen Fröhlich
Umschlaggestaltung: U.O.R.G. Lutz Eberle, Stuttgart unter
Verwendung eines Fotos von: timbec / photocase.com
Druck: Libri Plureos GmbH, Friedensallee 273,
22763 Hamburg
Printed in Germany
ISBN 978-3-8392-1077-2

Personen und Handlung sind frei erfunden. Ähnlichkeiten mit lebenden oder toten Personen wären rein zufällig und sind nicht beabsichtigt.

Während alle Informationen über Erich Kästner und die Familie seines Onkels Franz Augustin Kästners Buch ›Als ich ein kleiner Junge war‹ (Atrium Verlag Zürich 1996) und der anerkannten Sekundärliteratur (vor allem: Sven Hanuschek: Erich Kästner, rororo monographie, Reinbek 2004) entnommen wurden, ist die Familie Marianne Kulkas frei erfunden.

Ebenso ist die Dresdner Adventistengemeinde ein Produkt der Fantasie der Autorin. Was die Glaubensgrundsätze dieser christlichen Gemeinschaft angeht, so sind sie aus diversen seriösen Quellen zusammengestellt.

1. KAPITEL

Ich konnte nicht weinen. Vielleicht lag es an den Medikamenten, die man mir gegeben hatte. Keine Schmerzen und keine Tränen. Vermutlich sollte ich froh darüber sein. Die etwa 30-jährige Frau im Bett neben mir schluchzte pausenlos. Ich wusste nicht, was ihr zugestoßen war, bislang hatte ich nur das Nötigste mit den Ärzten und Schwestern gesprochen. Keine Konversation, bloß das nicht.

Draußen schien eine blasse Morgensonne; die Luft, die durch das gekippte Fenster hereindrang, war eisig kalt. Ich steckte beide Arme unter die Decke und legte die Hände auf meinen Unterleib, wie so oft in den vergangenen 23 Wochen. Die Wölbung war fast verschwunden, der Bauch fühlte sich wieder nahezu flach an. Mit vorsichtigen Bewegungen streichelte ich den Baumwollstoff des Nachthemds, starrte dabei an die Neonröhre über mir.

»Was machst du denn für Sachen, Kicki?« Dale war neben meinem Bett aufgetaucht. Ich hatte nicht bemerkt, dass er das Zimmer betreten hatte. Er sah müde aus. Als er sich herabbeugte und mir einen Kuss auf die Wange gab, roch ich den kalten Qualm, der ihm anhaftete wie eine zweite Haut. Übelkeit stieg in mir auf wie eine Erinnerung.

Wieso war er hier? Warum nicht Andy?

»Es war ein Junge.« Ich räusperte mich, war nicht sicher, ob ich die Worte gesagt hatte, wiederholte sie.

Dale nickte. »Ich weiß. Es tut mir so leid.« Seine dunklen Augen schimmerten.

»Es war alles in Ordnung. Immer. Bei jeder Kontrolle. Die Fruchtwasseruntersuchung haben wir nicht machen lassen. Ich habe keinen Tropfen Alkohol getrunken, mich gesund ernährt, ich hatte keinen Stress. Alles war wunderbar.« Ich brach ab, als meine Stimme schrill wurde. Dabei hatte ich das Gefühl, etwas Schreckliches zu berichten, das jemand anderem passiert war. Meine Augen blieben trocken. »Gestern Morgen dann auf einmal diese Krämpfe. Ich war noch zu Hause. Krämpfe und Blut und –«

Dale setzte sich auf die Bettkante.

»Ich hab gleich den Rettungsdienst angerufen und Andy in der Redaktion. Und wir waren superschnell hier. Aber ...« Ich drehte den Kopf weg. »Wo ist Andy jetzt? Warum ist er nicht hier?«

»Andreas kommt gleich. Alles in Ordnung.«

»Aber was – wieso?« Ich bemerkte, dass das junge Mädchen in dem Bett mir gegenüber den Blick vom Fernseher abgewandt hatte und fasziniert zu uns herschaute.

»Reg dich nicht auf. Die Ärzte haben ihn gestern irgendwann weggeschickt.« Ich nickte. Halb unterbewusst hatte ich noch mitbekommen, wie Andy die Tränen über die Wangen liefen, als er mich umarmte, bevor er den Raum verließ. »Danach hat er sich fürchterlich besoffen, ist zurück hierher und wollte unbedingt wieder zu dir.« Dale strich über meinen Arm. »Als es ihm verweigert wurde, hat er so lange randaliert, bis sie die Polizei gerufen haben.«

»Was?«

»Auf der Wache hatte er einen lichten Moment und hat darum gebeten, mich anzurufen.«

»Aber warum dich?«, unterbrach ich ihn. Dale war mein Exfreund, und das Verhältnis der beiden Männer nicht unproblematisch.

»Wegen meiner Kontakte zur Polizei?« Er zuckte die Schultern. »Weil ihm niemand sonst eingefallen ist mitten in der Nacht? Auf jeden Fall hat es funktioniert. Ich durfte ihn mitnehmen, weil ich versprochen habe, dass er erst wieder im Krankenhaus auftaucht, wenn er nüchtern ist.«

»Verstehe.« Die Frühstückstabletts waren schon vor Dales Ankunft abgeholt worden. Es musste fast neun sein. Wieder traf mein Blick den neugierigen des Mädchens und ich hätte sie am liebsten zusammengeschrien. »Schön, dass du gekommen bist«, wandte ich mich stattdessen wieder an den Mann, den ich vor vier Jahren für meinen chaotischen Kollegen verlassen hatte.

»Andreas wird auch gleich hier sein«, entgegnete er. »Ich hab ihn dazu verdammt, erst noch zu duschen und sich zu rasieren, damit die Schwestern ihn reinlassen. Aber er ist bestimmt schon auf dem Weg.«

*

Es dauerte noch über eine Stunde, bis Andy kam. In der Zwischenzeit hatte Dale sich verabschiedet und der Oberarzt mir bei der Visite versichert, dass ich den Abortus körperlich gut überstanden hatte. Dem jungen Mädchen war eingeschärft worden, nicht aufzustehen, und die Frau neben mir sollte eine höhere Dosis irgendwelcher Tropfen bekommen – vermutlich Beruhigungsmittel. Meine Frage, wann ich nach Hause konnte, war vage mit »in ein paar Tagen« beantwortet worden.

Wirklich nüchtern schien Andreas noch immer nicht zu sein. Seine grünen Augen waren nicht halb so strahlend wie sonst, die Bewegungen wirkten fahrig. Geduscht hatte er, rasiert war er auch. Er verströmte den frischen Zitrusduft seines Shampoos und den herb-süßlichen des Rasierwassers, aber als er mich küsste, meinte ich, durch die Zahnpasta hindurch Whisky zu schmecken. Trotz der Kälte draußen sandte seine Haut fiebrige Hitze aus.

»Ich wollte nicht gehen gestern«, war das Erste, was er sagte.

»Ich weiß. Komm her.« Ich zog ihn wieder zu mir herunter, hielt ihn ganz fest. Er drückte sein Gesicht an meins, und ich fühlte seine Tränen auf meiner Haut.

»Warum bloß? Warum? Warum? Warum!« Die Worte waren ein einziger Schmerzenslaut.

Ich streichelte seine noch feuchten, kurzen Haare und musste auf einmal daran denken, wie ich ihm gesagt hatte, dass er Vater werden würde. Zuerst war er geschockt gewesen, dann unendlich glücklich. In den folgenden Wochen und Monaten war er mit mir schwanger. Aß viel zu viel, verzichtete aber ebenfalls auf den Alkohol. Wurde fast so dick wie ich. Erst vorgestern hatte ich ihn – halb im Spaß, halb im Ernst – daran erinnert, dass bei mir ein Großteil des Gewichts nach der Geburt verschwunden sein würde. Er hatte etwas von ›Ungerechtigkeit‹ gemurmelt und am nächsten Morgen – gestern – auf das Frühstück verzichtet.

Vermutlich hatte er anschließend den ganzen Tag nichts gegessen, sondern nur getrunken. Dabei hatte er zunächst so schnell und umsichtig gehandelt, wie es nur möglich war, und die ganze Zeit sehr gefasst gewirkt. Erst als er gehen musste, war sein tiefer Schmerz zum Vorschein gekommen.

Jetzt, nachdem alles zu spät war, wusste ich nicht, wie ich ihn trösten sollte. Wie, wenn ich selbst nichts fühlte?

Keine Schmerzen und keine Tränen.

*

»Sie sind Journalistin?« Das Mädchen hatte die Lehne seines Bettes hochgestellt und blickte mich mit großen braunen Augen an.

»Bei der Dresdner Zeitung«, antwortete ich bloß.

Ich hatte keinen anderen Weg gewusst, Andreas zu beruhigen, als über unsere Arbeit zu sprechen, die Lokalredaktion, die er leitete und zu der er nun auf dem Weg war. Er musste sich in den Job stürzen, so würde er wieder Boden unter den Füßen spüren, da war ich mir sicher.

Die Jugendliche hatte – natürlich – unser Gespräch mitbekommen.

»So etwas würde ich auch gerne machen«, sagte sie mit einem kleinen dramatischen Seufzer. »Ich habe schon immer gern geschrieben.«

»Dann tun Sie es doch«, entgegnete ich und griff nach der Zeitschrift, die Andy mir auf meinen Wunsch hin noch gekauft hatte. Ich hatte keine Arbeit, um mich abzulenken, ich hatte diesen Teenager, der mit mir redete, auch wenn ich nichts als Ruhe wollte. Die Frau im Bett nebenan schlief jetzt, nachdem sie ihre erhöhte Medikamentendosis bekommen hatte. Nur ab und zu stöhnte sie noch auf.

»Daraus wird nichts.« Das Mädchen ließ sich nicht abschrecken. Mit einer Geste, die mir selbst so vertraut geworden war, strich sie sich über ihren bislang kaum gewölbten Bauch. »Ich bekomme das Kind und wenn es da ist, werde ich mich darum kümmern.«

»Aber –« Zum Glück wurde in diesem Moment der Wagen mit den Mittagessen hereingerollt. Eigentlich wollte ich überhaupt nicht wissen, warum das junge Ding keine andere Zukunft für sich sah, als ihr Kind zu versorgen.

Ich stocherte in dem Kochfisch herum, aß den grünen Salat. Wieder traf mein Blick den des Mädchens.

»Sie mögen wohl keinen Fisch? Bei uns gibt es ganz oft welchen.«

»Soll ja gesund sein.«

»Ich mag ja auch lieber Broiler, oder«, sie kicherte albern, »Bratwurst. Aber Mami sagt, dass Schweinefleisch unrein ist. Fisch nicht. Fisch ist rein.«

Unrein? Rein? War sie Muslimin? Oder Jüdin?

»Hmm«, machte ich, in der Hoffnung, dass sie das ruhigstellen würde. Ein paar Minuten lang schien sie sich auf ihr Essen zu konzentrieren. Als sie den größten Teil verdrückt hatte, begann sie jedoch von Neuem.

»Sind Sie mit dem blonden Mann verheiratet?«

»Nein. Mit dem dunkelhaarigen auch nicht. Ich bin nicht verheiratet.« Ich begann, den Pudding zu essen.

»Oh.«

Sie guckte tatsächlich irritiert. Das konnte doch nicht wahr sein, dass es heute noch Menschen gab, die davon ausgingen, dass man verheiratet war, wenn man ein Kind bekam – Menschen, die halb so alt waren wie ich.

»Und denken Sie –« Das Mädchen brach ab.

Der Arzt hatte gesagt, ich könnte versuchen aufzustehen. Vielleicht schaffte ich es bis in die Cafeteria, um dort einen Kaffee zu trinken. Oder etwas Stärkeres …

»Denke ich was?«

»Sie haben doch Ihr Kind verloren, oder?« Wie ein verschrecktes Kaninchen schaute sie mich an.

»Ja.«

Die Frau neben mir stöhnte laut auf und begann nun doch wieder zu schluchzen.

»Dass es Gottes Wille war, dass Sie es nicht bekommen, weil Sie in Sünde –«

Wieder verstummte sie und ich fragte nicht nach, sondern drückte mich entschlossen aus dem Bett. Ich wankte, der Kreislauf spielte verrückt und jetzt schmerzte auch der Unterleib, aber es war auszuhalten. Bloß raus hier!

Einer der Schränke musste meiner sein, dort sollte ein Bademantel hängen. Andy hatte irgendwann am Vortag eine Tasche mit dem Nötigsten von zu Hause geholt. Während ich nach dem gelben Frotteestoff griff, schossen mir endlich die Tränen in die Augen.

»Es tut mir leid, hören Sie! Bitte – soll ich eine Schwester rufen?«

Die Schwester stand in diesem Moment schon im

Zimmer, wahrscheinlich wollte sie die Tabletts abräumen.

»Was machen Sie denn da? Müssen Sie auf die Toilette?«

Ich nickte, drängte die Tränen zurück.

»Warum haben Sie nicht geklingelt? Warten Sie, ich helfe Ihnen.«

Im Bad ließ ich mich auf das Klo sinken und heulte wie ein Schlosshund. Vergeblich versuchte ich, die Laute zu unterdrücken, beugte mich schließlich vor und drehte den Wasserhahn auf. Ich legte das Kinn auf die kühle Keramik des Waschbeckens, hielt eine Hand unter den Strahl. Vergeblich fragte ich mich, warum ausgerechnet diese dumme Äußerung des Teenagers den Schmerz freigelegt hatte. Ich wusste nicht, ob es einen Gott gab oder nicht, war mir jedoch sehr sicher, dass es ihm – falls er existierte – egal war, ob Menschen verheiratet waren, solange sie anständig miteinander umgingen.

Ich wollte zurück ins Zimmer gehen und dieses dumme Kind schütteln, sie fragen, woher sie solche Ideen hatte. Ich wollte weg, weg von ihr und aus diesem Krankenhaus heraus. Ich blieb sitzen.

Ein Klopfen an der Tür, die danach, ohne meine Antwort abzuwarten, einen Spalt weit geöffnet wurde. Das schmale, hübsche Gesicht des jungen Mädchens erschien, umrahmt von blonden Locken. Sie sah regelrecht verzweifelt aus.

»Entschuldigen Sie, bitte! Ich hätte das nicht sagen dürfen. Glauben Sie mir, ich wollte nicht –«

»Du sollst doch im Bett bleiben, wenn ich das richtig mitgekriegt habe«, sagte ich müde. Wann hatte ich eigentlich damit begonnen, diesen seltsamen Teenager zu duzen?

Ich stand langsam auf und griff nach einem Handtuch, das ich als meines erkannte, trocknete meine Hand ab. Beim unbeabsichtigten Blick in den Spiegel registrierte ich, wie gesund meine rotbraunen Haare glänzten, wie voll mein Gesicht war. Nur die Augen wirkten so, als hätte ich nicht wenige Minuten, sondern viele Stunden geweint. Ich drehte mich um und machte einen Schritt auf die Kleine zu, schob sie zurück in das Krankenzimmer.

»Verzeihen Sie mir?« Sie wand sich unter meinem Griff hervor, und ich bemerkte, dass sie ein Hello-Kitty-Nachthemd trug, ganz in Pink. Sie sah aus wie 12.

»Ja, alles in Ordnung«, konnte ich gerade noch sagen, als die Tür geöffnet wurde und ein Paar Anfang, Mitte 40 den Raum betrat.

»Ännchen, du musst doch im Bett bleiben!«

Die Frau beschleunigte ihren Gang, als sie uns vor dem Badezimmer bemerkte. Sie trug Jeans und eine modische enge Strickjacke und ähnelte Nicole Kidman. Der Mann neben ihr fühlte sich unwohl in dieser Umgebung, das spürte man. In seinen Jeans und dem Holzfällerhemd wirkte er wie ein durchtrainierter Cowboy. Beide sahen ebenso wie ihre Tochter nicht im Entferntesten so aus, wie ich mir Menschen vorstellte, für die eine Partnerschaft ohne Trauschein Sünde war.

»Mami! Papi! Ich wusste gar nicht, dass ihr heute kommt.« Ännchen fiel ihrer Mutter um den Hals, ließ sich von ihr zum Bett geleiten.

Ich schaffte die wenigen Schritte zu meinem ohne Probleme.

»Wir können dich doch nicht so lange alleine lassen. Dann siehst du dir ja nur lauter dumme Dinge im Fernsehen an.«

Der Tonfall war der einer strengen Gouvernante, seltsam allemal bei einer so jungen Mutter einer Teenager-Tochter. Mit einem leisen Seufzer ließ ich mich auf mein Bett fallen, zog die Decke über mich und schloss die Augen, versuchte, das Gespräch wenige Meter entfernt auszuklammern. Was natürlich nicht gelang.

Ich bekam mit, dass der Vater – anscheinend ein Tischler – Vertriebswege für seine Möbel suchte; erfuhr, dass die Adventjugend Ännchen herzlich grüßen ließ und ihr ein selbstgemachtes Heft mit Losungen mitschickte. Hörte mir den Spruch für diesen verfluchten Donnerstag an: ›Glaubt Ihr nicht, so bleibt Ihr nicht‹. Konnte nicht umhin, darüber nachzudenken, was das bedeuten sollte, während Ännchens Mutter erzählte, dass sie für den Bibelkreis am nächsten Tag etwas über die Zerstörung von Sodom und Gomorrha vorbereitet habe.

Die Großmutter litt unter dem ungewöhlich kalten Winter, weshalb sie ihre Enkelin bislang noch nicht besucht hatte. Ein Sven tauchte auf, der jedoch keine besondere Rolle zu spielen schien. Endlich dämmerte ich weg und wurde erst wieder wach, als Ännchens Eltern aufbrachen. Danach stellte ich mich schlafend, um weiteren Gesprächen zu entgehen.

Abendessen um halb sechs – ich hatte vergessen, wie früh die Mahlzeiten in Krankenhäusern verabreicht wurden. Noch immer hatte ich kaum Appetit, aß eine halbe Scheibe Brot und wollte den Fernseher einschalten, was aber nicht ging.

»Sie müssen sich erst anmelden. Für Fernsehen und Telefon«, informierte Ännchen mich.

»Was?«

»Sie können es der Schwester sagen. Die erledigt das.«

»Ach, nicht so wichtig.«

Ich lehnte mich zurück und wollte wieder die Welt durch das Schließen meiner Augen ausblenden. Doch das Mädchen plapperte weiter: »Zu Hause haben wir gar keinen Fernseher, und hier hat Mami immer Angst, dass ich etwas sehe, was mich verdirbt. Sie wissen schon –« Ich wusste nicht und ich reagierte nicht. »Aber anmelden durfte ich es, sonst ist es ja auch zu langweilig.«

Ich nickte kaum merklich und nahm meine Zeitschrift zur Hand. Ännchen schwieg eine Weile, dann fragte sie leise, ob ich ihr wirklich nicht mehr böse sei.

»Nein«, murmelte ich.

Die Frau neben mir war zum Essen kurz wach gewesen, jetzt schien sie wieder zu schlafen. Ab und an schluchzte sie noch auf. Ännchen sah fern, mit Kopfhörern, sodass es halbwegs ruhig war im Raum. Hinter den Fenstern herrschte tiefste Dunkelheit, ein Spiegelbild meines Innern. Ich wusste nicht, ob Andy heute noch einmal zu Besuch kommen würde. Ich hätte es mir gewünscht, war auch davon ausgegangen; es konnte aber gut sein, dass er das Krankenhaus nicht mehr ertragen konnte. So wie ich ja auch.

Es war schon kurz nach acht, als eine vierte Frau in das Zimmer geschoben wurde, mit einem Tropf an ihrer Seite durch einen Schlauch verbunden. Sie schien noch narkotisiert zu sein, dennoch stöhnte sie laut und anhaltend. Ich lag in meinem Bett und starrte an die Decke, schließlich fasste ich einen Entschluss und stand mühsam auf.

Im Bademantel ging ich zum Schwesternzimmer. Dort saß ein junger Mann über eine Akte gebeugt. Ich teilte ihm mit, dass ich auf eigene Verantwortung entlassen werden wollte. Er schaute mich unwillig an, wies auf einen Stuhl am Kopfende des Schreibtisches und sagte, er würde den diensthabenden Doktor holen.

»Sie könnten sterben. Sie könnten nie wieder Kinder bekommen«, herrschte die ältere Ärztin mich an, die kurz darauf das Schwesternzimmer betrat, und musterte mich streng.

Ich dachte, dass sie diese Schreckens-Szenarien der Dramaturgie halber in umgekehrter Reihenfolge hätte anführen müssen, war aber alles andere als stolz auf mich. Solche Aktionen passten zu Andy, nicht zu mir. Mein Wunsch nach Alleinsein war jedoch so übermächtig, dass er alle Vernunft übertönte. Ich erwiderte nichts, sondern wartete nur darauf, die Papiere zu unterzeichnen. Anschließend bat ich darum, einen Anruf machen zu dürfen. Die Ärztin verschwand ohne weiteren Kommentar.

Bei uns zu Hause sprang der Anrufbeantworter an, in der Redaktion meldete sich Jonas, der hörbar unfähig war, zu reagieren. Er stammelte, wie leid es ihm tat, und dass Andreas bereits vor einer Stunde Feierabend gemacht hätte.

»Martin meinte, er sollte lieber zu dir ins Krankenhaus fahren. Ist er, ich meine – ?«

»Er kommt bestimmt gleich«, beruhigte ich den jungen Kollegen, lächelte den Pfleger vage an und wählte nochmals neu, bestellte mir ein Taxi.

*

Böhmische Straße. Im Herzen der Dresdner Neustadt. Gruppen junger Leute zogen über den Bürgersteig, auf dem Weg in die nächste Kneipe, ein Kino, einen Club. Ich bezahlte den Taxifahrer und schloss die Haustür auf, machte mich daran, das zweite Stockwerk zu erklimmen.

Die Wohnung war still, der Flur bis auf das durch die offen stehende Küchentür fallende Licht der Straßenlaterne dunkel. Ich stellte meine Tasche ab, zog den Mantel aus und lehnte mich an die Wand, um kurz Luft zu holen, schaute dann ins Wohnzimmer.

Es sah aus wie ein Schlachtfeld. Die Bücher über Schwangerschaft und Geburt, die ich in den vergangenen Wochen gelesen hatte, lagen auf dem Parkett verstreut, bei den Taschenbüchern waren Einbände zerrissen, die gebundenen Ausgaben anscheinend mit aller Kraft gegen die Wand geworfen worden. Dabei war eine gerahmte Fotografie – eine von mir gemachte Nachtaufnahme von London – herunter gefallen, die Glasscherben sprenkelten den Boden. Vor dem Sofa lag eine leere Whisky-Flasche.

Die Küche war unberührt. Im Arbeitszimmer – das in den nächsten Wochen zum Kinderzimmer hatte umgestaltet werden sollen – saß Andreas vor seinem Rechner und starrte auf einen Text. Er reagierte nicht, als ich hineinkam. Ich legte ihm die Hand auf die Schulter.

»Ich wollte kommen, aber ich muss doch auch endlich mal die Reportage über die Arbeitsbedingungen in Kitas fertig kriegen«, sagte er, ohne mich anzublicken.

»Du musst dich nicht entschuldigen.«

»Ich hab nichts getrunken.«

Trotz der geschlossenen Fenster drang ein lautes Johlen von der Straße herein.

»Gut. Aber ich brauche jetzt etwas.«

Endlich stand er auf und nahm mich in den Arm. Zitterte er oder ich?

»Leg dich hierhin. Im Wohnzimmer sieht es grässlich aus.«

Ich ließ mich auf das Sofa sinken, auf dem wir unsere Übernachtungsgäste unterbrachten. Andy holte eine Wolldecke, hielt mit der linken Hand fragend eine Flasche Cognac hoch.

»Der Whisky ist alle.«

Ich nickte bloß, er verschwand noch einmal und kehrte mit einem Schwenker zurück, goss mir ein. Dann hockte er sich vor das Sofa auf den Boden, drehte mir den Rücken zu. Das einzige Licht im Raum war der Bildschirm, auf dem der Cursor blinkte. Ich nippte an dem Weinbrand. Nach den Monaten ohne Alkohol erschien mir der Geschmack beißend scharf, aber ich genoss die Wärme, die sich nach dem ersten richtigen Schluck in mir ausbreitete.

»Du solltest nicht gerade über Kitas schreiben.«

Er nickte bedrückt. »Vermutlich nicht.«

Lange Zeit schwiegen wir beide. Ich lauschte auf die Geräusche der Stadt und das leichte Surren des Rechners, spürte Andys Schultern an meinen Knien und war froh, hier zu sein. Der Bildschirmschoner schaltete sich ein und schickte den Cartoon eines Rockgitarristen in die Endlos-Schleife.

»Wir können es wieder versuchen«, sagte ich schließlich.

»Ja«, antwortete Andreas nach einer ganzen Weile.

2. KAPITEL

Ich schlief bis weit in den Vormittag des nächsten Tages hinein und wäre wahrscheinlich noch länger im Reich des Vergessens geblieben, wenn ich nicht irgendwann registriert hätte, dass Andreas wiederholt ins Schlafzimmer kam.

»Ich habe das Gefühl, ich sollte Fieber messen.« Er war neben dem Bett in die Hocke gegangen, strich mit dem Handrücken über meine Stirn. Seine lag in Falten.

Ich schüttelte den Kopf, meine langen Haare hingen strähnig ins Gesicht. »Kein Fieber.«

»Dann komm frühstücken. Ich hab schon eingekauft – so ziemlich alles, was du gern magst.«

Andy sollte in der Redaktion sein, dachte ich, aber auf meine Frage machte er bloß eine unbestimmte Handbewegung. Ich hatte noch immer keinen Appetit, aber ich tat ihm den Gefallen, zog den Bademantel über, band die Haare zum Zopf zusammen und folgte ihm in die Küche. Dort wartete auf einem Teller hauchdünn geschnittener Serranoschinken neben geräucherter Leberwurst und Hausmacher Sülze; Walnusskäse und Knoblauch-Camembert lagen lose neben dem Nutella-Glas.

»Tu das weg, bitte!«

»Was?«

»Das Nutella. Ich habe das doch nie gegessen. Das war doch bloß …«

Ich konnte die nassforsche schwarz-rote Aufschrift nicht ansehen. Mir war, als würde sie mich verhöhnen.

»Mein Gott, ja. Entschuldigung.« Andy stopfte das Glas in einen Hängeschrank.

»Nicht so schlimm.« Drehte ich jetzt durch? »Haben wir noch Marmelade?«

»Klar.«

Er holte Erdbeerkonfitüre aus dem Kühlschrank und ich bestrich eine Brötchenhälfte damit.

»Kaffee?«

»Ja, bitte.«

Andreas füllte die Steingutbecher, setzte sich endlich zu mir und nahm sich ebenfalls ein Brötchen, belegte eine Hälfte mit Schinken.

»Mir kann es ja nur gut tun, wenn das süße Zeug nicht in Reichweite steht«, sagte er mit dem Versuch eines Lächelns.

Er sah sehr viel besser aus als gestern. Zwar hatte er Schatten unter den Augen – er schien deutlich weniger geschlafen zu haben als ich – wirkte aber insgesamt gefasst. Die fiebrige Verzweiflung war verschwunden.

»Genau. Dich setzen wir jetzt erst mal auf Diät.« Meine Stimme klang gewollt flapsig. »Keine Schokolade, keine Chips, kein Junk-Food zum Mittag und nichts von den fettigen Teilchen, die Martin immer als zweites Frühstück holt.«

»Autsch!« Andy gab sich überrumpelt. »Das hast du mitgekriegt?«

»Mein Lieber, eure Sonderkonferenzen um 11 waren Thema für die ganze Redaktion.«

Endlich brachen wir beide in ein befreiendes Lachen aus.

»Einverstanden«, sagte er, nachdem wir uns wieder beruhigt hatten. »Wenn du versprichst, ordentlich zu essen.«

Ich schaute auf die liebevoll zusammengetragene Frühstücksauswahl, nahm noch einen Bissen von meinem Marmeladenbrötchen, schmeckte nichts.

»Mir schadet es auch nicht, wenn ich ein paar von den – von den Pfunden der letzten Monate wieder verliere.«

Andys Blick war fest. »Keine Chance.«

Ich gab ihm mein Versprechen und aß den Rest der Brötchenhälfte.

*

Zwei Stunden später hatte ich Andreas endlich überzeugt, dass ich sehr gut allein klarkam, und er war in die Redaktion aufgebrochen. Ich lag auf dem Sofa im frisch aufgeräumten Wohnzimmer und war froh, niemanden sehen zu müssen. Andy war so lieb, so fürsorglich, aber im Moment wollte ich selbst ihn nicht um mich haben.

Ich schloss die Augen und kuschelte mich in die Wolldecke. Dieses seltsame Mädchen in der Klinik… Noch nie hatte ich jemanden wie sie kennengelernt. Als ich in das Zimmer zurückgekehrt war, um meine Tasche zu packen, hatte sie mich mit Fragen bombardiert – auf die ich nur äußerst knapp eingegangen war.

Aus irgendeinem Grund hatte ich das Gefühl, ihr eine Erklärung zu schulden.

Körperlich fühlte ich mich schon fast wiederhergestellt. Vielleicht war ein Spaziergang nicht das Schlechteste. Ich zog mich warm an und verließ die Wohnung.

Am Vorabend hatte ich die Kälte, die neu über die Stadt hereingebrochen war, kaum wahrgenommen. Nun traf sie mich wie ein Schlag. Ich schlang mein Kaschmir-Tuch um Kopf und Hals, schlug den Kragen des Mantels, den ich nun wieder richtig schließen konnte, hoch und bohrte die behandschuhten Hände in die Taschen. Die eisige Luft trieb mir die Tränen in die Augen, die Haut auf den Wangen zog sich zusammen. Dennoch ging ich mit langsamen Schritten weiter. Ich passierte den Martin-Luther-Platz mit der beeindruckend in der Wintersonne glänzenden, riesigen Kirche und erreichte die Bautzner Straße, wo ich den lauten, nicht abreißenden Verkehrsstrom ignorierte, darauf konzentriert, möglichst schnell zum Diakonissenkrankenhaus zu gelangen.

Als ich dort ankam, war ich erschöpft und fühlte mich, als hätte ich einen Marathonlauf gemacht. Ich verfluchte mich selbst, dass ich nicht auf dem Sofa liegen geblieben war, und durchquerte auf zittrigen Beinen die Eingangshalle, lehnte mich, während ich auf den Aufzug wartete, an die Wand.

Das junge Mädchen war allein im Zimmer. Das Bett, das spät am Vorabend hineingerollt worden war, stand leer neben ihrem, während die Frau, die an meiner Seite gelitten hatte, entlassen oder verlegt worden war. Die freie Raumhälfte machte einen seltsam unvollständigen Eindruck.

Von ihr sah ich zuerst bloß den blonden Haarschopf auf dem Kissen, das Gesicht war zum Fenster gedreht.

»Hallo«, sagte ich. Als sie nicht reagierte, noch einmal, lauter: »Hallo!«

Wie in Zeitlupe drehte sie den Kopf, und ich bemerkte, dass sie weinte. Absolut lautlos, ohne Unterlass liefen ihr Tränen über die Wangen. Zunächst schien sie mich nicht zu erkennen, ihre Miene war verständnislos. Ich wusste sofort, was geschehen war.

»Hi«, sagte ich leise, setzte mich ohne zu fragen, ob es ihr recht war, auf die Bettkante. »Wann ist es passiert?«

»Heute früh.« Nun schluchzte sie laut auf. »Ich wollte nicht auf die Pfanne. Ich war auf der Toilette. Und dann –«

»Das ist grässlich.« Ich streichelte ihr Haar, das sich ganz weich anfühlte.

Sie bohrte das Gesicht wieder ins Kissen, rollte sich zusammen wie ein Kätzchen.

»Wie weit warst du?«, fragte ich, nachdem ich mich aus Mantel und Schal geschält hatte.

»16. Woche.«

Noch nicht einmal vierter Monat.

»Du weißt doch, dass in diesem frühen Stadium oft Fehlgeburten passieren, oder?«

»Wenn es Gottes Wille ist, ja.«

Meinetwegen Gottes Wille, wenn es sie tröstete.

»Und du bist doch noch so jung. Wie alt bist du eigentlich?«, erkundigte ich mich, glücklich, dass ihr Schluchzen aufgehört hatte.

»19. Im Dezember geworden.«

19. Und nach dem, was sie am Freitag von sich gegeben hatte, vermutlich verheiratet. Die nächste Frage musste ich einfach stellen.

»Ein Wunschkind war es nicht, oder?«

Sie war keineswegs erzürnt, im Gegenteil, um ihre Lippen spielte ein kleines Lächeln. »Nein, das war es nicht.«

»Und anscheinend war es von vornherein eine Risikoschwangerschaft – sonst hättest du ja nicht hier liegen müssen.« Seltsamerweise tat es mir gut, so nüchtern über die Fehlgeburt einer anderen Frau zu sprechen.

»Ja«, sagte Ännchen und schloss die Augen.

Ich sollte sie allein lassen und mich auf den Nachhauseweg machen, dachte ich. Einen Moment Ausruhen musste ich mir aber noch gönnen. Mein Magen knurrte. Ein gutes Zeichen. Ich spürte, wie meine Mundwinkel sich nach oben verzogen. Hätte Andreas das gehört, er wäre sofort losgelaufen, um mir etwas zu essen zu besorgen.

Zu spät bemerkte ich, dass das Mädchen mich wieder ansah.

»Ich habe nicht – ich musste gerade an meinen Freund denken. Dein – Mann – unterstützt er dich? Ist er für dich da?«

»Sven? Ja, natürlich.« Enthusiastisch klang das nicht. Plötzlich kam jedoch Leben in ihre Stimme: »Wissen Sie eigentlich, dass ich von Erich Kästner abstamme? Dem berühmten Kinderbuchautor!«

Ich schaffte es kaum, den Stimmungswechsel mitzumachen. »Was? Wirklich? Das ist ja toll«, reagierte ich mechanisch.

Erich Kästner war in der Dresdner Neustadt aufgewachsen. Ich hatte allerdings gedacht, dass sein Sohn in München zur Welt gekommen war und noch heute dort lebte.

»Na ja, nicht direkt von ihm, er war ja nie verheiratet. Aber von der Familie seiner Mutter Ida.«

Wieder stand ich fassungslos vor ihrer Naivität. Ich hätte nie dem Impuls nachgeben sollen, herzukommen. Da war mir Andys Gesellschaft zu viel gewesen und nun saß ich hier bei diesem Plappermäulchen, das anscheinend noch nicht einmal die Fehlgeburt zum Schweigen brachte.

»Die Pferdehändler«, antwortete ich trotzdem – weil ich das Gefühl hatte, etwas sagen zu müssen.

»Nein, die nicht, es war ein anderer Bruder. Ich glaube, er war auch Tischler, wie mein Papi. Und wie Jesus.« Ännchen lächelte wieder. »Sie wissen schon: Tischler – Zimmermann. Ich stelle mir immer gern vor, dass mein Ur-ur-ur-urgroßvater einen Schreibtisch für seinen Neffen getischlert hat, an dem seine berühmten Bücher entstanden sind.«

»Soviel ich weiß, hat Kästner meist in Cafés geschrieben.«

Ich verspürte den Drang, das junge Ding aus seiner heilen Welt herauszureißen. Vor Jahren hatte ich eine Biografie Erich Kästners gelesen, wobei mich die extrem enge Bindung zur Mutter verwirrt hatte. Ännchen sollte jedoch etwas anderes über ihren fernen Verwandten wissen, entschied ich.

»Du weißt schon, dass Erich Kästner zwar nicht verheiratet war, aber einen Sohn hatte? Von einer Geliebten – während er mit einer anderen Frau zusammenlebte.«

»Nein! Das stimmt doch nicht. Das kann nicht sein!«

»Lies mal etwas über ihn oder geh in das Museum am Albertplatz – dann wirst du sehen, dass das stimmt.«

Noch während ich redete, sah ich, wie entsetzt sie war, und schämte mich fürchterlich, dass ich meinem kindischen Verlangen nachgegeben hatte. Am Tag ihrer Fehlgeburt. Ich suchte noch nach Worten, als die Tür geöffnet wurde und eine Krankenschwester hereinkam. Sie erkannte mich sofort.

»Frau Bertram, so schnell beehren Sie uns wieder?« Ihr Lächeln war eisig.

»Ich habe Ännchen besucht.«

Das Mädchen schaute mich nicht an, als ich zu ihm hinunterblickte. In meiner Umhängetasche fand ich einen Zettel und schrieb meine Telefonnummer auf.

»Vielleicht willst du ja noch einmal mit mir sprechen«, sagte ich hilflos und legte, als sie noch immer nicht reagierte, das Papier auf den Nachttisch.

Um Kraft kämpfend stand ich auf, legte Mantel und Tuch über den Arm und verließ den Raum.

*

Andreas verstand meine Selbstvorwürfe nicht. Er war um sieben nach Hause gekommen, wirkte abgehetzt, weil er noch eingekauft – und wohl auch, weil er seine Arbeit in Rekordgeschwindigkeit durchgepeitscht hatte.

»Viel schlimmer ist, dass du überhaupt rausgegangen bist! Du hättest noch nicht mal aufstehen sollen!«

Aufgebracht fuhr er sich mit den Fingern durch seine kurzen, blonden Haare.

»Das hab ich auch gemerkt.« Ich war mit einem Taxi zurückgefahren und hatte den Nachmittag komplett erschöpft im Bett verbracht. Ännchens Gesicht aber hatte mich nicht losgelassen und ich kam mir schäbig und gemein vor.

Er schüttelte den Kopf und kündigte an, Spaghetti mit Auberginen und Hackfleisch zu kochen. »Du bleibst so lange hier liegen, bis das Essen fertig ist!«

Eine halbe Stunde später, als wir uns in der Küche gegenübersaßen, und Andy die ersten Bissen hinuntergeschlungen hatte, fragte er: »Was macht das Mädchen eigentlich beruflich?«

Ich zuckte die Achseln. »Keine Ahnung. Sie wirkt so kindlich, dass ich sagen würde: Schülerin. Aber dazu ist sie mit 19 eigentlich schon zu alt.«

Andreas drehte einen weiteren dicken Batzen Nudeln auf. »Warum quälst du dich so damit? Du hast – wir haben einen viel größeren Verlust erlitten.«

»Das ist doch Quatsch!« Ich ließ die Gabel in die Sauce fallen, sodass die violett-roten Spritzer sich rings um den Teller und auf meinem Bademantel verteilten. »Warum? Weil ich ein paar Wochen weiter war? Weil wir uns das Kind gewünscht haben? Weil wir so lange darauf gewartet hatten?« Auf einmal war ich wieder komplett außer mir.

»Ja«, entgegnete Andy nur, stand auf und holte eine Flasche Rotwein aus dem kleinen Regal auf der Arbeitsfläche. Er öffnete sie und schenkte sich ein Glas ein.

Eine Weile aßen wir schweigend, ich beruhigte mich

wieder, trank einen Schluck Wein aus seinem Glas. Er erhob sich noch einmal und stellte mir ein eigenes hin.

Wir befanden uns mit unserem jeweiligen Schmerz auf verschiedenen Planeten, dachte ich, und konnten nur immer wieder versuchen, zusammenzukommen. Irgendwann würde es gelingen.

»Wenn es dir so wichtig ist, ruf sie doch an und entschuldige dich bei ihr«, schlug Andreas schließlich vor.

»Meinst du? Ja, vielleicht. Aber ich weiß ihren Nachnamen nicht.« Natürlich hatte ich ihn ein paarmal von Ärzten und Schwestern gehört, ihn mir aber nicht gemerkt. Es war ein kurzer, aber nicht sehr gebräuchlicher gewesen, so viel hatte ich im Kopf.

»Soll ich versuchen, mit ihr verbunden zu werden?«

»Gern.«

Dankbar sah ich ihm nach, wie er das Telefon aus dem Wohnzimmer holte. Er wählte die Zentrale des Diakonissenkrankenhauses und fragte nach einer Zimmernachbarin seiner Freundin in Zimmer 415, »Vorname Anne, den Nachnamen habe ich leider nicht.«

Nach einer Pause, in der er die Augen verdrehte, sagte er: »Niemand mit dem Vornamen? Das ist seltsam. Können Sie mich bitte mit der Station verbinden?«

Offenbar wurde ihm der Gefallen getan, denn kurz darauf wiederholte er sein Sprüchlein, ergänzte den Vornamen »Anne« durch »ein junges, 19-jähriges Mädchen«. Damit hatte er Erfolg. Er nickte mir über den Tisch hinweg zu.

»Ach so, Marianne. Natürlich. Heute Nachmittag entlassen? Das ging aber sehr schnell, oder?«

Die Antwort darauf war kurz.

»Sagen Sie, würden Sie uns eventuell die Privatadresse geben? Meine Freundin hatte sich ein Buch von ihr geliehen und will es natürlich gern zurückgeben.« Er lächelte mich aufmunternd an.

Ich dachte erleichtert, dass Ännchen – Marianne – jetzt wohlbehalten bei ihrer Familie war. Oder bei ihrem Sven? Auf jeden Fall nicht allein mit dem Kummer, den ich ihr eingebrockt hatte.

»Das ist mir schon klar, dass Sie das eigentlich nicht dürfen. Aber können Sie nicht mal eine Ausnahme machen? Marianne und meine Freundin haben sich gut verstanden.«

Professionell wie immer, dachte ich; aß ein Stück Aubergine und schob den Teller von mir.

»Ja, das stimmt schon. Nun ja, wenn Sie das so sagen – aber meinen Sie nicht, dass Frau Bertram die Chance haben sollte, noch einmal mit Marianne zu sprechen?«

Die Krankenschwester wusste also, dass es mit dem ›gut verstanden‹ mitnichten so weit her war, dachte ich und trank einen Schluck Wein. Andy verabschiedete sich mit einer Grimasse.

»Ich bin nicht in Form, scheint's«, versuchte er, das Gespräch grinsend abzutun.

»Hat sie dir unter die Nase gerieben, dass ich das Mädchen heute so verstört habe?«

Er wich meinem Blick aus. »Mach dir nichts draus. Ich besorg dir die Adresse. Versprochen. Und dann kannst du dich bei ihr entschuldigen.«

»Nicht so wichtig. Lieb, dass du es versucht hast.«

War es gesund, miteinander umzugehen, als könnte

jede falsche Bemerkung einen Abgrund vor unseren Füßen aufsprengen?

Ich legte mich nach dem Essen wieder ins Bett, Andy blieb mit dem Wein in der Küche sitzen.

*

Das Wochenende verbrachte ich fast komplett schlafend. Andreas umsorgte mich wie eine Glucke und ich ließ es geschehen. Das Bett war eine Flucht – auch vor dieser Nähe. Außerdem hatte ich ihn überredet, seinen Wochenend-Dienst nicht zu tauschen, sodass er am Sonntag für fünf Stunden weg war. Mit schlechtem Gewissen atmete ich auf. Als ich vor Jahren davon ausgehen musste, dass Dale wegen unserer Trennung versucht hatte, sich umzubringen, war Andy ähnlich besorgt um mich gewesen. Ansonsten hatte immer eher ich mich um ihn gekümmert.

Ich dachte viel über Ännchen nach. Garantiert hatten die Ärzte sie nicht von sich aus am Tag der Fehlgeburt entlassen. Ich vermutete, dass die Eltern sie zu sich geholt hatten, um sie selbst zu pflegen. Hoffentlich ging es ihr gut. Ich unternahm keine Anstrengungen, ihre Telefonnummer in Erfahrung zu bringen. Zwar hätte ich mich gern bei ihr entschuldigt, fühlte mich aber kaum in der Lage dazu, mit ihr oder gar ihren Eltern zu sprechen.

Auch am Montagmorgen schlief ich lange. In einem Winkel meines Bewusstseins bekam ich mit, wie Andreas sich aus dem Bett mühte; später musste ich das Begräbnis meines Großvaters noch einmal durchstehen. Dabei trug ich ein knappes Sommerkleid, während der kalte Januarwind über den Friedhof zog. Im Geiste frierend, real nass geschwitzt, öffnete ich die Augen und beschloss, dass es besser war, aufzustehen.

Andy hatte meinen Frühstücksplatz gedeckt. Das sonnengelbe Steingutgeschirr sorgte dafür, dass ich mich nicht mehr ganz so verloren fühlte. Ich setzte Kaffee auf und ging duschen, um den kalten Schweiß abzuwaschen.

Nun wollte ich nicht mehr ins Bett. Bloß nicht wieder die Augen schließen! Ich las die Zeitung, versuchte es mit einem Buch, hörte Musik, zappte mich sogar durch das Vormittags-Fernsehprogramm.

Schließlich rief ich ein Taxi und ließ mich in die Redaktion bringen.

Im Flur begegnete ich niemandem, und auch Ingeborg, die Sekretärin, war nicht an ihrem Platz, sodass ich mit einem kurzen Anklopfen direkt in Andreas' kleines Büro ging.

»Ich habe gehört, Sie können Unterstützung brauchen?«, verkündete ich in munterem Ton.

Abrupt wendete er sich von seinem Bildschirm ab und starrte mich an. Er hatte wieder dunkle Ringe unter den Augen.

»Was willst du denn hier?«

»Hab ich doch gesagt. Außerdem bringe ich dir einen gesunden Imbiss. Damit du nicht in Versuchung gerätst, wenn Martin zum Bäcker geht.« Ich legte die Plastiktüte mit einem Apfel und einer Banane auf seinen Schreibtisch.

»Martin hat strikte Order, mich gar nicht erst zu fragen, ob er mir etwas mitbringen soll.« Andy war von seinem Stuhl aufgestanden und um den Tisch herum gegangen, er umfasste meine Schultern und gab mir einen sanften Nasenstüber. »Du musst dich doch noch ausruhen.«

Sein Telefon klingelte, er ignorierte es.

»Genug Ruhe«, antwortete ich. »Und gib's zu: Du könntest mich hier gebrauchen.«

Andreas zog eine Grimasse. »Ja, natürlich brennt es an allen Ecken, aber –«

»Gib mir einen Termin. Irgendwas, damit ich auf andere Gedanken komme.«

Er schüttelte den Kopf, die Stirn in Falten gelegt. Das Klingeln erstarb.

»Dann lass mich Meldungen schreiben. Nur an meinem Schreibtisch sitzen und Formalkram machen. Bitte!«

Andys Miene blieb skeptisch. Endlich holte er tief Luft.

»Okay. Traust du dir zu, Ingeborg zu vertreten? Die hat heute eine Darmspiegelung und damit stehen wir wirklich blöd da. Kein Volontär, kein Praktikant, Annette liegt mit Grippe darnieder und niemand hier, der den Laden zusammenhält. Wie Ingeborg so ist, hatte sie angeboten, den Termin abzusagen, aber das –«

»Mache ich, klar«, fiel ich ihm ins Wort.

Die Sekretärin war die gute Seele der Redaktion, ein Organisationsgenie, das auch im größten Chaos nicht den Überblick verlor. Die eben ›den Laden zusammen hielt‹. Schon wenn wir normal besetzt waren, spürte man es stets schmerzhaft, wenn sie fehlte.

Das Telefon klingelte wieder. Andy seufzte und

beugte sich über seinen Tisch, um nach dem Hörer zu angeln. »Ich hab die Anrufe hierher umgeleitet. Es wäre schon eine Hilfe, wenn du das übernehmen könntest – Dresdner Zeitung, Lokalredaktion, Rönn.«

Ich gab ihm einen flüchtigen Kuss auf die Wange und machte mich auf den Weg in Ingeborgs Reich, hörte noch, wie Andreas den Anrufer bat, das geänderte Kinoprogramm per E-Mail zu schicken.

3. KAPITEL

Kaum hatte ich mich an Ingeborgs Platz einigermaßen orientiert, als Christina auf dem Weg ins Chefbüro am Sekretariat vorbeikam und mich hinter dem Schreibtisch sitzen sah.

»Mensch, Kirsten! Ich wusste ja gar nicht ...« Schnell hatte sie mich erreicht, zögerte kurz, strich mir über die Schulter.

Wir waren nicht wirklich befreundet, bislang hatten wir uns nie umarmt. Umso mehr wusste ich die Berührung zu schätzen – dennoch war auch ich unsicher und verharrte sitzend, anstatt mich richtig in die Arme nehmen zu lassen.

»Das konntest du auch nicht wissen, das wusste ich selbst bis gerade eben nicht, geschweige denn Andreas.«

Christina war wie ich 38, wie fast alle Ostfrauen unserer Generation hatte sie die Familienplanung vor vielen Jahren abgeschlossen. Ihre Jungen waren 15 und 17 und führten bereits ihr eigenes Leben, wie sie mal zufrieden, mal eher bedauernd kundtat. Sie musterte mich intensiv.

»Wie geht es dir? Das muss furchtbar sein, ich kann es mir gar nicht vorstellen.«

Ich zuckte die Achseln. »Ja, ist es. Da braucht man auch gar nicht drum herumreden.«

Christina nickte. »Wenn ich irgendetwas tun kann –«

»Kannst du: Den anderen sagen, dass ich wieder da

bin und sie mich bitte nicht mit Samthandschuhen anpacken sollen.«

*

Es funktionierte. Die Arbeit war genau das Richtige für mich in meiner Verfassung: mehr als genug zu tun, aber nichts, wobei ich selbst die Initiative hätte ergreifen müssen. Außerdem tat es gut, zwar nicht mehr allein, aber doch noch nicht wieder inmitten von Kollegen zu sein. Alle schauten für einige Minuten bei mir hinein, sagten ein paar nette Worte und ließen mich ansonsten in Ruhe. Martin, neben mir der zweite stellvertretende Redaktionsleiter – eine Position, die offiziell nicht existierte und erst recht nicht bezahlt wurde – erschien als einer der Letzten gegen halb vier.

»Schön, dass du wieder da bist.« Die blauen Augen sprachen das Mitgefühl aus, das er nicht formulierte. »Ich bin auf dem Weg zum Bäcker. Soll ich dir etwas mitbringen?«

Unvermittelt brach ich in Lachen aus. Martin war, solange ich ihn kannte, etwas dicklich gewesen – dank seiner Liebe zu jeder Art ungesundem Essen. Seit die von ihm angebetete Sandra ihr Volontariat beendet hatte und nach Würzburg gegangen war, schien er jedoch jeglichen Ehrgeiz in Bezug auf sein Aussehen verloren zu haben. Jetzt guckte er etwas betreten.

»Entschuldige!« Die eine oder andere Bemerkung über seine Futterei war Martin von uns allen gewohnt, nicht aber, ausgelacht zu werden. »Danke. Ich brauche nichts.«

»Okay. Um 18 Uhr ist ein Termin der Bürgerinitiative gegen den Ausbau der Königsbrücker Straße. Andreas hat ihn mir gegeben, aber das willst du doch bestimmt machen, oder?«

Ich hatte das leidige Thema der geplanten Umgestaltung der Verkehrsader von Anfang an bearbeitet. Nach langen Protesten war vor drei Jahren ein Ausbau zur vierspurigen Autotrasse verhindert worden und eine Neugestaltung mit eigenen Straßenbahngleisen, Radwegen und Flanier-Bürgersteigen wurde geplant. Nun versuchte man im Rathaus die Rolle rückwärts und gab bekannt, für eine solche Lösung gäbe es keine Fördermittel. Verschiedene Gruppierungen liefen gegen diese Provinzposse Sturm.

»Natürlich. Welche BI?«

»Keine Ahnung. Warte, ich suche mal die Einladung.« Er kam um den Schreibtisch herum und klickte sich durch die verschiedenen Verzeichnisse. »Da ist sie.«

Das Erich Kästner Museum lud ein. Gemeinsam mit dem Kulturzentrum Scheune, Bäckerei Rißmann, Blumenhaus Stammnitz und ›Ricky's Quan‹, einem Asia-Imbiss, wollten die Betreiber an die Stadt appellieren, das ›urbane Leben, das der kleine Erich Kästner im Viertel erleben konnte, nicht durch den Bau einer innerstädtischen Rennstrecke‹ zu zerstören.

»Eine gute Idee«, sagte ich. »Auf jeden Fall übernehme ich den Termin.«

Martin nickte gleichmütig und verschwand. Ich ging in Andys Büro. Er telefonierte, ich setzte mich ihm gegenüber in den Besucherstuhl und trommelte mit einem Kuli auf meinen Oberschenkel.

»Warum hast du mir den Termin im Kästner Museum unterschlagen?«, frage ich, kaum dass er das Gespräch beendet hatte.

»Ich habe nichts unterschlagen.« Er log, das sah ich in seinem Gesicht.

»Dann nenne mir einen in der Redaktion, der sich so gut wie ich auskennt in dem Thema Königsbrücker Straße.«

Andy trank einen Schluck Kaffee. »Das ist ein Routinetermin. Du kannst da später wieder einsteigen.«

»Du spinnst ja wohl! Das ist eine schöne Geschichte, und ich werde sie machen!«

Wie konnte Andreas entscheiden, was ich tun und lassen sollte? Sein müder Blick gab mir zu verstehen, dass er mich vor der Welt da draußen behüten wollte. Das konnte doch nicht wahr sein!

Er argumentierte, dass ich mich noch schonen müsste und das Thema Kästner mich bestimmt wegen des kleinen Ännchens aufbringen würde. Ich entgegnete, das sei Unsinn und wir würden uns spätestens um acht Uhr zu Hause treffen.

»Ich bringe zum Abendessen was von ›Ricky's Quan‹ mit.«

*

»Mir ist zugetragen worden, dass unser Haus abgerissen werden soll, wenn der Ausbau kommt wie geplant«, polterte Bäckermeister Rißmann. »Meine Eltern haben noch Briefe von Erich Kästner, bis lange Zeit nach dem Krieg haben die sich geschrieben. Der ist ja immer zu

Wirth gekommen, wie die ersten Besitzer hießen. Semmeln holen, mal Eierschecke oder Prasselkuchen.« Er verstummte, als habe er alles gesagt.

Tatsächlich war Rißmann an der Ecke Königsbrücker und Louisenstraße solch eine Institution in der Neustadt, dass auch ich es schier undenkbar fand, dieses alte Gebäude, in dessen Keller sich die Backstube befand, abzureißen.

Der Bäcker saß neben zwei Männern und einer chinesischen Frau hinter einem Tisch im Museumsraum. Die Ausstellung befand sich in kleinen, rollbaren Schränken mit etlichen Schubladen – ein hübsches Konzept, das die Besucher dazu ermunterte, die Stationen von Kästners Leben zu entdecken – im Erdgeschoss der Villa, die einst den reichen Verwandten des Schriftstellers gehört hatte.

»Danke, Herr Rißmann.« Offenbar hatte der Bäcker die geplante Abfolge der Veranstaltung ignoriert, denn erst jetzt stellte die Leiterin des Museums sich vor und betonte, dass das Haus sich normalerweise nicht in die Tagespolitik einmische, man hier jedoch eine solche Fehlentwicklung befürchte, dass man in denjenigen Häusern, deren Geschichte mit Erich Kästner verknüpft war, vorgesprochen habe.

»Wir sehen uns in diesem Fall geradezu herausgefordert. Nicht umsonst hat schließlich Käster in ›Als ich ein kleiner Junge war‹ geschrieben«, Marlene Stiller las den genauen Wortlaut von einem Zettel ab: ›Und ich selbst bin, was sonst ich auch wurde, eines immer geblieben: ein Kind der Königsbrücker Straße.‹

Constanze Mielke, eine Redakteurin der Sächsischen Rundschau, die ich vom Sehen kannte, verdrehte die

Augen. Frau Stiller fuhr fort: »Außerdem wären wir hier mit dem Museum auch selbst betroffen. Wenn der Ausbau realisiert wird, blickt unsere hübsche Bronzestatue in Zukunft auf einen Schnellstraßenzubringer.«

Ich schaute nach rechts, wo hinter dem großen Wintergarten der halbrunde, jetzt winterlich-karge Garten lag. Die Nachbildung des kleinen Erich Kästners auf der Sandsteinmauer war von hier aus nicht sichtbar.

Die Museumschefin räusperte sich: »Es ist nicht nur die Bäckerei Rißmann direkt an der Königsbrücker Straße bedroht, sondern auch das Schnellrestaurant ›Ricky's Quan‹. In dem Gebäude befand sich der ›Sibyllenort‹, eine Gastwirtschaft, in der der kleine Erich für seinen Vater einen Krug Bier holte, wenn das Geld dafür da war.«

Die chinesische Frau nickte bestätigend, ein paar Kollegen schrieben wie ich mit, andere blätterten in der Pressemappe, ob diese Informationen dort gedruckt vorlagen.

»Natürlich befinden sich an der Straße auch das Geburtshaus sowie die beiden Häuser, in denen die Familie Kästner später gelebt hat. Wir versuchen noch, die Unterstützung der aktuellen Immobilienbesitzer zu bekommen.«

Constanze Mielke fragte, inwieweit das Blumengeschäft in der Louisenstraße und die Scheune in der Alaunstraße betroffen sein sollten.

Für das Blumenhaus Stammnitz ergriff der in der Mitte sitzende Mann das Wort: »Nu, was für Vater Kästner das Bier, waren fürs Muttchen die Blümchen. Und die hat der Erich bei uns geholt.«

»Ja, das verstehe ich schon. Aber Ihr Gebäude an der Louisenstraße wäre doch von dem Ausbau nicht berührt.«

»Hören Sie mal, wenn da ein paar Meter weiter der Verkehr vierspurig langdonnert, ist das doch bei uns auch nicht mehr dasselbe!«

»Und für die Scheune gilt vermutlich das Gleiche«, wandte die Redakteurin sich indigniert an den jüngeren Mann, der noch nichts gesagt hatte.

Der nickte. »Es geht um den Lebenswert des Viertels.«

Ich sah das genauso, die Kollegin verzog jedoch das Gesicht und schien nicht überzeugt. Gelangweilt wollte sie wissen: »Und was hat der spätere Autor bei Ihnen gemacht? Wilde Rockkonzerte gehört?«

»Hätte er bestimmt getan, wenn es damals das Kulturzentrum schon gegeben hätte«, parierte der Mann. »Aber in dem Gebäude trainierte ein Turnverein.«

»Dessen jüngstes Mitglied Erich Kästner war«, ergänzte Frau Stiller, was nur noch wenige Journalisten notierten. Die Museumschefin spielte ihren letzten Trumpf aus: »Wir werden auch von noch hier in Dresden lebenden Nachfahren Erich Kästners unterstützt. In der Pressemappe finden Sie eine Auflistung derjenigen, die unsere Eingabe an den Stadtrat unterschrieben haben – sie ist beeindruckend lang.«

Während Fragen nach bestimmten Verwandtschaftskonstellationen gestellt wurden, suchte ich die Liste in der Mappe und schaute, ob jemand auftauchte, den ich Ännchens Familie zuordnen könnte. Vergeblich. Ich meldete mich zu Wort.

»Es gibt doch noch einen Tischler, der Nachkomme eines Bruders von Kästners Mutter sein soll, oder?«

»Das ist interessant, dass Sie das ansprechen.« Überrascht schaute Marlene Stiller mich an. »Sie meinen Matthias Ahrendts aus Löbtau. Leider möchte er sich nicht beteiligen, aber seine Tochter war gerade heute Mittag hier und hat sich sehr für die Geschichte ihres berühmten Ahnen interessiert. Sie überlegt derzeit, ob sie die Petition unterzeichnet.«

*

Es war schon acht Uhr durch, als ich das Museum verließ, und ich hielt mich nur noch mit Mühe aufrecht. Der Arbeitstag plus Abendtermin war eindeutig zu viel gewesen. Für den bronzenen Kästner hatte ich keinen Blick mehr, ich stellte meine Peilung auf die kürzeste Strecke nach Hause ein – quer über den Albertplatz, ein Stück durch die Alaunstraße, in die Böhmische. Vor einem ehemaligen Supermarkt stolperte ich fast über die Beine der Punks, die trotz der Kälte auf dem Bürgersteig saßen. Ich musste sehr erschöpft ausgesehen haben, denn das obligatorische ›Hast du ein paar Cent übrig?‹ unterblieb. In einem türkischen Imbiss legte ich einen Stopp ein und holte zwei Döner Kebab.

Über die Andy nicht begeistert war.

»Du sagst mir, wie fett ich geworden bin, und bringst so was zum Abendessen an!«

Er war anscheinend auch gerade erst hereingekommen, seine Lederjacke hing noch über der Lehne eines

Küchenstuhls; allerdings hatte er bereits eine Bierflasche in der Hand.

»Du bist nicht fett, das habe ich auch nie gesagt. Aber wenn du abnehmen willst, ist der Döner nicht halb so schlimm wie das Bier.«

Ich hätte auch argumentieren können, dass der Auflauf vom Vortag garantiert genauso viele Kalorien gehabt hatte wie die Fladenbrottaschen, aber dies war ja keine logische Diskussion. Dass ich es beim besten Willen nicht mehr zu ›Ricky's Quan‹ oder einem anderen Imbiss mit gesünderer Kost geschafft hätte, wollte ich ihm nicht auf die Nase binden.

Ich ließ mich auf einen Stuhl fallen und entfernte die Alufolie von einem der Döner. Eigentlich hatte ich überhaupt keinen Hunger mehr, sondern wollte nur noch ins Bett. Unschlüssig starrte ich das kross gebackene Brot an, aus dem dünne Fleischstreifen und Tomatenstücke herausquollen.

»Weißt du jetzt, warum ich dagegen war, dass du schon wieder arbeitest?« Vermutlich klang Andreas schroffer, als er selbst es wollte, ich reagierte auf das, was ich hörte.

»Nein. Weil ich dir dann kein Abendessen nach deinen Vorstellungen holen kann?« Das war idiotisch und ungerecht – nach den vergangenen Tagen, in denen er mir jeden Wunsch von den Augen abgelesen hatte.

»Soll ich dich gleich zurück ins Krankenhaus bringen oder willst du erst noch ein paar Termine abreißen?« Er stürzte einen großen Schluck Bier hinunter.

»Und dann besäufst du dich wieder so, dass du bei Dale angewinselt kommen musst? Verdammt noch mal, lass mich doch einfach in Ruhe!«

Ich stand so energisch auf, wie ich es mir selbst nicht zugetraut hätte, und ging ins Schlafzimmer, warf mich aufs Bett und begann zu schluchzen. Wegen Andy, der mich nicht verstand, vor Erschöpfung und Scham über meine Gemeinheit.

Nach einigen Minuten kam Andreas herein. Er hockte sich auf die Matratze und strich über meine Schulter.

»Es tut mir leid«, murmelte ich in die Decke. »Ich weiß nicht, warum ich so biestig bin.«

»Vermutlich ist es gut, wenn wir uns wieder streiten«, sagte er.

Ich drehte mich um und blinzelte die Tränen weg. »Gib mir einen Kuss, bitte.«

Er beugte sich zu mir herab, ganz zart berührten seine Lippen meine.

»Du hast mir versprochen, ordentlich zu essen«, erinnerte er mich. »Soll ich das Dönerfleisch in der Mikrowelle warm machen?«

»Nur, wenn du auch was davon isst.«

Er zog ein ablehnendes Gesicht: »Der Deal sah ursprünglich anders aus.«

Zu guter Letzt brachte er das ganze aufgewärmte Fleisch auf einem Teller und den Salat auf einem zweiten ans Bett und wir aßen gemeinsam. Ich erzählte ihm, warum ich länger als meine Kollegen im Kästner Museum geblieben war.

»Die Leiterin fand mein Interesse an dem Mädchen bestimmt etwas seltsam, aber nachdem die Mielke von der Rundschau sich bei dem Termin so eklig aufgeführt hatte, war sie auch ganz froh, dass ich ein bisschen Begeisterung aufgebracht habe.«

Andreas zog eine Grimasse, als ich die Kollegin erwähnte.

»Ich habe definitiv etwas ausgelöst in Ännchen. Sie ist zuerst ganz normal durch das Museum gelaufen, hat sich alles ausführlich angeschaut, meinte Frau Stiller, und dann hat sie angefangen zu fragen. Sie kannte Kästner nur als Kinderbuchautor. Das«, ich nahm noch eine Gabel Salat, »ist wohl nicht so selten, aber dermaßen aus allen Wolken fallen laut der Chefin die Wenigsten.«

Andy schob den Fleischteller näher zu mir hin.

»Irgendwann hat sie nachgehakt. Und da hat Ännchen gesagt, dass sie von dem Tischler-Bruder abstammt. Die Stiller hat sie natürlich sofort wegen ihrer Petition angesprochen, aber darüber will sie erst noch ein wenig nachdenken.« Zögernd spießte ich etwas von dem Dönerfleisch auf. »Kann man ja auch verstehen. Wenn die Eltern nicht unterschrieben haben und sie so eine brave, christliche Tochter ist.«

*

In dieser Nacht schlief ich trotz meiner Erschöpfung unruhig. Erst gegen Morgen fiel ich in einen komatösen Tiefschlaf, aus dem ich mich mit Mühe herauskämpfte, als Andreas ins Schlafzimmer kam.

»Ännchen«, verstand ich, und »Telefon«.

Er hielt mir den Hörer hin. Während ich mich meldete, blinzelte ich im Zwielicht auf die Uhr. 7.36 Uhr. Das Mädchen war verrückter, als ich dachte.

»Sie haben noch geschlafen. Das tut mir leid. Ich wollte Sie nicht wecken. Marianne Kulka ist am Apparat. Sie wissen schon, aus dem Krankenhaus«, plapperte sie drauflos.

Ich ließ mich wieder aufs Kopfkissen sinken und lächelte Andy an, der unschlüssig vor dem Bett stand. Er ging zum Kleiderschrank, kramte darin herum, zerrte etwas heraus.

»Sie hatten recht. Das wollte ich Ihnen bloß sagen. Erich Kästner war ganz anders, als ich immer gedacht habe. Das weiß ich jetzt.«

»Ja. Er hat sehr gute Gedichte geschrieben«, antwortete ich, um überhaupt etwas zu sagen.

»Ich weiß.« In ihrer Stimme schwang geradezu heiliger Ernst. »Er war auch Journalist. Er hat viel gemacht, aber ich glaube, immer das, was wichtig und richtig war.« Sie hielt kurz inne, als wisse sie nicht so recht weiter. Dann schloss sie mit einem: »Also, vielen Dank noch einmal.«

Andreas zog eine Jogginghose und ein Sweatshirt über Boxershorts und T-Shirt.

»Bitte«, sagte ich verwirrt. »Es freut mich, dass es dir so gut geht.«

Wir verabschiedeten uns und ich wusste nicht, was ich seltsamer fand: Den Anruf oder die Tatsache, dass Andy offenbar bei zweistelligen Minusgraden joggen gehen wollte.

»Was muss ich tun, um dich davon abzuhalten?«, fragte ich.

»Heute zu Hause bleiben«, antwortete er wie aus der Pistole geschossen. »Aber nein, abhalten kannst du mich nicht. Ich bringe Brötchen mit, wenn ich zurückkomme.«

Damit gab er mir einen Kuss auf die Stirn und verschwand.

*

Ich tat ihm den Gefallen. Er brauchte gar keine großen Überredungskünste. Zu deutlich hatte ich die Grenzen meiner Belastbarkeit gespürt.

Nachdem Andreas in die Altstadt aufgebrochen war, setzte ich mich an meinen Schreibtisch und holte telefonisch eine Stellungnahme der Stadt zu der Initiative des Kästner Museums ein. »Die Petition ist eingegangen. Sie wird zeitnah bearbeitet«, wurde mir von einer näselnden Stimme beschieden. Ich schrieb in aller Ruhe den Artikel und schickte ihn per E-Mail an die Redaktion.

Nachdem ich eine Menge frisches Gemüse für einen Eintopf eingekauft hatte, legte ich mich noch einmal hin. Um kurz nach drei wurde ich durch ein Klingeln an der Wohnungstür geweckt. Es war Dale.

»Hi! Jetzt bekommst du auch Blumen, wie sich das bei einem Krankenbesuch gehört.« Er umarmte mich und überreichte mir einen Strauß mit vielen Gerbera, meinen Lieblingsblumen.

»Danke.« Ich freute mich, ihn zu sehen, fühlte mich aber etwas unwohl in dem T-Shirt, das ich im Bett getragen hatte. Lächerlich, da Dale mich tausendmal nackt zu Gesicht bekommen hatte. »Geh doch schon mal in die Küche und koch uns einen Kaffee. Ich komme gleich wieder.«

Als ich in Jeans und Rollkragenpullover zu ihm

zurückkehrte, lehnte er an der Fensterbank und blickte mir entgegen.

»Gut siehst du aus. Also – besser als am Donnerstag.«

»Kunststück!« Ich beschäftigte mich damit, die Blumen zu versorgen, Kaffeegeschirr auf ein Tablett zu stellen, eine Packung Kekse hervorzukramen. »Lass uns ins Wohnzimmer gehen. Es ist in einem besseren Zustand als am Mittwoch.«

»Ich war nicht hier in der Nacht«, sagte Dale und nahm das Tablett. »Ich hatte Andreas mit zu mir geholt.«

Wir setzten uns, ich auf das Sofa, er auf den einzigen Sessel.

»Ach so, das wusste ich nicht.«

Dales Haar leuchtete an der rechten Schläfe fast weiß, links war es noch steingrau, überall zogen sich helle Fädchen durch. Als wir uns vor 13 Jahren kennengelernt hatten, glänzte sein Schopf pechschwarz. Jetzt sah er mit seinem sehnig-durchtrainierten Körper und den dunklen Augen wie ein altersloser Indianer aus.

»Wie geht es ihm?«

Ich zuckte die Schultern. »Er ist sehr – entschlossen. Isst kaum was, um abzunehmen, und heute morgen war er joggen.«

»Bei den Temperaturen? Da kneife ich ja sogar.« Dale lief seit Jahren mindestens zwei Mal in der Woche zehn Kilometer.

»Ich wünschte auch, er würde es etwas lockerer angehen.« Dass Andy auch nach seinem Absturz zu viel trank, erzählte ich nicht. Vielleicht war ich ja auch überempfindlich.

Dale setzte die Kaffeetasse ab. »Er war so abgrundtief verzweifelt, ich kann mir vorstellen, dass er sich jetzt auf diese Dinge stürzt, um nicht durchzudrehen.« Er schaute mich ernst an. »Du hast das Kind verloren, aber er dachte wohl, er würde auch dich noch verlieren. Wenn ich das richtig verstanden habe, gab es da einen kritischen Moment –«

Er beendete den Satz nicht, und ich fragte nicht weiter nach. Dass es eine Komplikation gegeben hatte, hatte Andy mir bislang verschwiegen, es machte seine gestrige Reaktion verständlicher. Ich spürte, wie ich die Schulterblätter zusammenzog.

»Komm, iss ein Plätzchen.« Ich hielt Dale die Packung hin. »Oder willst du rauchen?«

Er lachte sein dunkles, raues Lachen. »Wollen schon, aber seit vier Tagen kämpfe ich mal wieder dagegen an.« Er nahm sich einen Schokokeks. »Frag nicht, der wievielte Versuch das ist.«

Ob der Entschluss mit seinem Besuch im Krankenhaus zusammenhing? Das war vor fünf Tagen gewesen.

»Ich glaube ja, dass du es einfach noch nicht richtig gewollt hast. Du bist doch sonst so diszipliniert und schaffst alles, was du dir vornimmst.«

Hinter den Fenstern setzte schon wieder die Dämmerung ein. Ich musste bald anfangen, das Gemüse zu putzen. Im Moment fand ich es aber zu angenehm, mit Dale hier zu sitzen, um die Stimmung zu stören.

»Na, da hat aber jemand eine idealisierte Vorstellung von mir.«

»Es stimmt doch! Was hast du denn nicht geschafft?

Ich meine, von den Dingen, die dir wichtig waren? Du hast den Wechsel von den USA nach Deutschland hingekriegt, den Aufbau der Privatdetektei erst in Erfurt, dann hier in Dresden ...«

Sein Blick gab mir die Antwort und prompt war die Stimmung nicht mehr so entspannt. Er hatte mich nicht halten können, und auch wenn ich seit meiner Entscheidung für Andreas tausendmal an dieser Wahl gezweifelt hatte, so hatte ich sie doch nicht rückgängig gemacht.

Das war der Zeitpunkt, nach Jess zu fragen, der Amerikanerin, mit der Dale seit gut einem Jahr zusammen war, dachte ich, als das Telefon klingelte.

Auf die Nennung meines Namens folgte so etwas wie ein empörtes Schnauben.

»Sie! Sie sind doch die Journalistin!« Eine Frauenstimme, komplett außer sich.

»Ja, ich bin Journalistin. Wer ist denn dort?«

»Die Mutter von Marianne Kulka.« Nicole Kidman, mit einer Stimme kurz vorm Kippen. »Meine Tochter hat Sie angerufen.«

Das war eine Feststellung, keine Frage, dennoch antwortete ich: »Ja, heute morgen.«

»Und da haben Sie ihr gesagt, sie soll ihren Mann und ihre Familie verlassen.«

»Unsinn. Das habe ich natürlich nicht!« Ich bemerkte aus den Augenwinkeln, wie Dale seine Kaffeetasse in den Händen drehte. »Was ist passiert?«

»Sie ist verschwunden.« Auf einmal klang die Mutter ganz leise und schwach.

»Wie, verschwunden?«

»Sie hat eine Tasche gepackt, einen Zettel geschrieben, dass sie sich melden würde, und ist weg. Und mit Ihnen hat sie zuletzt telefoniert!« Da war er wieder, der Vorwurf.

»Hören Sie –«, begann ich.

»Nein, nein, nein! Alles war gut, bis Ännchen Sie kennengelernt hat. Alles war in Ordnung. Alles ...«

Dale stand auf und ging ans Fenster.

»Wenn sie geschrieben hat, dass sie sich meldet, warum warten Sie nicht einfach ab?« Ich bemühte mich um einen besänftigenden Tonfall, der ein wenig zu wirken schien, denn ihre Stimme wurde wieder ruhiger.

»Aber sie war doch nie allein weg. Und sie ist noch so schwach. Haben Sie denn keine Ahnung, wo sie sein könnte? Ist sie bei Ihnen?« Eine Steigerung von klagend-gedämpft zu hysterisch-schrill.

»Natürlich nicht.«

Ja, dachte ich, das Mädchen musste ziemlich geschwächt sein nach all dem Liegen im Krankenhaus und der Fehlgeburt. In solch einem Zustand das vertraute Zuhause zu verlassen ...

»Doch, bestimmt. Sie verstecken sie, Sie bestärken sie darin, sich von ihrer Familie abzuwenden!«

»Nein, das tue ich nicht.« Ich atmete tief ein, zwang mich, ruhig zu bleiben. »Ihre Tochter ist volljährig. Sie kann gehen, wohin sie will.« Entschlossen sprach ich gegen die empörten Laute der Frau an. »Aber wenn Sie wollen, gebe ich Ihnen die Telefonnummer eines guten Privatdetektivs. Der Name lautet Dale Ingram. Er kann Marianne für Sie ausfindig machen, damit Sie wissen, dass es ihr gut geht.«

4. KAPITEL

Am Freitagmorgen hatte ich kaum eine volle Kaffeetasse an meinen Schreibtisch balanciert, als Jonas zu mir an den Platz kam.

»Sieh mal in die Pressemeldungen der Polizei«, sagte er aufgeregt.

»Guten Morgen«, antwortete ich dem blutjungen Kollegen, der sich in den letzten Monaten zu einem waschechten Journalisten entwickelt hatte.

»Sorry, guten Morgen.« Sein Blick veränderte sich, ich sah ihm an, dass er meiner übellaunigen Begrüßung größere Bedeutung zumaß als sonst. »Du bist doch okay, oder?« Betreten schob er die Ärmel seines Designerpullovers hoch. Von der Kleidung her hätte er noch immer eher in die Redaktion eines Hochglanzmagazins gepasst. »Ich dachte bloß, das interessiert dich: An der Königsbrücker Straße ist ein Toter gefunden worden.«

»Was?« Nun war ich hellwach. Mein Kaffee schwappte über, als ich hektisch mit der Maus herumfuhrwerkte, um schnellstmöglich ins Verzeichnis der Polizeimeldungen zu kommen.

Da war der Text: ›Auf dem kombinierten Geh-Radweg an der Königsbrücker Straße auf Höhe der ehemaligen Magazingebäude der Albertstadt wurde in der Nacht zu heute gegen 2.30 Uhr ein 22-jähriger Dresdner tot aufgefunden. Seine Begleitung, eine 19-jährige Dresdnerin, wird vermisst. Sachdienliche Hinweise nimmt jede Polizeidienststelle entgegen.‹

»Keine Pressekonferenz?« Entgeistert starrte ich Jonas an.

Er zog eine Grimasse. »Die wollen den Ball flach halten, brauchen aber unsere Hilfe, um die Frau zu finden.«

»Und du meinst, das hat was mit dem Trubel um den Ausbau zu tun?«

Jonas schob seine rechteckige Brille hoch. »Ist doch der erste Gedanke, oder?«

Nach dem öffentlichkeitswirksamen Einreichen der Petition des Kästner Museums waren die Wogen hochgeschlagen. Die Stadt hatte der Institution vorgeworfen, ihre Stellung zu missbrauchen; einzelne Politiker drohten, Fördergelder einzufrieren – was die Museumsleute als Steilvorlage nahmen: Am gestrigen Donnerstag hatten sie angekündigt, die Presse in Zukunft mit kleinen Geschichten rings um Kästner und die Königsbrücker Straße zu versorgen.

Ich zuckte die Achseln. »Klar ist das das Erste, was uns in den Sinn kommt. Aber wir sind garantiert alle ein bisschen betriebsblind.«

Andreas kam mit einem Stoß Unterlagen herein, um die Frühkonferenz zu beginnen. Am Morgen hatten wir uns gestritten, weil er wieder versucht hatte, mich von der Arbeit abzuhalten. Dabei war ich schon am Vortag in der Redaktion gewesen und fühlte mich körperlich völlig fit. Ich hatte ihm vorgeworfen, zu viel zu trinken – worauf er trotz des offenkundigen Katers behauptete, mit seiner Diät und dem Joggen gesund zu leben.

Ich verfolgte, wie er, an den Schreibtisch der Fotografen gelehnt, mit dem Handrücken über seine Stirn fuhr und die Augen zusammenkniff, und fragte mich, was er sich selbst vorspielte und wie lange er das durchhalten würde. Ich machte mir Sorgen um ihn.

Wie am Vortag gab er mir extrem wenig Termine – sich selbst dafür umso mehr. Immerhin wies er mich ebenfalls auf die Polizeimeldung hin. Allerdings mit der Bitte, nach der Konferenz mit in sein Büro zu kommen.

»Mir ist klar, dass ich dich nicht von der Geschichte abhalten kann«, begann er in geschäftsmäßigem Ton, nachdem er die Tür hinter uns geschlossen hatte. »Ich möchte aber, dass du mit mir zusammenarbeitest.«

»Du willst mich kontrollieren«, stellte ich ebenso ruhig fest.

»Du mich doch auch – wenn du mir vorrechnest, wie viel ich trinke.«

»Da scheine ich ja einen wunden Punkt getroffen zu haben!«

Andreas schüttelte den Kopf, sagte jedoch: »Vielleicht. Aber das ist jetzt so eine Phase … Ich schraub das wieder radikal zurück, versprochen.«

Ich war überrascht von seiner Offenheit; davon war am Morgen keine Spur da gewesen.

»Okay«, lenkte ich zögernd ein. »Und ich verspreche dir, dich auf dem Laufenden zu halten, was den unbekannten Toten angeht.«

»Und einen Gang runterzuschalten, wenn ich dich darum bitte«, forderte er.

Ich wollte nicht auf dem letzten Wort beharren, sondern beugte mich über seinen Schreibtisch und gab ihm einen Kuss.

*

Zurück an meinem Platz versuchte ich zuerst mein Glück bei Hauptkommissar Hantzsche, musste, während ich wählte, fast anfangen zu lachen. Das wäre natürlich eine Antwort für Andreas gewesen, die zudem die ernste Situation ins Komische gezogen hätte: Dass er den Anruf bei Hantzsche vermutlich nur zu gern mir überließ. Zu oft war er mit dem Kommissar aneinandergeraten, während ich einigermaßen mit ihm klarkam.

Das nutzte mir aktuell allerdings nichts.

»Frau Bertram, selbst wenn ich wollte – ich kann Ihnen zu dem Fall nichts sagen. Ich bin nicht damit betraut.«

Natürlich hätte er die Unterlagen einsehen können, wenn er gewollt hätte. Aber wieso sollte er das tun?

»Verraten Sie mir aber doch wenigstens, warum es keine Pressekonferenz gibt.«

»Meinen Sie, damit bin ich betraut? Die Nummer des Pressesprechers haben Sie, oder?« Er klang ärgerlich, und als ich zu lange mit meiner Antwort wartete, sagte er: »Ich verbinde Sie«. Mit einem viel zu laut eingestellten, grässlichen Radiosender landete ich in der Vermittlungsschleife.

Frustriert legte ich auf, nahm meine Tasche und meinen Mantel und fuhr mit einem Dienstwagen auf die andere Elbseite zum Kästner Museum.

Vor dem Eingang standen zwei ratlose Touristen und fünf Kollegen.

»Die haben sich verrammelt«, tönte mir ein Boulevardreporter entgegen. Er entfernte sich von der Tür, wahrscheinlich um einen Zugang über den Garten zu suchen.

Ich entdeckte meine Freundin Ines, mit der ich während meines Jahrs bei der Rundschau in einem Zimmer gesessen hatte, und begrüßte sie.

»Also hatte der Tote mit dem Widerstand gegen den Ausbau zu tun?«

Ines schüttelte den Kopf, die glänzenden, blonden Haare fielen ihr ins Gesicht. »Keine Ahnung. Vielleicht sind die Museumsleute es auch bloß leid, ständig gefragt zu werden.« Als sie mich anschaute, musste sie die Veränderung an mir wahrgenommen haben, denn sie stammelte leise: »Verdammt, Kirsten, das ist doch nicht wahr …«

»Leider doch«, flüsterte ich, während ein älterer Radiomitarbeiter sich knurrend wünschte, jemand vom Museum würde eine Stellungnahme abgeben.

»Dann wüssten wir Bescheid und müssten uns hier nicht die Beine in den Bauch stehen.«

Ines nahm mich in den Arm. »Wollen wir uns treffen? Am Wochenende?«

»Gern. Ich ruf dich an.«

Die Touristen gingen, ein Kollege klopfte mit der Faust an die Eingangstür, ein anderer zog sein Handy aus der Tasche.

»Hat jemand die Nummer?«

»Haben wir doch alles schon versucht«, antwortete der Mann vom Radio.

Ich nickte Ines noch einmal zu und ging zurück zum Auto, fuhr die Königsbrücker Straße hoch. Ich ließ den belebten Teil der Neustadt hinter mir, passierte die Stauffenbergallee und verlangsamte das Tempo. Links befanden sich halb verfallene Militärgebäude, rechts gab es keine Bebauung, dafür hinter einer Baumreihe den holprigen Schotterweg, der als Geh- und als Radweg eine Zumutung war. Hier musste der Tote gefunden worden sein. Ein parkendes Auto blockierte fast die Fahrbahn – weitere Kollegen auf der Suche nach Informationen. Ich fuhr weiter, wendete an einer Tankstelle und kehrte in die Altstadt zurück.

Marlene Stiller hatte mir am Dienstag eine Visitenkarte mit ihrer personalisierten E-Mail-Adresse überlassen. Die hatten zwar bestimmt etliche, aber es war einen Versuch wert.

*

Als ich mich wieder in der Redaktion befand, überprüfte ich als Erstes, ob eine neue Meldung der Polizei eingegangen war. Nichts. Während ich die Mail an Frau Stiller schrieb, wählte ich die Nummer der Pressestelle, hörte bei vier Anläufen nur das Besetztzeichen, schließlich die professionell geschulte Stimme des zuständigen Beamten. Mit all meinem Charme versuchte ich, ihm etwas zu entlocken. Vergeblich.

Es würde die Ermittlungen behindern, wenn jetzt zu viel bekannt werden würde, fertigte er mich ab. Zu einem eventuellen Zusammenhang mit dem Kästner Museum äußerte er sich ebenso wenig wie zu einer Verbindung mit dem geplanten Straßenausbau.

»Ich bitte Sie, sich da in keinen Spekulationen zu verlieren, sondern lediglich unsere Meldung abzudrucken.«

»Wir sind nicht das Amtsblatt«, blaffte ich ihn an und legte auf.

Im Kulturzentrum Scheune bekam ich lediglich den Anrufbeantworter zu hören. Ich sah nach, ob der Mitarbeiter, der auf der Pressekonferenz gewesen war, mit einer Privatnummer im Telefonbuch stand – ohne Erfolg. Also musste ich versuchen, die Ansprechpartner der anderen Initiativen gegen den Ausbau der Königsbrücker Straße zu erreichen. Vielleicht hatte von ihnen jemand etwas gehört.

Gerüchte kursierten bereits. Der Betreiber des Kinos Schauburg meinte, es habe sich bei dem Toten um ein Mitglied des ADFC, des Allgemeinen Deutschen Fahrrad Clubs, gehandelt, dort hatte man vernommen, es sei ein Punk aus einem besetzten Haus gewesen. Unter der Handynummer, die ich mir für diese Gruppe notiert hatte, meldete sich jedoch ein Mädchen, das angab, von ihnen seien alle mehr oder weniger lebendig. Ich seufzte und klickte mich zunächst einmal durch einige Veranstaltungskalender.

Kurz darauf kam Andreas von einem Termin zurück und suchte mich in der Redaktion auf, wo ich grübelnd vor meinem Rechner saß. Zusammen mit ihm ging ich in sein Büro und erstattete Bericht.

»Frustrierend, was?« Er hatte sich auf seinem Stuhl so weit ausgestreckt, dass er fast darin lag.

»Allerdings. Mir fällt auch beim besten Willen nichts mehr ein, was wir jetzt tun könnten. Vor Ort bringt man ja erst heute Nacht was in Erfahrung.«

»Du meinst, der Tote und seine Begleiterin waren vorher in einem der Musikclubs im ehemaligen Industriegelände?«

»Wo sonst?«

Andy nickte nachdenklich. »Stimmt. Sonst ist da oben nichts. Wenn man das weiterdenkt, könnte es sich auch um eine Prügelei nach einem Konzert gehandelt haben.« Er krempelte die Ärmel seines dicken Flanellhemdes hoch. »Hast du nachgeschaut, was gestern da los war?«

»Klar.« Wenn er das mit Zusammenarbeit gemeint hatte, war ich einverstanden. »Im Washroom zum Glück nichts, in der Strasse E Blutengel, so eine Düster-Rock-Combo –«

»Das könnte schon den einen oder anderen aggressiv machen«, meinte Andreas.

»– und in der Tante Ju die Steve Fister Band, Bluesrock. Ab neun heute Abend kann man da jemanden antreffen, in der Strasse E wohl frühestens eine Stunde später.«

Andys Telefon klingelte, er hob ab und verzog beim Zuhören das Gesicht. Mit Blick auf seine Armbanduhr sagte er, er könne in einer halben Stunde da sein.

»Die alte Dame, die zum Jahrestag der Zerstörung Dresdens eine Rede halten wird, möchte unser Treffen vorverlegen. Und ich hatte vor, ganz gesund mit dir zu Mittag zu essen.«

»Lass mich den Termin machen. Ich kann gut mit alten Damen – und ich habe Zeit bis heute Abend.«

Er schüttelte den Kopf. »Zweimal Nein. Jetzt gehe ich und heute Abend schicken wir Martin und Jonas. Martin passt gut zu den alten, dicken Bluesern und Jonas kommt hoffentlich mit den schwarzen Jüngern klar.«

»Niemals! Ich gehe zumindest in die Tante Ju.«

Andreas griff sich seinen Notizblock vom Tisch. »Es muss auch jemand hier in der Redaktion bleiben, falls doch noch was von der Polizei kommt. Oder es zeitlich knapp wird. Wir können nur bis Mitternacht aktualisieren und wissen nicht, wann wir etwas erfahren. Vielleicht reicht es gerade zum telefonischen Durchgeben der Infos.« Er stand auf.

»Das kannst du ja machen«, gab ich mich energisch.

*

Ein wenig Ausruhen zu Hause und dann gemeinsam mit Andy in die Tante Ju gehen, lautete der Kompromiss. Jonas würde in der Strasse E sein Glück versuchen und Martin in der Redaktion darauf warten, dass wir uns melden.

Um kurz vor neun fuhren wir die Königsbrücker Straße hoch.

»Was gibt's heute da?«, fragte Andreas.

»Kozmic Blue, eine Janis Joplin-Cover-Band.«

»Das kann ja ganz gut werden.« Er sah mich vom Beifahrersitz aus an. »So etwas haben wir lange nicht mehr gemacht.«

»Und wir dachten, es wäre für einige Jahre passé.« Ich sprach geradeaus durch die Windschutzscheibe, legte ihm aber meine rechte Hand auf den Oberschenkel.

Er nahm sie und drückte sie fest.

An der S-Bahn-Haltestelle bog ich rechts ein und folgte der dunklen Straße bis an den Rand des ehemaligen Industriegebiets. Die Tante Ju in einem großen Neubau war eine feste Adresse für Dresdens Bluesfans; die Stimmung dort hatte ich sehr entspannt in Erinnerung.

Dem widersprach der erste Eindruck vor der Tür. Unsanft wurde der Boulevardreporter vom Vormittag nach draußen befördert.

»Such dir woanders deine Blutstorys!«, gab der Türsteher ihm mit auf den Weg.

Andy drehte sich abrupt um und küsste mich.

»Der Bebendorf hasst mich«, erklärte er, nachdem der Kollege an uns vorbei war. »Wenn er mich erkannt und uns angesprochen hätte, würden wir hier auch nicht weiterkommen.«

Wir bezahlten den Eintritt und betraten den erst schwach besuchten Club, gingen an die Bar.

»Zwei große Bier«, bestellte ich.

»Jetzt habe ich mal gute Vorsätze, und du machst sie zunichte«, beklagte sich Andreas.

»Sagen wir, das bleibt dein einziges, dann bist du schon gut.«

»Okay, gib mir die Autoschlüssel.«

Mit den Gläsern in der Hand betraten wir den großen Konzertraum. Eine eindrucksvolle Bühne füllte die Front aus, auf ihr prangte bereits ein gigantisches Schlagzeug. Die Wände des Raums waren mit schwarzen Tüchern verhängt, an beiden Seiten standen zu Gruppen angeordnete Flugzeugsitze. Von der Decke baumelte ein Modell der legendären Junker-Maschine. Noch lief Originalmusik von Janis Joplin vom Band, und nur vereinzelte Plätze waren belegt. Wahrscheinlich waren die Chancen, etwas zu erfahren, an der Bar größer.

»Noch nicht viel los«, versuchte ich, mit der Bedienung ein Gespräch zu beginnen.

Rechts von uns saßen zwei der ›alten, dicken Blueser‹, von denen Andy meinte, dass der gerade mal 28-jährige Martin gut zu ihnen passen würde. Während die Barfrau nur unverbindlich nickte, meldete sich der ältere der beiden zu Wort.

»Ja, die Leute wissen nicht, was gut ist.«

»Bist du oft hier?«, hakte ich ein.

»Axel gehört zum Inventar«, meinte sein Kumpel grinsend.

»Gestern soll ja auch eine gute Band gespielt haben«, probierte Andy einen Vorstoß.

Bestätigendes Murmeln. Axel hob sein leeres Bierglas in Richtung der Bedienung.

»War das besser besucht?«

»Keine Ahnung. Da hatte ich Hochzeitstag und war mit meiner Süßen schick mampfen.«

Auch der Zweite war offenbar am Vortag nicht da gewesen; die Frau hinter der Theke schaute ins Leere. Im Saal begannen die Musiker mit dem Soundcheck.

Mittlerweile strömten immer mehr Leute in den Raum, die Klänge von der Bühne ließen auf satte Rockmusik hoffen. Ich hatte mein Bier recht schnell ausgetrunken und bestellte mir ein zweites, Andreas' Glas war noch halb gefüllt. Wir gingen wieder in den Konzertraum.

Mit einer krachenden Version von ›Down On Me‹ begann die Band das Programm – schon beängstigend nah am Original. Die Sängerin traf genau den Ton und mit ihrem bunten Batikhemd zur Lederhose, die langen Haare um den Kopf herumwirbelnd, erinnerte auch ihre Ausstrahlung an die legendäre weiße Bluesfrau.

Dreschendes Schlagzeug, vorantreibende Gitarren, eine klagende, jammernde, fordernde Stimme – die Musik ging durch und durch, und sie tat gut. Ich ertappte mich dabei, wie ich mitwippte, das erste Mal seit der Fehlgeburt an nichts dachte – und das zweite Bier in Rekordgeschwindigkeit herunterkippte. Es half beim Vergessen, da konnte ich Andy gut verstehen. Und ich liebte ihn dafür, dass er sich in diesem Moment einen Kommentar verkniff, sondern anbot, mir noch eins zu holen. Bei der Gelegenheit wollte er weiter herumfragen.

›Didn't I make you feel like you are the only one‹, erklang es intensiv von der Bühne. Das hätte ich ihn in der Vergangenheit auch oft fragen müssen.

Als Andy zurückkam, nahm ich ihn fest in den Arm und küsste ihn.

»You are the only one«, sagte ich, mit Betonung auf dem »are«.

»Weil ich Bionade trinke?«, fragte er und brachte mich damit zum Lachen

»Genau«, sagte ich.

Er hatte herausgefunden, dass das Konzert am Vortag besser besucht gewesen war als das aktuelle, mehr aber auch nicht.

»Nur, dass die Bullen kurz vor uns hier waren. Die tappen also auch noch im Dunkeln.« Er schaute auf seine Uhr. »Schon halb elf durch. Ich gehe mal raus und telefoniere mit Jonas und Martin.«

Ein klassischer Blues erklang, während sich Andy zwischen den Leuten hindurchschob.

›Time keeps moving on, friends they turn away.‹

Auf einmal war mir die Menge der fremden Menschen zu nah, die ganze Stimmung zu intensiv. Ich ging zurück an die Bar, vor der niemand mehr saß.

Die Bedienung zapfte Biere vor, spülte Gläser und sortierte Flaschen in den Kühlschrank ein. Die Band machte weiter mit Blues. ›Sitting by your window, counting your fingers.‹ Eine durchdringende Gitarre schien meinen Körper zu sezieren; was eben noch Genuss war, schmerzte jetzt. Unvermittelt stiegen mir wieder Tränen in die Augen und angetrunken, wie ich war, konnte ich sie nicht zurückhalten. Ich senkte den Kopf, beide Hände um das Bierglas geklammert. »Tell me why«, schrie die Sängerin, wie es mein ganzes Ich tat.

Als ich den Blick hob, sah ich der Barfrau geradewegs in die Augen.

»Entschuldigung«, murmelte ich. »Es ist die Musik…«

»Vielleicht liegt auch was in der Luft«, sagte sie mit einem mütterlichen Lächeln. »Gestern saß genau da ein blutjunges Ding und hat sich die Seele aus dem Leib geheult. Hatte ihr Kind verloren, die arme Kleine, und sich dann noch mit ihrem Freund gestritten.«

Vermutlich wurde ihr bewusst, dass sie das Ideal eines verschwiegenen Barkeepers nicht erfüllte, denn sie verstummte.

Ich war auf Anhieb von meinem Kummer abgelenkt, auch die Trunkenheit schien verflogen. »Das ist aber auch geballt«, sagte ich. »Da geht es mir ja eigentlich richtig gut.« Ich hoffte, dass Andreas noch ein paar Minuten draußen bleiben würde. »Wie alt war sie denn?«

»Sah aus wie 15, sagte aber, sie wäre 19.«

»Und ihr Freund?«

Die Bedienung zuckte die Schultern. »Keine Ahnung, ihn hab ich nur ganz kurz gesehen. So Anfang 20, würde ich sagen.«

War Marianne die Begleitung des jungen Mannes gewesen? Ihre Eltern hatten Dale beauftragt, sie aufzufinden; am Mittwochmorgen hatte er mich angerufen und gebeten, ihm alles zu erzählen, was ich über das Mädchen wusste. Danach hatte ich nichts von ihm gehört. Ich musste ihn sprechen. Anscheinend hatte sich meine Mimik sehr verändert, denn die Bedienung musterte mich jetzt skeptisch. Dennoch versuchte ich eine direkte Frage.

»Sind sie zusammen weggegangen?«

Darauf hob sie misstrauisch ihre Augenbrauen. »Warum interessiert Sie das?«

Ich redete ein wenig herum, ich wollte wissen, ob es ein Happy End gegeben hätte, merkte aber, dass sie mir nicht glaubte. Immerhin schaffte ich noch eine halbwegs souveräne Verabschiedung, indem ich sagte, sie habe mich von meinen eigenen Problemen abgelenkt. Ich ging nach draußen, wo Andreas gerade sein Handy zuklappte. Er zog eine Grimasse, als er mich sah.

»Nichts bei Jonas, Martin gibt uns noch eine Stunde. Was hast du?«

Ich wusste nicht, ob er meine verheulten Augen oder die erwartungsvolle Körperhaltung meinte.

»Ich muss Dale anrufen!«

»Klar, gerade sagst du mir noch, dass ich der Einzige bin...« Der Witz gelang nicht ganz, ich konnte Andys Anspannung spüren. Er reichte mir das Telefon.

Während ich wählte, gab ich in knappen Worten wieder, was ich vermutete, und Andreas' Gesicht nahm einen konzentrierten Ausdruck an. Er hatte seine

Lederjacke mit nach draußen genommen, während ich ohne Mantel in die Kälte gelaufen war. Nun legte er mir die wärmende Hülle über die Schultern, blieb selbst im Pullover neben mir stehen. Es klingelte zehn Mal, bis Dale an den Apparat ging. Ich entschuldigte mich für den späten Anruf und fragte, ob er schon geschlafen hätte.

»Nein. Ich wollte bloß nicht telefonieren«, erwiderte er.

Was hieß das? Ärger mit Jess im fernen New Jersey? Ich hakte nicht nach, sondern erkundigte mich, ob er Marianne gefunden hatte.

Er lachte müde. »Weshalb willst du das wissen?«

»Weil –« Ich hatte die Erfahrung gemacht, dass ich am meisten aus Dale herausbekam, wenn er mir nur meine Schlüsse bestätigen oder sie verwerfen musste. »Weil ich vermute, dass sie mit dem jungen Mann zusammen war, der gestern Nacht an der Königsbrücker Straße tot aufgefunden wurde.«

»Du willst darüber schreiben«, stellte er fest.

»Ja«, gab ich zu.

»In diesem Fall lautet meine Antwort: Kein Kommentar.«

Deshalb hatte er nicht telefonieren wollen. Um nichts sagen zu müssen. »Und wenn ich nichts schreibe?«

Andreas riss die Augen auf.

»Versprochen?«

»Versprochen.«

Andreas verzog das Gesicht und machte heftige, abwehrende Handbewegungen.

»Okay. Weil du's bist. Richtig kombiniert. Mehr

noch: Für die Polizei ist sie die Hauptverdächtige. Deshalb die Nachrichtensperre. So hoffen sie, die Kleine schneller zu finden.«

Ich atmete tief ein, die kalte Luft schmerzte. Andy mühte sich ab, den Inhalt von Dales Sätzen aus meinem Gesicht herauszulesen. Er hatte seine Arme um den Oberkörper geschlungen, es sah aus, als fletsche er die Zähne. Eine Reaktion auf die Kälte und die Untätigkeit, zu der er verdammt war.

»Du hattest sie vorher aufgespürt?«, fragte ich Dale atemlos.

»Ja, ganz einfach. Sie war in der WG des Praktikanten des Kästner Museums untergeschlüpft, der –«

»– jetzt ermordet wurde.« Das hatte ich ohne nachzudenken gesagt, aber offenbar lag ich richtig.

»Ob es Mord war, haben die ermittelnden Kommissare mir nicht gesagt.« Ganz der ehemalige Polizist, die korrekte Bezeichnung war wichtig.

»Also doch: Kästner Museum, vielleicht ein Zusammenhang mit dem Widerstand gegen den Ausbau …« Meine Gedanken überschlugen sich.

Andy trat von einem Fuß auf den anderen, schlug sich mit den flachen Händen auf die Oberarme.

»Keine Ahnung. Und wenn du irgendetwas von dem schreibst, was ich dir erzählt habe, mache ich dir die Hölle heiß.«

»Schon klar.« Schlagartig überfiel mich Müdigkeit und ich spürte den Alkohol wieder. »Aber du weißt, dass das alles so oder so rauskommt.«

»Aber nicht durch mich. Ich habe mein Wort gegeben.« Das war Dale immer schon wichtig gewesen.

»Gute Nacht«, beendete er das Gespräch, bevor ich etwas erwidern konnte.

Langsam klappte ich das Telefon zu. Er hätte mir gar nichts gesagt, wenn es sein Fall oder er überzeugt von den Schlussfolgerungen der ermittelnden Beamten gewesen wäre, dachte ich. Aber er hatte nur sein Wort halten wollen, dass durch ihn nichts an die Öffentlichkeit drang.

»Also was?«, riss Andreas mich aus meinen Grübeleien.

»Wir können nichts bringen«, sagte ich und berichtete, was Dale gesagt hatte.

»Du hast es ihm versprochen, aber ich nicht«, war Andys Reaktion.

Ich schüttelte den Kopf und klappte das Handy wieder auf, rief Martin in der Redaktion an, teilte ihm mit, dass nichts Aktuelles käme und er Feierabend machen sollte. Als ich danach Jonas' Nummer aufrief, um auch ihn zu informieren, sah ich, wie wütend Andreas war.

»Du hast das nicht zu entscheiden!«, raunzte er, während ich versuchte, mich dem jungen Kollegen gegen eine enorme Lärmkulisse verständlich zu machen.

»Doch, in diesem Fall schon«, versetzte ich, nachdem ich das Gespräch beendet hatte und mich auf den Weg ins Innere des Gebäudes machte.

Andy schnaubte auf und ging schnurstracks an die Bar, holte sich einen doppelten Whisky.

»Freedom's just another word for nothing left to lose«, sang die auferstandene Janis Joplin im angrenzenden Raum.

5. KAPITEL

Das kleine Ännchen als Verdächtige? Das war doch komplett absurd. Ich wusste, wie sehr die Gefühlswelt nach einer Fehlgeburt aus den Fugen war, schließlich steckte ich noch mitten in diesem Zustand. Aber ebenso wenig, wie ich Andreas für seine Unterstellungen in der Tante Ju und im Taxi nach Hause hätte umbringen können, wäre Marianne in der Lage gewesen, dem jungen Typen aus dem Museum etwas anzutun. Ganz sicher.

Andreas. Es schien, als hätte er mit der Geschichte ein Ventil für seinen Zorn gefunden. Er verfluchte Dale und beschimpfte mich, kippte dabei noch zwei Whisky, wollte selbst in die Redaktion fahren und die Neuigkeiten in die Zeitung setzen. Ich sei Dale hörig und würde springen, sobald der ein Stöckchen halten würde, warf er mir vor, wie besessen von dem Gedanken, die Identität des Toten und seiner Begleiterin als Erstes aufzudecken. Irgendwann hatte ich ihn angeschrien, er sei ein elendiger Gossenjournalist und hätte keinerlei Berufsehre – womit ich ihn endlich zum Schweigen brachte.

Jetzt lag er noch in einem unruhigen, alkoholisierten Schlaf, während ich es nicht mehr im Bett ausgehalten hatte und, leicht verkatert von den drei Bieren des Vorabends, in der Küche saß und grübelte. Halb neun am Samstagmorgen. Kurz entschlossen verließ ich die Wohnung.

Die Kälte ließ mich den geplanten Abstecher zu Rißmann streichen, stattdessen kaufte ich Brötchen bei einem Bäcker auf der Alaunstraße. Die warme Tüte duftete herrlich und ich drückte mein Gesicht hinein.

Es waren kaum Menschen auf der Straße. Ein alter Mann führte seinen Hund aus, eine Frau in Jogginghosen betrat mit eiligen Schritten einen Supermarkt. Auf dem Bürgersteig glitzerte eine Eisschicht, auch der Müll der vergangenen Nacht trug einen leichten Überzug. Egal, wie kalt es war, ein paar Hartgesottene feierten immer auch außerhalb der Kneipen.

Wieder einmal ging ich über den Albertplatz, auf dem sich der Verkehr in Grenzen hielt. Während ich die Königsbrücker Straße überquerte, blickte ich zum Kästner Museum hinüber, zu dem kleinen Erich auf der Mauer, der der Zeit ebenso wie der Kälte trotzte. In diesem Moment traf ein schwacher Sonnenstrahl die Bronzestatue und ließ sie glänzen.

Die Bewegung an der frischen Luft tat gut, räumte im Kopf auf, verschaffte mir ein bisschen Distanz zu dem Streit mit Andy.

Auf mein zaghaftes Klingeln am Tor der Antonstraße 4 hin wurde sehr schnell geöffnet. Mir fiel ein Stein vom Herzen, dass ich Dale nicht geweckt hatte.

»Kirsten! Morgen.« Er trug Sportsachen und eine Mütze, und hatte einen dicken roten Schal um den Hals geschlungen. »Gerade wollte ich doch auch mal wieder joggen gehen.«

»Es ist immer noch zu kalt, glaub mir. Wie wäre es mit Frühstück?« Ich hielt die Brötchentüte hoch.

»Mit weiteren Infos als Nachtisch?« Er lächelte, wobei sich die Fältchen rings um seine Augen vertieften, und machte eine einladende Handbewegung.

Vor Jahren hatte ein Klient, den Dale vor betrügerischen Eigentumsansprüchen bewahrt hatte, ihm das Haus vermacht. Durch einen verwilderten Garten ein Stück von der viel befahrenen Straße entfernt, war das Gebäude ein wahres Kleinod aus dem ausgehenden 19. Jahrhundert mit Holzfußböden und knarrenden Treppenstufen. Knapp sieben Monate hatte ich hier gelebt, als ich ihm aus Erfurt gefolgt war, bis Andreas in Dresden auftauchte …

Dale war in die Küche vorangegangen, die aussah wie immer. Sehr ordentlich, sehr sauber – wie es weder bei mir noch bei Andy häufig vorkam – und mit schönen alten Möbeln, die zum Teil noch vom Vorbesitzer stammten. Zusammen kochten wir Kaffee und Eier, deckten den Tisch.

Als wir uns gegenübersaßen, betrachtete Dale mich prüfend über den Rand seiner Kaffeetasse hinweg. »Andreas hat getobt«, stellte er fest.

»Ja«, sagte ich.

»Er soll sich mit mir anlegen und dich in Ruhe lassen.«

»Ach, du weißt doch, Andreas und die Zeitung.« Warum entschuldigte ich ihn jetzt schon wieder?

Dale verzog das Gesicht. Ich nahm mir ein Brötchen und versuchte, ihn mit einem Grinsen davon zu überzeugen, dass es mir gut ging.

»Und: Was macht das Nichtrauchen?«

»Was meinst du, warum ich laufen wollte?« Er lachte und köpfte sein Ei. »Aber diese Ablenkung ist netter. Auch wenn du mich nur benutzt.«

»Ich muss wissen, was mit dem Mädchen ist«, sagte ich bloß.

Er nickte bedächtig. »Es ging ihr gut. Sie schien selbst ein bisschen überwältigt von all den Umwälzungen, die sie in Gang gesetzt hatte, aber dabei sehr optimistisch. Sie hatte einen Termin bei der Berufsberatung gemacht und im Kästner Museum mitgearbeitet.«

»Hat sie denn vorher gar nicht gearbeitet?«

Dale schluckte einen Bissen herunter, bevor er antwortete. »Doch. Sie hat ein Freiwilliges Soziales Jahr in der Gemeinde, in der auch ihre Familie ist, absolviert. Aber ihr war klar geworden, dass sie etwas anderes will. Am liebsten auch mit Schreiben ihr Geld verdienen.« Er lächelte mich an. »Also – sie hat sehr zuversichtlich in die Zukunft geschaut. Du brauchst kein schlechtes Gewissen zu haben.«

»Leicht gesagt. Und wenn sie tausendmal optimistisch war. Jetzt ist sie verschwunden und wird von der Polizei verdächtigt. In welcher Beziehung stand sie denn zu diesem Praktikanten?« Ich meinte mich an einen schlaksigen Jungen mit blonden, langen Haaren und ebenmäßigen Gesichtszügen zu erinnern, der nach der Pressekonferenz aufgeräumt hatte.

»Willst du meine Zeugenaussage einsehen? Ich denke – aber das ist wohlgemerkt reine Spekulation – dass sie sehr naiv seine Hilfe angenommen hat und sich gar nicht vorstellen konnte, dass er vielleicht mehr von ihr wollte.«

»Das Motiv.«

»Genau.« Im Büro nebenan klingelte das Telefon und er stellte seine Tasse ab, ging hinüber.

Ich belegte eine Brötchenhälfte mit dem guten italienischen Schinken, den ich durch ihn erst kennengelernt hatte, und ließ meinen Blick durch das Fenster in den Garten schweifen, dessen Bäume und Sträucher jetzt wie tot aussahen.

»Hat die Polizei dir gesagt, wie er gestorben ist?«, überfiel ich Dale, kaum dass er wieder zurück im Raum war.

Er lachte kurz auf. »Nein. Aber ich werde es herausfinden. Das war gerade Mariannes Mutter, die mich nochmals engagieren will, ihre Tochter aufzuspüren. Ich habe ihr gesagt, dass ich verpflichtet bin, sie den zuständigen Ermittlern auszuhändigen, wenn ich sie finde, aber das hat sie nicht abgehalten. Sie will sie bloß einmal sprechen vorher.«

»Gut«, antwortete ich und meinte es aus tiefstem Herzen. »Mir ist sehr viel wohler bei dem Gedanken, dass du Ännchen aufgreifst als irgendwelche Bullen.«

*

Wäre ich eine Wette eingegangen, ich hätte sie gewonnen. Andreas saß in der Redaktion, auf der Tischplatte ausgebreitet sämtliche Konkurrenz-Zeitungen, auf dem Computerschirm die Agenturmeldungen. Neben der Tastatur standen eine Kaffeetasse und ein Aschenbecher mit einer darin qualmenden Zigarette.

»Sag mal, spinnst du jetzt total? Du fängst wieder an zu rauchen?« Das war nicht die diplomatische Begrüßung, die ich mir zurechtgelegt hatte.

»Wir bekommen kein Kind, also ist das ja wohl egal!« Mit dem Gesichtsausdruck eines trotzigen Jungen sah er mich an.

»Du hast lange vorher aufgehört.«

»Und seitdem bin ich immer fetter geworden. Das stinkt mir.«

Was führten wir hier für eine abseitige Diskussion?

»Also willst du wieder rauchen und saufen, Tage und Nächte durcharbeiten und dich einen Dreck um andere kümmern?«

Als ich ihn in Erfurt für Dale verlassen hatte, war er teilweise betrunken zum Dienst erschienen, hatte ganze Wochenenden in der Redaktion verbracht. An anderen Tagen war er gar nicht aufgetaucht, weil er es nicht aus dem Bett geschafft hatte. Das alles war länger als zwölf Jahre her, dennoch stand es mir vor Augen, als sei es gestern gewesen. Aber jetzt hatte ich ihn nicht verlassen. Wir hatten uns gestritten, das war alles.

Wir hatten unser Kind verloren.

Ich schob den Gedanken beiseite.

Andreas' Gesicht war versteinert. »Wenn du mit sich um andere kümmern meinst, mich um Dales Befindlichkeiten und seine Schnüfflerehre zu sorgen: Ja.«

Ich wollte schreien, ihn packen, schütteln, schlagen. Stattdessen sagte ich: »Wenn du ein Wort von dem schreibst, was ich von Dale erfahren habe, sind wir geschiedene Leute.«

Ich holte tief Luft und verließ die Redaktion, bevor ich in Tränen ausbrechen konnte.

Aufgewühlt lief ich die Prager Straße hoch, ohne einen Blick für die neugestaltete Anlage der Pusteblumenbrunnen, die Geschäfte oder die anderen dick vermummten Menschen. Ich hatte das Gefühl, dass Andy und ich uns auf einer ins Bodenlose stürzenden Achterbahn befanden, ohne die geringste Möglichkeit, das Gefährt zu stoppen.

Dr.-Külz-Ring, Altmarkt, Schloss, Augustusbrücke, Goldener Reiter, Hauptstraße, Albertplatz. Ohne auch nur darüber nachzudenken, hatte ich das Erich Kästner Museum angesteuert – in solch einem Tempo, dass ich vor der Tür erst einmal nach Luft rang.

Vor der Tür, die sich öffnen ließ. Der Museumsbetrieb lief wieder. Ich trat in den Flur, registrierte, dass die Türen zu den Büros auf der rechten Seite verschlossen waren. An der Kasse stand eine Frau, die ich nicht kannte.

Ich bezahlte drei Euro für den Eintritt und begann, ohne Konzept Schubladen der Infoschränke aufzuziehen, überflog einen Artikel von der langjährigen Sekretärin des Autors, die ihren Chef als großzügigen Gentleman beschrieb, und betrachtete ein Foto des klein gewachsenen Mannes in einer Bar, vor sich ein Glas Cognac, in der Hand eine Zigarette. Ich las, dass er Ende der 40er-Jahre in Zürich ein Verhältnis mit einer Journalistin hatte, bald aber von zwei Münchner Frauen abgelenkt wurde. Die Beziehung zu der ergebenen Partnerin Luiselotte Enderle hatte er während dieser und unzähliger anderer Affären nie gelöst.

Das zu lesen, hatte Ännchen also stark gemacht für einen Neuanfang, wie Dale meinte. Ob sie auch das biestige Gedicht ›Patriotisches Bettgespräch‹ gelesen hatte, in dem es hieß: ›Wer nicht zur Welt kommt, wird nicht arbeitslos‹? Der Text war ein Plädoyer für das Recht auf Abtreibung – etwas, das im Weltbild ihrer Gemeinde bestimmt nicht vorkam.

Ich hoffte, dass Ännchen aus all diesen Informationen vor allem eines für sich herausgezogen hatte: Dass die Welt nie so einfach war, wie viele sie sehen wollten – auch ihre Familie und Gemeinde, wie ich ganz stark vermutete. Immerhin stand in dem Text über Kästners zahlreiche Frauenliebschaften auch, dass er keiner etwas vorgemacht hätte und sie teilweise sogar einander kannten und sich miteinander arrangiert hatten.

Während ich selbstvergessen in Richtung Garten schaute, erregte eine Frau meine Aufmerksamkeit. Schnell und zielgerichtet bewegte sie sich durch den Raum, auf den Wintergarten zu. Marlene Stiller. Als sie mit einem Buch in der Hand zurückkehrte, sprach ich sie an.

»Ja?« Sie signalisierte Unwillen.

»Frau Stiller«, ich warf einen Blick über meine Schulter, die anderen Besucher waren weit genug entfernt. »Ich weiß, dass der Tote an der Königsbrücker Straße ein Praktikant des Museums war und seine Begleitung Marianne Kulka.«

Das Gesicht der Museumsleiterin versteinerte sich.

»Ich werde nicht darüber schreiben. Großes Emil-und-die-Detektive-Ehrenwort.« Ich schaffte sogar ein Lächeln.

»Und was wollen Sie dann von mir?«

»Ich würde gerne erfahren, wie es Marianne hier ging. Ich habe Ihnen das am Montag nicht gesagt, aber: Ich kenne das Mädchen. Wir – wir haben zusammen im Krankenhaus gelegen.«

»Ach.« Die grauen Augen blinzelten skeptisch.

»Himmel, ja!« Ich war laut geworden und erschrak

selbst über den Klang meiner Stimme. »Ich habe zwei Tage vor ihr mein Kind verloren.«

Haltung und Mimik der Museumschefin blieben abweisend, dennoch bat sie mich nach kurzem Zögern in ihr Büro.

Dort sah es aus wie an Dales Arbeitsplatz – geradezu peinlich aufgeräumt. Vielleicht eine Konsequenz der Tatsache, dass sie sogar am Samstag arbeitete. Auf der Tischplatte lag eine einzige aufgeschlagene Mappe, eine hohe Box mit fünf vollen Fächern schien die Ordnung zu wahren. Marlene Stiller bot mir keinen Platz an, stattdessen zog sie einige zusammengeheftete Din-A4-Seiten aus einem der Fächer und überreichte sie mir.

»›Erich Kästners Neustadt – Teil 1: Die Wohnhäuser an der Königsbrücker Straße‹ von Marianne Kulka«, stand oben auf dem ersten Blatt.

Frau Stiller hatte an ihrem Rechner das Mailprogramm aufgerufen. »Sagen Sie mir Ihre E-Mail-Adresse und ich schicke Ihnen die Datei, damit Sie den Text nicht abtippen müssen.«

»Die angekündigten Geschichten über Kästner und die Königsbrücker Straße sollten von Marianne kommen?«, fragte ich entgeistert, bevor ich mich zusammenriss und meine Adresse nannte.

»Ja«, antwortete Marlene Stiller nüchtern. »Es war ihre Idee. Natürlich habe ich sie gern gewähren lassen. Wir sind immer knapp an Leuten, und jemand mit so viel Eigeninitiative ist selten. Vielleicht«, sie zögerte, »es ist nur so ein Gedanke, aber vielleicht bekommt sie es mit, wenn Sie den Text abdrucken und freut sich darüber.«

»Möglich.« Ich hielt die Seiten mit beiden Händen fest. »Sie können sich also auch nicht vorstellen, dass sie den jungen Mann getötet hat.« So, wie ich das betont hatte, war es kein Aussagesatz. Erst, nachdem ich die Worte ausgesprochen hatte, schaute ich von dem Text auf.

»Nein.« Sie sah mich an. »Aber was weiß man schon von einem Menschen, besonders wenn man ihn nur drei Tage kennt.«

*

Ich setzte mich mit dem Ausdruck in die Eisdiele, die in die Räume des ehemaligen Cafés ›Kästners‹ auf der anderen Seite des Albertplatzes eingezogen war. Für Eis war es viel zu kalt, ich war der einzige Gast. Vermutlich würde auch dieser Betrieb bald wieder schließen, wie diverse vor ihm in den vergangenen Jahren. Irgendwie schien auf dem Lokal – das eigentlich ein Publikumsmagnet war mit viel Laufkundschaft und einem hübschen Denkmal mit Kästner-Büchern und dem Hut des Schriftstellers davor – kein Glück zu liegen. Ich bestellte einen großen Milchkaffee und begann zu lesen.

Marianne hatte Talent, keine Frage. Ein wenig erinnerte ihr Stil an Schulaufsätze, manches war arg gestelzt und gedrechselt, aber alles in allem hatte sie es geschafft, die Fakten – die im Fall der drei Häuser nicht gerade lebendig waren – aufzubereiten und einen lesbaren Text daraus zu machen.

Ich überlegte, ob ich direkt noch einmal in die Redaktion fahren sollte, um ein Vorwort dazu zu schreiben und beides Christina, die Wochenenddienst hatte, hinzulegen, entschied mich jedoch dagegen. Ich befürchtete, dass Andreas noch immer dort war, und ihn wollte ich jetzt einfach nicht sehen.

Meine Freundin Ines wartete auf meinen Anruf. Aber wenn ich mich mit ihr traf, würde ich erzählen müssen, was passiert war; und jeder Versuch, mich zu trösten, würde die Wunde – oder die vielen Wunden, die ich mittlerweile spürte – neu aufreißen. Außerdem wäre ich gezwungen, ihr die ganze Ännchen-Geschichte zu verschweigen. Unschlüssig schaute ich durch das Fenster in die Dämmerung über dem Albertplatz, trank den kalt gewordenen Kaffee aus, zahlte und ging nach Hause.

Dort war Andreas nicht, aber damit hatte ich auch nicht gerechnet. Ich räumte ein wenig auf, legte mich dann mit einer Wolldecke aufs Sofa und schlief über meinen Grübeleien ein. Als ich erwachte, zeigten die Leuchtziffern des Videogerätes 19.48 Uhr an. Ich hatte über zwei Stunden geschlafen und Schwierigkeiten, überhaupt wieder wach zu werden.

Endlich zwang ich mich aufzustehen und nachzuschauen, was wir im Kühlschrank hatten. Kaum genug für ein belegtes Brot. Also rief ich den Pizzaservice an und saß kurz darauf mit einer Spinat-Knoblauch-Pizza und einem Glas Rotwein wieder auf dem Sofa, zappte, während ich aß, durch das Fernsehprogramm. Ich war regelrecht glücklich, als ich auf arte einen gerade erst begonnenen Spielfilm mit Johnny Depp fand, der mich von meinen Gedanken ablenkte.

Als die Geschichte des Kokaindealers ihr unglückliches Ende genommen hatte, ließ ich das weitere Programm an mir vorüberziehen, unschlüssig, ob ich zu Bett gehen sollte. Den Gedanken an Andreas versuchte ich zu verdrängen, ich redete mir ein, dass es mir egal war, wo er war und was er machte.

Vor zwölfeinhalb Jahren war ich als frischgebackene Redakteurin nach Erfurt gekommen – und hatte mich in diesen idealistischen Vollblutjournalisten verliebt. Er war anarchisch, leidenschaftlich, attraktiv. Sofort flogen zwischen uns die Funken. Dann lernte ich auf einem Termin Dale kennen – auch er gutaussehend, aber ruhig, verlässlich. Meine Gefühle spielten verrückt, und ich stürzte uns drei in ein schreckliches Hin- und Her. Über Jahre hinweg.

Ich wollte nicht daran denken. Es war eine ungesunde Zeit gewesen.

Die eine Neuauflage erfuhr, als ich friedlich mit Dale hier in Dresden lebte und Andreas auftauchte. Nachdem wir jahrelang nichts voneinander gehört hatten, bahnte die alte Anziehungskraft sich wieder ihren Weg – und ich verließ Dale, zog mit Andy zusammen.

Entschlossen, die Grübeleien zu beenden, schaltete ich den Fernseher aus und wollte ins Bad gehen. Da klingelte es an der Tür. Es dauerte, bis ich nach Betätigen des Türöffners schwere Schritte auf der Treppe hörte, dann, endlich, erschien Dale, der den leblos wirkenden Andreas mitschleifte.

»Dale! Andy! Was ist passiert?«

»Nichts. Zum Glück, nichts.« Dale atmete schwer. »Los, komm, beweg deine Füße«. Das war an Andreas gerichtet, der aus glasigen Augen in die Gegend starrte, umhüllt von einer stinkenden Wolke aus Alkohol und Nikotin.

Andy versuchte, selbst zu laufen. Wenig erfolgreich, aber immerhin musste Dale offenbar nicht mehr sein ganzes Gewicht bewegen. Die beiden schwankten ins Wohnzimmer, wo Dale Andreas auf dem Sofa ablud, ihm Lederjacke und Schuhe auszog und ihn dazu brachte, sich auf die Seite zu legen. Er stopfte ein Kissen unter seinen Hals und zog die Wolldecke über ihn. Andy zitterte. Dale drehte sich zu mir um, zog seine eigene Jacke aus. Ich war wie erstarrt in der Mitte des Raumes stehen geblieben.

»Für die Polizei bin ich jetzt sein Babysitter.« Das Grinsen sah nicht überzeugend aus. »Sie haben ihn an der Bautzener Straße direkt an der Einfahrt zu ihrer Wache gefunden. Schlafend. Normalerweise wäre er in die Klinik gebracht worden, aber einer der Kollegen hat ihn wiedererkannt und mich angerufen. Es besteht keine Lebensgefahr, deshalb habe ich gedacht, dir ist es lieber, wenn ich ihn herbringe.«

Ich war unfähig, zu reagieren.

»Aber wir können auch immer noch den Rettungsdienst anrufen. Vielleicht«, Dale versuchte, meine Mimik zu lesen, »ist er ja doch im Krankenhaus besser aufgehoben.«

Die Geräusche vom Sofa signalisierten, dass Andreas die Worte in irgendeiner Schicht seines Bewusstseins verstanden hatte und seine alte Abneigung gegen Krankenhäuser artikulieren wollte.

»Keine Lebensgefahr«, wiederholte ich leise.

Dale fasste mich um die Schultern. »Es ist schlimm,

ich weiß, aber –« Auch ihm schienen die Worte zu fehlen. »Habt ihr Kräutertee hier?«

Er schob mich in Richtung Küche, wo ich ein paar Beutel Magen- und Darmtee fand. Mit mechanischen Bewegungen füllte ich den Wasserkocher, stellte ihn an.

»Das ist also dieses Komasaufen, das die Kids so gerne machen«, sagte ich möglichst cool.

Dale schüttelte den Kopf. »Zum Glück nicht. Sonst müsste er in die Klinik. Erwachsene schlafen meist ein, bevor sie bewusstlos werden – was ihm ja auch passiert ist. Da ist die Hauptgefahr in einer Nacht wie heute, zu erfrieren. Zum Glück wurde er schnell gefunden.«

Der Steingutbecher glitt mir aus der Hand und zerschellte auf dem Fußboden. Stammelnd entschuldigte ich mich – wofür? – und holte Handfeger und Kehrblech aus dem Schrank unter der Spüle.

»Was denkt der Scheißkerl sich eigentlich? Denkt der überhaupt noch? Will er sich umbringen, oder was?« Meine Stimme überschlug sich, während ich mit Tränen in den Augen die Scherben zusammenfegte.

»Im Moment sieht es fast so aus, ja.« Ich hörte, dass Dale sich um einen ruhigen Tonfall bemühte. Er holte einen anderen Becher aus dem Schrank und goss den Tee auf. »Ich sag dir was: Ich bleibe noch ein bisschen hier, damit du mir nicht durchdrehst, und morgen früh probiere ich meine pädagogischen Fähigkeiten an Andreas aus.«

»Wie das?«

»Ich gehe mit ihm joggen.«

Ungewollt brach ich in Lachen aus. »Der kann morgen nicht joggen.«

»Schauen wir mal.«

Zusammen gingen wir ins Wohnzimmer zurück, wo Andy tief und fest schlief. Dale setzte sich vor das Sofa in den Schneidersitz, sprach ihn an, bewegte seine Schulter, wurde lauter – so lange, bis Andy endlich ein Auge öffnete.

»Gut so. Jetzt trink das.« Dale hielt ihm den Tee hin.

Andy versuchte ein Kopfschütteln.

»Trink das. Du hast eine satte Alkoholvergiftung, du brauchst Flüssigkeit.«

Während Andreas tatsächlich tat, wie ihm geheißen, fragte ich Dale, woher er wusste, was zu tun war. Er lachte trocken auf.

»Als ich Cop in Atlantic City war, gehörte das zum Alltag. Und da hat man besser gar nicht erst auf den Krankenwagen gewartet, sondern die Kunden gleich selbst trockengelegt.«

Warum er das jetzt für Andy tat, fragte ich nicht. Ich war vollständig überfordert mit der Situation und nur froh, dass er da war.

Nachdem er Andreas dazu gebracht hatte, den Tee auszutrinken, stand er vom Teppich auf und reckte sich. Am Videogerät blinkte es 00.01 Uhr.

»Meinst du, du kommst jetzt klar? Am besten, du stellst einen Eimer hier hin und kochst ihm noch einen Tee. Irgendwann wird er selbst was trinken wollen. Ja, und nimm besser die Weinflasche weg. Man weiß nie.« Er verzog den Mund in einer, wie mir schien, resignierten Bewegung.

Ich nickte bloß, unfähig, auf das Unausgesprochene zu reagieren. »Willst du vielleicht noch –?« Ich deutete in Richtung Küche. »Nach Wein ist mir jetzt nicht mehr, aber vielleicht ein Saft?«

Andy stöhnte und mich erfasste eine gigantische Wut auf ihn.

»Nein, danke«, sagte Dale. »Ich bin ziemlich müde. Ich komme morgen – heute – früh um neun wieder. Dann gehen wir beide laufen«, wandte er sich an Andreas, der nicht reagierte. »Gute Nacht.«

*

Ich blieb im Bett liegen, bis es klingelte, kam mir feige und unfähig vor und war doch einfach nicht in der Lage, Andreas zu begegnen. Ich hatte kaum geschlafen, ihn häufig durch die Zimmerwand hindurch gehört. Stöhnen, seufzen, schnarchen, irgendwann ein überstürztes Stolpern ins Bad, nach quälend langen Minuten ein langsames Herauskommen, Verharren auf dem Flur, der Rückzug auf das Sofa. Ich war erleichtert gewesen, dass er nicht ins Schlafzimmer gekommen war. Ich hätte ihn nicht neben mir ertragen.

Im Bademantel ging ich an die Wohnungstür, betätigte den Öffner, schaute erst dann durch die angelehnte Tür ins Wohnzimmer. Andreas lag auf dem Sofa; entweder er schlief wirklich noch oder er tat so als ob.

Dale erschien im Flur, in den Sachen, die er vor ziemlich genau 24 Stunden getragen hatte, als ich ihn in der Antonstraße aufgesucht hatte. Er begrüßte mich mit einem beruhigenden Lächeln und ging ins Wohnzimmer. Ich verschwand in der Küche.

»So, aufstehen, wir beide haben eine Verabredung zum Joggen«, hörte ich.

Andys Entgegnung konnte ich nicht verstehen.

»Keine Diskussion, zieh dir was anderes an und los!« Dale war wieder, wie in der Nacht, so entschieden, dass Andreas seine Anordnung befolgte. Schritte kamen aus dem Wohnzimmer, führten über den Flur und ins Schlafzimmer. Kurz darauf verließen beide die Wohnung.

6. KAPITEL

Es dauerte über eine Stunde, bis die Wohnungstür wieder geöffnet wurde. Eine Stunde, in der ich einen Entschluss fasste: Ich musste Andreas helfen. Offensichtlich litt er stärker unter der Fehlgeburt als ich, was vielleicht daran lag, dass er selbst nie ein richtiges Familienleben kennengelernt hatte. Dementsprechend war er auf der einen Seite jahrelang verbindlichen Beziehungen ausgewichen, auf der anderen sehnte er sich die ganze Zeit danach, wie er einmal zugegeben hatte.

Er war allein; ich hörte schleppende, ungleichmäßige Schritte ins Bad, kurz darauf das Rauschen der Dusche. Das Frühstück hatte ich schon lange vorbereitet. Kaffee dampfte in der Kanne, Aufbackbrötchen kühlten im Korb ab, die wenigen Scheiben Wurst verloren ihre Farbe, der Rest Knoblauchkäse roch streng. Um etwas zu tun zu haben, schraubte ich die Deckel von Marmeladen- und Honigglas, holte dann noch das Nutella aus der Ecke des Schranks hervor.

Endlich kam Andy in die Küche, in Jeans und gestreiftem Hemd, mit feuchtem Haar und einem so unsicheren Ausdruck in den grünen Augen, wie ich es noch nie bei ihm gesehen hatte. Leise wünschte er mir einen guten Morgen, setzte sich.

Bevor ich etwas sagen konnte, begann er zu reden, den Blick auf den gelben Teller vor ihm gerichtet.

»Verlang bitte nicht von mir, eine Therapie zu machen.

Ich will ja was tun, aber nicht einen Psycho über meine Mutterbeziehung faseln hören.«

»Okay«, sagte ich bloß.

Er sah auf. »Ich werde jetzt erst mal einen Monat lang nichts trinken. Ich meine, ich habe es während der Schwangerschaft gekonnt –«

»Iss was«, bat ich ihn.

Andy schüttelte den Kopf, nahm sich aber ein Brötchen, schaute wieder nach unten. »So etwas wie gestern wird nie mehr vorkommen.«

Ich hörte Dales bedächtiges ›Schauen wir mal‹ in meinem Kopf und war ihm unendlich dankbar für alles, was er getan hatte.

»Das will ich dir auch raten«, erwiderte ich endlich. »Sonst heuere ich einen Zehnkämpfer an, der dich in die Mangel nimmt.«

Ein zaghaftes Lächeln. »Ob der härter wäre als Dale, wage ich zu bezweifeln.«

»Du solltest ihm die Füße küssen.«

»Ja.« Er stand auf und verließ die Küche, kehrte kurz darauf mit einem Zigarettenpäckchen zurück. »Hier, damit das auch geklärt ist.«

Ich wies in Richtung des Abfalleimers. »Dale hört gerade mal wieder auf.«

Andy zog eine Grimasse und warf die Schachtel weg. Bevor er Platz nahm, setzte er Wasser auf und legte einen der Magen-Darm-Teebeutel bereit. Den Kaffee hatte er bislang nicht angerührt.

»Einen Monat also, ja?«

»Wenn es sein muss, auch länger. Und natürlich erwarte ich nicht, dass du auch auf Alkohol verzichtest, und deinen Geburtstag feiern wir so, wie du es willst.«

In gut einer Woche wurde ich 39.

»Im Moment ist mir ohnehin nicht nach Feiern. Also warten wir mal ab.« Ich schenkte ihm einen, wie ich hoffte, aufmunternden Blick. »Jetzt muss ich dringend was essen.«

Ich nahm mir ein Brötchen und bestrich es mit Butter und Marmelade, Andreas biss von seinem trockenen ab.

»Scheint wieder zu gehen.«

Ich schob das Nutellaglas zu ihm hin, er grinste schief. »So gut nun auch noch nicht!«

Eine ganze Weile saßen wir uns schweigend gegenüber, dann sagte Andy: »Ich glaube, ich sollte mich noch ein bisschen hinlegen. Wollen wir später ins Hygienemuseum gehen und uns diese neue, hochgelobte Sonderausstellung anschauen?«

»Gern. Ich muss vorher aber kurz in die Redaktion.«

Abrupt setzte er seine Teetasse ab. »Ich habe nichts über Ännchen vorbereitet, du brauchst das nicht zu kontrollieren.«

»Gut. Aber ich habe etwas.« Ich schilderte meinen Besuch im Kästner Museum. »Du kommst also doch noch zu deiner Exklusivstory.«

Er grinste deutlich erfreut, wollte den Text lesen, fand ihn ebenfalls gut und überlegte laut, ob man Marianne damit ködern könnte, sich zu melden.

»Vielleicht indem du schreibst, dass die Zeitung der Autorin gerne ein Praktikum anbieten würde.«

»Gar nicht dumm. Aber es ist natürlich unwahrscheinlich, dass sie die Zeitung überhaupt liest. Sie muss ja irgendwo untergetaucht sein. Und so naiv, sich auf solch einen Satz hin zu melden, ist sie auch nicht, denke ich.«

Andreas nahm sich nun doch noch eins der mittlerweile kalten, zähen Brötchen. »Es ist eine Möglichkeit.«

»Versuchen können wir es.«

Ich war froh zu sehen, wie er auflebte. Im Endeffekt verzichtete er darauf, sich auszuruhen, und wir holten gemeinsam das Auto an der Tante Ju ab und fuhren in die Redaktion, bastelten an einem Vorwort für Ännchens Text. Hans, der mit Christina Wochenend-Dienst hatte, meckerte zwar, wir hätten zu wenig Platz dafür, als Andy aber anbot, selbst andere Artikel einzukürzen, war er besänftigt. Christina zwinkerte mir zu. Für sie waren wir einfach ein Paar, das die erlittene Fehlgeburt gemeinsam mit Arbeit bewältigte. Ich nahm an, sie hatte weder ihren bleichen Chef genauer angesehen noch in dessen Büro geschaut, wo Andreas so schnell wie möglich den Aschenbecher auskippte, die Fenster aufriss, und eine leere Flasche Ouzo – ein Werbegeschenk – in den Abfall warf. Ich wollte gar nicht wissen, was er wann und wo in sich hineingeschüttet hatte. Er hatte erzählt, dass das Letzte, woran er sich erinnerte, ›Aromatique‹ im ›Bautzner Tor‹ war, einer Szenekneipe mit Ostalgieanmutung. Danach: Blackout, Filmriss.

*

»Musste das sein?« Der Anruf von Dale am nächsten Morgen erwischte mich noch zu Hause. »Ich hab ja keine Dankbarkeit erwartet, aber zumindest, dass du dich an unsere Abmachung hältst!«

»Aber«, ich stand im Flur, den Mantel in der Hand. Ich hängte ihn wieder an den Haken und ging mit dem Telefon in die Küche. »Ich habe nichts verraten.« Ich berichtete ihm, dass die Museumschefin mir den Text gegeben und mich sogar gebeten hatte, ihn abzudrucken.

»Ach, und das mit dem Praktikum? Du willst doch erreichen, dass sie sich bei dir meldet, oder etwa nicht?«

»Und wenn? Ich kann dir gerne versprechen, dich sofort zu informieren, wenn sie es tut.« Zwar fand ich es fürchterlich, ihm in die Quere gekommen zu sein, nachdem, was er für Andy getan hatte, war mir aber keiner Schuld bewusst. Natürlich hätte ich ihm von dem Text erzählen sollen, ich hatte jedoch überhaupt nicht mehr daran gedacht Samstagnacht.

Dale seufzte laut auf. »Kannst du auf dem Weg in die Redaktion hier vorbeikommen?«

Ich stimmte zu und saß kurz darauf in seiner Küche, während er sichtlich angestrengt an der Fensterbank lehnte.

»Warum konntest du nicht einmal einfach das tun, was wir verabredet hatten?« Der Tonfall war resigniert, die Gesichtszüge angespannt. Als ich wieder Einwände vorbringen wollte, fiel er mir ins Wort. »Der Text kommt einfach sehr unpassend, das ist alles.«

»Was? Wie?« Ich verstand überhaupt nichts.

Dale stieß sich mit mehr Kraft als nötig von der Fensterbank ab, kam zu mir an den Tisch. »Du weißt, dass ich sehr selten schlecht über Polizisten rede.« Er machte eine kurze Pause, in der ich ihm zustimmte. »Aber die Kollegen, die diesen Fall bearbeiten, sind wirklich Idioten.«

In der Deutlichkeit hatte ich das tatsächlich noch nie von ihm gehört.

»Für sie gibt es keine andere Möglichkeit, als dass Marianne die Täterin ist, sie unternehmen keinerlei Anstrengungen, um anderen Spuren nachzugehen. Sie jagen sie, sie wollen sie finden, damit ist für sie der Fall erledigt.«

»Ach je!« Mir schwante, um was es Dale ging.

»Ich habe sogar über Hantzsche versucht, Einfluss zu nehmen – aber der ist auch nur frustriert von den Kollegen, die noch dazu seine Nachfolge antreten werden, wenn er in zwei Jahren in Rente geht. Deshalb«, er knetete seine schmalen, sehnigen Hände, »habe ich beschlossen, meine Suche nach dem Mädchen hintenan zu stellen, damit ich nicht gezwungen bin, sie ihnen auszuliefern, und stattdessen direkt nach dem Täter zu fahnden.«

»Das heißt, du gehst auch davon aus, dass Ännchen es nicht war.«

Dale zuckte die Schultern. »Falls ich doch wieder bei ihr lande, kann ich es nicht ändern.«

*

In der Redaktion wusste ich, was Dale gemeint hatte. Ingeborg teilte mir mit, dass zwei Herren von der Kripo bei Andreas auf mich warteten. Ich legte meine Sachen ab, sammelte mich kurz und ging ins Chefbüro.

Dort saß ein sehr entspannt wirkender Andy an seinem Schreibtisch und sortierte Unterlagen für die Konferenz. Auf dem Besucherstuhl schien ein dicker Mann zu dösen – soweit man das von hinten sehen konnte. Auf jeden Fall war sein massiger Kopf nach vorn gekippt, die feisten Arme verschwanden in seinem Schoß. Am Fenster stand das genaue Gegenteil zu diesem Erscheinungsbild: Ein vielleicht 30-jähriger, athletisch wirkender Typ in einem gut sitzenden Anzug, der ungeduldig zur Tür blickte, als ich eintrat.

»Da ist die Kollegin«, ließ sich Andy in verbindlichem Ton vernehmen. »Kirsten, Herr Willmer und Herr – wie war Ihr Name doch gleich?« Er machte sich einen Spaß daraus, den Dicken aus seinem Dämmerzustand aufzuschrecken.

»Lutter«, erwiderte der nach einer kurzen Schrecksekunde.

»Genau, wie der große Reformator und Aufklärer.«

Andreas hatte die beiden ohne Vorwarnung durchschaut. Ich war so glücklich, ihn in seinem Element zu sehen, dass ich ihm am liebsten um den Hals gefallen wäre. Der Dicke wies ohne jede Regung darauf hin, dass sein Name mit Doppel-t geschrieben wurde, wuchtete anschließend seinen Körper in meine Richtung und fragte mich, woher ich den Text von Marianne Kulka hätte.

Uns war klar gewesen, dass eine Nachfrage kommen würde, dass sie aber so leicht zu parieren wäre, hatten wir nicht hoffen können. Marlene Stiller hatte darum gebeten, sie aus der Angelegenheit herauszuhalten, und so hatte ich die eingegangene E-Mail gelöscht und den Text in verschiedenen Formaten hin- und hergespeichert. Nun könnte nur noch ein Computerexperte die Herkunft aufspüren. Wenn ich mir die beiden so ansah, konnten wir wohl davon ausgehen, dass sie keinen vorbeischicken würden.

Der Text sei eine anonyme Briefsendung an die Lokalredaktion gewesen, sagte ich. Ich hätte ihn in der Post vorgefunden, als ich am Samstag etwas im Büro nachsehen wollte, und beschlossen, der – »offenbar«, schob ich schnell ein – jungen Autorin den Gefallen zu tun und ihn abzudrucken.

»Sie ist begabt, das Thema ist interessant, und wir bemühen uns immer, nah am Leser zu sein mit unserer Zeitung.«

Andy nickte beifällig. »Natürlich hat Frau Bertram da meine volle Unterstützung. Sie hat den Text mit einem erläuternden Vorwort begleitet, sodass dem Leser die Umstände klar sind, insofern sehe ich nicht, womit Sie ein Problem haben. Verraten Sie uns denn jetzt, woher Ihr Interesse an diesem Text rührt?«

»Würden Sie uns bitte den Originaltext und den Umschlag aushändigen?«, verlangte der Dünne.

»Aber gern.« Ich verschwand aus dem Büro und holte die Seiten – normale Computerausdrucke ohne speziellen Briefkopf – sowie die Versandtasche, die wir gestern aus dem Altpapier herausgesucht hatten. Das Sichtfenster des nicht bedruckten Umschlags hatten wir mit einem Aufkleber versehen, auf den ich mit krakeliger

Schrift die Redaktionsanschrift gemalt hatte. Der Poststempel war ganz passend vom 4. Februar und dem Postzentrum Dresden.

»Ich habe das nun natürlich alles mehrfach angefasst«, verkündete ich, wobei ich Blätter und Briefumschlag noch einmal mit möglichst viel Handfläche berührte.

Das mache nichts, sagte der Dicke, der noch jünger als sein Kollege wirkte, und hielt mir eine geöffnete Klarsichthülle entgegen, in die ich das Material hineinstecken sollte. Ich schaffte es, mich dabei so dumm anzustellen, dass er mir half und so auch seine breiten Fingerabdrücke auf dem Papier verewigte.

»Wir müssen Sie bitten, uns unverzüglich zu benachrichtigen, falls Frau Kulka sich bei Ihnen melden sollte«, schaltete der Sportliche sich ein, dem das alles viel zu lange zu dauern schien.

»Wieso?«, fragten Andy und ich wie aus einem Mund, ich in einem naiven, er in ablehnendem Ton.

»Kein Kommentar.«

»Ihr Engagement«, ich genoss Andreas' Betonung, »hat vermutlich mit dem Toten an der Königsbrücker Straße zu tun, dessen junge, weibliche Begleitung gesucht wird?«

»Kein Kommentar.«

»Wir könnten diese Schlussfolgerung in einem Artikel ziehen.« Ich hatte mich Andy zugewandt und langsam gesprochen, als müsste ich meine Worte genau überlegen.

»Das werden Sie unterlassen.«

»Sonst?«, erkundigte sich Andreas nonchalant.

»Sonst gibt's eine Einstweilige Verfügung«, donnerte der Dicke, der sich aus dem Stuhl hochgequält hatte.

»Gefahr in Verzug«, schlug ich ihm als Begründung vor.

»Behinderung der Ermittlungen«, blaffte er zurück.

Als sie aus der Tür waren, hatten wir beide Mühe, nicht laut loszulachen.

»Und: Schreiben wir was?«, fragte ich. Wenn Ännchen die Zeitung wirklich zu Gesicht bekam, wäre sie gewarnt, dachte ich.

Andreas wurde ernst. »Nichts lieber als das. Aber wenn wir eine Einstweilige Verfügung kassieren, gibt das reichlich Ärger.«

Mir lag auf der Zunge, dass ihn das sonst nicht gestört hätte, aber ich schluckte es hinunter. Das – wenn auch noch so unwahrscheinliche – Risiko, dass er seinen Job verlieren könnte, durfte er momentan nicht eingehen, das war mir klar. Nicht zu einem Zeitpunkt, an dem die Arbeit zu den wenigen Dingen gehörte, die ihm Halt gaben. Statt darauf einzugehen, erzählte ich ihm von Dales Bedenken.

»Der immer mit seinen Skrupeln!« Direkt nach dem Satz wurde sein Blick unsicher.

»Keine Angst. Niemand erwartet von dir jetzt absolute Hingabe an Dale«, beruhigte ich ihn. »Und er hat in eine pragmatische Lösung eingewilligt: Falls Ännchen sich wirklich meldet – was ich mir nicht vorstellen kann – versuchen wir erst mal, etwas aus ihr herauszubekommen. Und nur, wenn wir etwas in der Hand haben, benachrichtigen wir ihn.«

Andy strahlte wie ein Honigkuchenpferd. »Jetzt küsse ich ihm aber wirklich bald die Füße! Er lässt uns den Vortritt – das gab's ja noch nie.«

»Dafür machen wir uns strafbar«, erinnerte ich ihn. Was Dale ordentlich Magenschmerzen bereitete. Der Gedanke jedoch, dass Ännchen als Zeugin in Gefahr schweben könnte, hatte ihn zustimmen lassen.

»Gehen wir mal davon aus, dass sie sich sowieso nicht meldet«, sagte ich. »So dumm ist sie nicht.«

*

So dumm vielleicht nicht, aber so verzweifelt. Bei ihrem Anruf am Abend erwähnte das Mädchen den Artikel mit keinem Wort, sondern erklärte schlicht, sie wisse nicht, wohin. Ob sie zu mir kommen könne. Ich drehte die Rolling Stones mit ihrer Live-Version von ›Shattered‹ leiser und hoffte bloß, dass Hantzsches designierte Nachfolger nicht unser Telefon angezapft hatten. Hantzsche hätte es getan. Dann fragte ich Marianne, wo sie stecke.

»Sie wohnen doch in der Neustadt in der Nähe vom Krankenhaus, oder?«

»Ja, das stimmt«, sagte ich. Ob sie ein Auto vor unserem Haus postiert hatten?

Sie könne in 20 Minuten bei mir sein, gab Ännchen an. Ohne weiter nachzudenken, nannte ich ihr die Adresse, sagte, sie solle kommen.

Andreas war vor einer halben Stunde zu seinem Karateverein aufgebrochen, um nach einer Pause von fast einem Jahr einmal wieder zu trainieren. Seine Dämonen zu bekämpfen.

›To live in this town you must be tough, tough, tough, tough‹, klagte Mick Jagger.

Ich wollte fort von hier! Die Fehlgeburt, Andys Absturz – ich sehnte mich nach Ruhe und Frieden, hätte mich gern ein paar Tage allein in ein Hotel irgendwo auf dem Land einquartiert, wo mich niemand kannte, und ich nichts tun musste außer gut zu essen und zu trinken, vielleicht in die Sauna zu gehen oder mich massieren zu lassen. Stattdessen brauchte Andreas meine Unterstützung und gleich würde die kleine Marianne kommen, auf der Suche nach Rat und Hilfe. Wie sollte ich ihr das geben?

Beim Blick aus dem Küchenfenster konnte ich kein verdächtiges Auto sehen. Ich hoffte, dass das dem Dicken zu viel Arbeit wäre und der Dünne lieber ins Fitnessstudio ging; dass sie sich darauf verließen, uns eingeschüchtert zu haben. Ich räumte die Reste meines Abendessens ab – Andy hatte vor dem Sport nichts gegessen – und machte planlos ein wenig Ordnung, schaltete die Musik aus. Direkt darauf klingelte es auch schon.

Das Mädchen, das die Treppe herauf kam, wies nur wenig Ähnlichkeit mit dem hübschen, kindlichen Wesen auf, das ich in Erinnerung hatte. Ihr Haar war strähnig, vor Dreck dunkel, das Gesicht spitz und ebenfalls schmutzig, der plustrige Steppmantel geradezu schmierig. Verlegen lächelte sie mir entgegen, zitternd vor Kälte.

»Es tut mir leid, ich mache Ihnen Umstände, aber ich weiß wirklich nicht, wo ich hin soll.«

Ich zog sie in die Wohnung.

»Zweite Tür links ist das Bad, geh erst mal unter die Dusche. Ich reiche dir Sachen von mir rein.«

Marianne war einen Kopf kleiner als ich; im Krankenhaus war sie etwas fülliger gewesen, was jetzt wahrscheinlich nicht mehr der Fall war. Ich suchte eine Jeans heraus, die sie aufkrempeln konnte und ein Sweatshirt, dessen verwaschenes Rot ein wenig an das Pink ihres Nachthemds in der Klinik erinnerte, legte Unterwäsche und ein großes Handtuch darauf und schob alles ins Badezimmer.

Als sie ins Wohnzimmer kam, wo ich versucht hatte, mich auf ein Buch zu konzentrieren, sah sie nicht wirklich besser aus als vorher. Zwar sauber, aber verschreckt, geradezu ängstlich; der Blick irrte umher. Auch schien sie noch immer zu frieren.

»Willst du was essen? Oder etwas Heißes trinken?«

»Ja. Beides, bitte.«

Sie folgte mir in die Küche.

»Ich fürchte, ich habe bloß schwarzen Tee«, sagte ich. In den ersten Wochen der Schwangerschaft hatte ich verschiedene Früchte- und Kräutertees ausprobiert, die mir aber allesamt nicht schmeckten. »Oder«, ich lächelte sie an, »Magen- und Darmtee.«

»Heiße Milch?«

»Das sollte klappen.«

Vorsichtshalber roch ich an der offenen Milchpackung, der Inhalt schien noch gut zu sein. Ich setzte etwas davon auf und schaute nach, was ich in unseren Vorräten fand. Eine Dose Gulaschsuppe. Ännchen nickte ohne Begeisterung, was aber auch daran liegen konnte, dass sie erschöpft war. Sie hatte am Küchentisch Platz genommen, nicht ohne vorher vorsichtig aus dem Fenster zu schauen, und nahm kaum Notiz von dem, was ich tat. Als ich ihr erst die dampfende Milch, dann den Teller mit der Suppe vorsetzte, bedankte sie sich höflich, schien ein stilles Gebet zu murmeln und aß und trank mit einer Hingabe, als habe sie seit Langem nichts mehr gehabt. Zuerst langsam und vorsichtig, dann immer gieriger. Ich beschloss, sie in Ruhe zu lassen, bis sie ihre Mahlzeit beendet hatte, und ließ mich mit einem Glas Apfelsaft auf dem Stuhl ihr gegenüber nieder.

»Das war sehr gut. Vielen Dank.« In ihrem ganzen Auftreten war nichts mehr von dem neugierigen, etwas vorwitzigen Teenager zu spüren, sondern sie erschien wie eine aufgezogene Puppe.

»Ist länger her, dass du etwas Warmes zu essen hattest, was?«

»Ja.«

»Willst du mir sagen, wo du warst?«

»In einem leer stehenden alten Werksgebäude«, antwortete sie ohne Umschweife.

»Im Industriegelände?«

»Nu.« Mit dem Durchbrechen des Dresdner Dialekts wirkte sie noch verletzlicher.

Also war sie die ganze Zeit in der Nähe des Tatorts gewesen. Hatte die Polizei so wenig sorgfältig gesucht? Allerdings war das Gelände riesig, viele Gebäude waren ungenutzt, teilweise baufällig. Man sollte aber meinen, wenn einmal Hunde über das Areal geschickt worden wären, hätten sie sie gehabt.

Es musste eiskalt dort gewesen sein.

In den ersten Nächten habe sie ein Feuer machen können, das habe sie gewärmt. Ich fragte nicht, was danach war.

»Und Essen?«

»Die Kaufhalle gegenüber wirft so viele Lebensmittel weg. Wir hatten einmal in der Gemeinde darüber gesprochen, weil es solch eine Sünde ist. Da habe ich mir etwas geholt.«

Ich musste meine Regung verbergen und stand auf, goss ohne sie zu fragen, die restliche Milch in den Topf. Was war passiert? Was hatte dieses wohlbehütete Mädchen dazu gebracht, vier Tage so zu leben? Gerade, als ich überlegte, wie ich diese Frage am einfühlsamsten stellen könnte, wurde die Wohnungstür geöffnet, und obwohl ich mich auf die Milch konzentrierte, bekam ich aus den Augenwinkeln mit, wie Ännchen zusammenzuckte.

»Ich bin völlig erledigt! Der Trainer meinte, er müsste mir was für ein Jahr Mitgliedsbeiträge bieten, jetzt kann ich mich kaum noch bewegen. Also der ist ein echter Killer, so ein –« Beim Betreten der Küche brach er ab.

»Ihr kennt euch.« Die formelle Vorstellung war das Erste, was mir einfiel. »Andreas, mein Lebensgefährte, Marianne aus dem Krankenhaus.«

Ich dachte, je weniger Ännchen bewusst wurde, dass über sie geredet worden war – hier und anderswo – umso eher würde sie etwas erzählen. Zunächst aber war ihr Gesichtsausdruck wieder ganz und gar ängstlich geworden.

»Ja, wir kennen uns«, gab sich Andy betont locker. »Also, ich gehe erst mal duschen, außerdem muss ich etwas essen. Ihr könnt es euch ja im Wohnzimmer gemütlich machen.«

»Gute Idee.« Ich lächelte ihn an.

Ännchen entschuldigte sich für ihre schmutzigen Sachen, die im Badezimmer lagen.

»Kein Problem. Da kommen jetzt noch mehr dazu, und wir können gleich eine Maschine voll waschen.« Er zwinkerte mir zu und verließ die Küche.

7. KAPITEL

Ich versuchte alles, um im Wohnzimmer eine angenehme Atmosphäre zu schaffen. Schloss die Tür zum Flur. Zündete Kerzen an und dimmte die Stehlampe so weit herunter, bis der ganze Raum in weichem Dämmerlicht lag. Legte eine Holly-Cole-CD auf. Melodischer Jazz, leise natürlich.

Ännchen saß steif auf dem Sofa und versuchte, hinter den dunklen Fensterscheiben etwas zu erspähen.

»Da ist unser Balkon, er geht auf einen Hinterhof«, beruhigte ich sie.

Sie nickte nur.

»Was ist passiert?«, fragte ich nun doch ganz direkt.

Marianne schaute mich an, zuckte die Schultern, schüttelte den Kopf, alles gleichzeitig. Tränen schossen in ihre Augen. Ich rückte an sie heran und nahm sie in den Arm.

»Wein ruhig, wein dich aus.«

Aber sie schluchzte nur noch einmal, schien sich mit aller Macht zusammenzureißen.

»Ich – ich kann es Ihnen nicht sagen.«

»Okay.«

Wir saßen schweigend nebeneinander im Halbdunkel, während Holly Cole ›I'll be Here‹ versprach. Ich hörte durch die Tür, wie Andy in der Küche hantierte.

»Kann ich heute Nacht hier schlafen?«

Wir machen uns strafbar, dachte ich. Aber dieses Kind

jetzt der Polizei – den Typen vom Vormittag – übergeben?

»Ja, kannst du. Aber morgen Früh müssen wir uns überlegen, wie es weitergeht. Die Polizei würde gerne mit dir sprechen, weißt du.«

Sie antwortete nicht.

»Diesen Praktikanten aus dem Museum, kanntest du ihn gut?«

Wieder schien ein Schluchzen ihre Kehle hochzusteigen, sie schluckte, verneinte dann.

Ich entschuldigte mich bei ihr, erklärte, ich müsse einmal kurz ins Bad. In der Küche saß Andreas am Tisch, löffelte einen Erdbeerjoghurt und sah mir erwartungsvoll entgegen.

»Ich komm nicht an sie ran«, sagte ich leise. »Keine Ahnung, was los ist. Versuchst du dein Glück – obwohl sie so verschreckt auf dich reagiert hat?«

»Vielleicht lag's ja am Schweißgeruch.« Er lächelte mich zuversichtlich an, stand auf und nahm die Zeitung vom Tisch. »Kennt sie den Artikel?«

Ich schüttelte den Kopf.

Mit der Zeitung unterm Arm, den Joghurt in der Hand, ging er ins Wohnzimmer, während ich zuerst im Bad die Toilettenspülung betätigte, ihm dann folgte.

»Hast du gesehen? Wir haben deinen Text abgedruckt«, sagte er, als ich zu ihnen stieß.

»Was? Wirklich?«

Sie blätterte hektisch die Zeitung auf, brauchte einen Moment, bis sie den Artikel fand. Dann las sie alles Wort für Wort, ihren Text, meinen, betrachtete die ganze Seite – es dauerte gefühlte zehn Minuten, in denen ich mich wieder zu ihr auf das Sofa setzte, Andy den Sessel heranzog, seinen Joghurt auslöffelte und den Becher auf den Tisch stellte.

»Darf ich das behalten?« Sie hielt die Zeitung mit beiden Händen fest, als wolle sie sie nie wieder hergeben.

»Natürlich«, sagte Andreas. »Eigentlich müsstest du ja auch ein Honorar bekommen. Und das mit dem Praktikum ist ernst gemeint.«

Sie entgegnete nichts, starrte ihn nur mit weit aufgerissenen, braunen Augen an.

Er zeigte auf ihre Tasse: »Sag mal, willst du nicht etwas anderes trinken als Milch? Ihr müsst doch euer Wiedersehen feiern«, richtete er sich an mich.

Ich starrte ihn giftig an. Natürlich, du verdammter Alki! Dabei hatte er mit der Zeitung so gut angefangen.

Andreas ignorierte mich und stand auf, ging in die Küche, kam kurz darauf mit einer Flasche ›Wonne-Gott‹, einem Rotwein, dessen Etikett geradezu ›Zucker‹ schrie, und zwei Gläsern zurück. Weder er noch ich tranken so etwas; ich hatte keine Ahnung, wo die Flasche herkam. Er goss großzügig ein und schob die Gläser auf unsere Seite des Tisches. Ännchen verfolgte seine Bewegungen.

»Trinken Sie nichts?«

»Nein. Ich hatte am Wochenende etwas Probleme mit dem Magen, da lasse ich das mal lieber.« Er strahlte sie gewinnend an, hob seinen leeren Joghurtbecher und sie reagierte, nahm ihr Glas in die Hand und trank einen Schluck.

»Also, was meinst du zu dem Praktikum?«, kehrte er zu dem Köder zurück.

»Das würde wirklich gehen? Was täte ich denn da machen? Muss man nicht dafür studiert haben? Ich will ja zur Berufsberatung gehen, ich habe ja schon einen Termin, aber –« So, wie die Worte aus ihr herausgesprudelt waren, erstarben sie.

Ohne darauf einzugehen, erklärte Andreas ihr, wie ein Praktikum ablief, dass sie kaum Geld bekommen würde, aber einiges lernen könnte, ermunterte sie, sich beraten zu lassen.

Während er redete, trank Ännchen in vielen, direkt aufeinander folgenden Schlucken ihr Glas aus. Ich beugte mich vor und goss ihr nach, traf dabei Andys Blick und leistete Abbitte. Ärgerte mich dennoch über sein selbstsicheres Lächeln.

»Die können dir sagen, wie du heutzutage am besten im Journalismus landen kannst. Aber praktische Arbeit bei einer Tageszeitung ist nie verkehrt«, schloss Andy.

»Ja.« Mit einem träumerischen Ausdruck versank sie in ihren Gedanken. Vielleicht war sie aber auch einfach von dem einen Glas süßen Wein betrunken.

Das hast du von deiner Taktik, versuchte ich Andreas zu signalisieren.

»Aber«, schob sie mit sekundenlanger Verzögerung hinterher.

»Was, aber?«, hakte ich so behutsam wie möglich nach.

»Das wird doch nichts.« Sie schaute auf die Tischplatte.

Andy schob das volle Glas näher zu ihr hin. »Warum nicht?«

»Ich muss doch – ich habe doch – ich kann doch

nicht –«, kaum verständlich murmelte sie vor sich hin, beendete keinen einzigen Gedanken, schwieg schließlich wieder.

Verdammt! Normalerweise war ich gut darin, etwas aus Leuten herauszubekommen, und Andreas noch besser. Aber hier bissen wir beide auf Granit. Ob Dale Erfolg hätte? Oder Hantzsche?

»Was ist passiert Donnerstag Nacht?«, fragte Andy, wohl eine Spur zu scharf, denn jetzt bekam sie einen regelrechten Weinanfall.

Kurz dachte ich an die Möglichkeit, dass sie uns etwas vorspielte, aber dann wäre sie eine verdammt gute Schauspielerin gewesen. Die seidigen, frisch gewaschenen Haare hingen ihr ins Gesicht, über das unablässig die Tränen strömten. Mit langer Verzögerung und schleppenden Bewegungen wischte sie sie weg. Ihre Hände zitterten. Andreas stand auf und holte eine Packung Papiertaschentücher, hielt sie ihr hin, schickte ein ratloses Grinsen in meine Richtung. Ich strich Marianne über den Rücken, nahm sie wieder in den Arm. Sie heulte weiter, nahm kein Taschentuch, machte keinen Versuch mehr, damit aufzuhören. Es war schon kurz nach Mitternacht, die CD lange verklungen.

Ich gab leise, beschwichtigende Geräusche von mir, murmelte immer wieder »Ist ja gut, ist ja gut«, und war froh, als sie sich ein wenig beruhigte.

»Wir sollten alle ins Bett gehen«, schlug ich hilflos vor. »Es ist spät geworden.«

*

Am nächsten Morgen war sie verschwunden. Die Tür zum Arbeitszimmer stand offen, die Decke auf dem Sofa war sorgfältig zusammengefaltet. Darauf lag ein Zettel. ›Sie bekommen alles zurück. Es tut mir leid. Vergeben Sie mir. Vielen Dank für alles, Marianne Kulka.‹«

Verdammt! Ich hätte meinen Kopf gegen die Wand schlagen können. Wo war sie hin? Wann hatte sie die Wohnung verlassen? Es war erst kurz vor sieben, und ich hatte schon einige Zeit wach gelegen, ohne etwas zu hören.

Was wollte sie zurückgeben? Meine Sachen, wahrscheinlich. Ihre hingen noch auf dem Wäscheständer im Bad. Und vermutlich die gefütterte Windjacke, die Andreas in den vergangenen Tagen beim Joggen angezogen hatte, und die ich jetzt nicht an der Garderobe sah. Vielleicht auch Geld, denn auf der Kommode unter den Haken lag wie immer Andys Portemonnaie.

»Sieh mal nach, ob was fehlt.«

In dem Moment, in dem ich dem noch halb schlafenden Andreas im fahlen Morgenlicht die Börse entgegenstreckte, sprang auf dem Fußboden der Radiowecker mit einem alten Bowie-Song an. Andy blinzelte verwirrt, begriff dann schnell, schaltete die Nachttischlampe ein und fächerte das Portemonnaie auf.

»50 Euro.« Er ließ den Kopf wieder aufs Kissen sinken. »Deine arme Kleine ist nicht so unbedarft, wie wir dachten.«

»Ich weiß nicht.« In dem kalten Zimmer begann ich, in meinem Nachthemd zu frieren. »Sie will es zurückgeben.« Ich zeigte Andy den Zettel.

»Na super.« Er wollte mich unter die Decke ziehen,

ich schlang jedoch meine Arme um den Oberkörper und blieb stehen.

»Warum haben wir die Wohnungstür nicht abgeschlossen?«, haderte ich mit mir selbst. »Ich hab nichts gehört – das muss dieser eklige Wein gewesen sein. Warum hast du den auch angeschleppt?«

Andreas langte nach unten und schaltete das Radio aus, stand auf.

»Du hast noch nicht mal ein Glas von dem Zeug getrunken. Sie hat sich rausgeschlichen. Ich hab schließlich auch nichts gehört.«

Er zog ein T-Shirt über und machte Anstalten, in die Küche zu gehen.

»Du hörst doch nie was! Aber ich hätte es mitbekommen können.« Dabei wusste ich, dass Andy richtig lag. Ännchen hatte garantiert darauf geachtet, keinerlei Lärm zu machen. Sie war geflüchtet. Weil ich gesagt hatte, dass sie zur Polizei gehen müsse.

Andreas beschickte die Kaffeemaschine, während ich mich an den Tisch hockte und meinen Gedanken nachhing. Hieß das, dass sie tatsächlich den Jungen getötet hatte? War sie deswegen so verzweifelt? Wo um alles in der Welt wollte sie jetzt hin? Wie weit kam sie schon mit 50 Euro?

Die Sonne war noch nicht aufgegangen, auch in der Küche brauchten wir elektrisches Licht. Als Marianne die Wohnung verlassen hatte, musste es stockdunkel gewesen sein. Eiskalt sowieso. Dennoch war sie lieber dort hinausgegangen als mitzukommen zur Polizei.

»Sie hätte doch versuchen können, uns umzustimmen. Ich hätte doch nicht darauf bestanden, dass sie eine Aussage machen muss.«

»Nun red dir bloß keine Schuld ein.« Andy stellte zwei Kaffeebecher auf den Tisch, setzte sich mir gegenüber, verzog das Gesicht. »Muskelkater!« Mit einer langsamen Bewegung streckte er die Beine aus. »Ich würde eher sagen, wir haben sie viel zu sehr mit Samthandschuhen angefasst.«

»Quatsch! Sie hat uns doch nichts vorgemacht. Das war echt.«

Andreas rieb sich Schlafdreck aus den Augen. »Es schien so, ja. Aber sie hat erreicht, dass wir nichts erfahren haben, sie sich ausruhen und satt essen konnte und nun neue Sachen und ein bisschen Geld hat.« Als ich aufbrausen wollte, machte er eine beruhigende Handbewegung. »Ich spiel bloß den Advokatus Diaboli. Oder meinetwegen auch Willmer und Lutter.«

Er hatte recht. Für die beiden Kommissare galt das garantiert als Indiz für Ännchens Schuld.

»Ich muss zu Dale«, sagte ich.

»Der wollte nichts von dem Mädchen erfahren«, erinnerte mich Andy.

»Nicht, wenn wir wissen, wo sie ist. Aber das tun wir ja jetzt wieder nicht.«

Anders als sonst erhob Andreas keine weiteren Einwände dagegen, Dale um Rat zu fragen. Stattdessen kündigte er an, mitzukommen. Während er den Frühstückstisch deckte, rief ich in der Antonstraße an, landete aber auf dem Anrufbeantworter. Das Handy war abgeschaltet. Ich hinterließ eine Nachricht auf der Mailbox, dass wir gleich vorbeikommen würden.

Bevor wir die Wohnung verließen, holte Andy eine Buchhandlungstüte aus dem Arbeitszimmer.

»Eine Kleinigkeit als Dankeschön für Dale«, erklärte er, als wir die Treppen hinunterliefen.

In die Redaktion fuhren wir selten mit dem Auto, da man dort ohnehin keinen Parkplatz bekam und für den Fall, dass ein Termin nicht zu Fuß oder mit der Straßenbahn erreichbar war, zwei Dienstwagen in der Tiefgarage unter der Prager Straße standen. Innerhalb der Neustadt kam man für gewöhnlich ohne Auto schneller ans Ziel. Auch jetzt wieder stauten sich die Fahrzeuge am Albertplatz, während wir an ihnen vorbeigingen.

Bei Dale rührte sich lange nichts auf unser Klingeln. An einem Wochentag sollte er um diese Zeit eigentlich wach sein. Vielleicht hatte er eine nächtliche Observation, von der er noch nicht zurück war, dachte ich. Als ich gerade vorschlagen wollte, zu gehen, meldete sich eine weibliche Stimme durch die Gegensprechanlage. Eine amerikanisch klingende weibliche Stimme. Jess war da.

In einem von Dales T-Shirts öffnete sie uns die Haustür, genauso hübsch, wie ich sie in Erinnerung hatte von dem einzigen Mal vor über einem Jahr, als wir uns getroffen hatten. Groß und schlank, mit langen blonden Haaren und samtig braunen Augen.

»Hi! Guten Morgen. Schön, euch zu sehen.« Sie sprach Deutsch mit starkem Akzent und war zu höflich, um nachzufragen, was wir an einem Dienstagmorgen um halb neun bei ihrem Freund wollten. Mit einer Geste bat sie uns in die Küche.

Kaum hatten wir uns aus unseren warmen Sachen geschält, hörte ich auch schon Dales Schritte auf der Treppe. Sie hatten im Bett gelegen, dachte ich. Jess war hier und sie hatten Sex gehabt. Wiedersehensfreude-

Morgen-Sex. Ich wünschte mich weg von hier, während Andreas über Jess' Anwesenheit froh zu sein schien.

Ich war dankbar, dass Dale sich mit Sweater und Jeans richtig angezogen hatte, noch dankbarer, dass er nicht verärgert über die Störung war. Mit dem aus der Tiefe kommenden, glücklichen Lächeln eines verliebten Menschen begrüßte er uns, bot Jess an, Frühstück zu machen, während sie sich anzog, nahm die Tüte von Andreas entgegen.

Ein prachtvoller, dicker Bildband der ›Geschichte des amerikanischen Jazz‹.

»Danke«, sagte Dale; Andy nickte bloß.

Anscheinend hatten die beiden am Wochenende zu einer tiefen, wortlosen Übereinstimmung gefunden.

Jess kam zurück, in verwaschenen Röhrenjeans und einem weiten Zopfpullover, und half Dale beim Tisch decken während ich nicht wusste, ob ich wie sonst in dieser Küche hantieren sollte oder nicht.

Sie habe unbedingt einmal wieder nach Dresden kommen wollen, sagte sie, als wir alle um den Tisch herum saßen – auf Englisch, nachdem sie gefragt hatte, ob das okay für uns wäre. »Und ich bin so glücklich, dass es endlich geklappt hat.«

»Ihr wisst ja, in den Staaten ist Zeit knapper als hier.« Dales Stimme klang in seiner Muttersprache immer weicher als im Deutschen. Selbst die Ironie erschien liebevoller. Aber vermutlich würde sie das gegenüber Jess in jeder Sprache. »Am Wochenende musste sie noch arbeiten, erst gestern ist sie gekommen.«

»Dafür bleibe ich doch bis zum nächsten Sonntag.«

Die beiden tauschten zärtliche Blicke. Wir sollten

sie schleunigst allein lassen, dachte ich. Andreas hingegen fragte, ob sie an einem Abend zu uns zum Essen kommen wollten.

»Es ist selten so gesund wie bei Dale, aber vielleicht leckerer«, behauptete er in bester Laune.

»Ich dachte, du wolltest in nächster Zeit gesund leben«, rutschte es mir heraus, und es hörte sich auch auf Englisch hart an. »Sorry, das war jetzt unpassend.« Ich trank einen Schluck Kaffee. »Warum wir euch so früh am Tag überfallen: Marianne hat sich gestern bei mir gemeldet, war bei uns und ist heute am frühen Morgen weg. Abgehauen.«

»Mit 50 Euro und Klamotten von uns, solltest du dazu sagen«, schob Andy ein. »Ich kann ohne die Jacke bei der Kälte nicht joggen. Das erschwert das gesunde Leben ganz schön.« Seine Stimmung schien ungetrübt.

Dale legte das Messer ab und schaute von ihm zu mir. Ich gab so knapp wie möglich wieder, was passiert war, er hörte nachdenklich zu. Auch, als ich geendet hatte, machte er keine Anstalten, Jess in die Vorgeschichte einzuweihen. Einerseits war ich froh, weil ich nicht gern im Beisein einer mir eigentlich fremden Frau über meine Fehlgeburt gesprochen hätte, andererseits fand ich es seltsam, sie so unbeteiligt danebensitzen zu lassen. Aber Dale war schon immer extrem verschwiegen gewesen, was seine Fälle anging.

»Eine Straftäterin?«, fragte sie nach, und mir fiel wieder ein, dass der Umgang mit kriminellen Jugendlichen ihr tägliches Brot war. Jess leitete ein Rezolialisierungsprojekt in Trenton, New Jersey.

»Das wissen wir eben nicht«, sagte ich.

»Jetzt schon«, hakte Andy ein. Dale nickte bedächtig.

»Wegen der 50 Euro. Ach, komm!«

»Kirsten, du weißt genau, was du – was ihr – jetzt tun müsst.« Die Frage, warum wir zu ihm kamen und ihn einweihten, stellte er nicht, sie stand jedoch im Raum.

»Aber es muss doch eine andere Lösung geben!«

Andreas nahm eine Orange aus der Obstschale und begann, sie zu schälen. Die beiden hatten für uns mitgedeckt, obwohl wir gesagt hatten, dass wir nur einen Kaffee trinken wollten.

»Kannst du uns nicht verraten, was du bisher herausgefunden hast?«

Dales Miene signalisierte Abwehr.

»Er ist und bleibt ein Cop. Immer auf der Seite des Gesetzes.« Auch Jess klang mild, dennoch trug die Bemerkung ihr ein Stirnrunzeln von ihrem Freund ein. Und ein Grinsen von Andy.

»Lass mich darüber nachdenken«, sagte Dale nach einer Pause schließlich. »Ich melde mich in der Redaktion. Und ja, wir kommen gern an einem Abend zu einem ungesunden Essen zu euch.«

*

Bereits kurz nach der Konferenz rief Dale an – allerdings nicht bei mir, sondern bei Andreas, der mich danach bat, in sein Büro zu kommen.

»Es ist okay, wenn wir zu Hantzsche gehen. Der übernimmt den Fall und wird eine interne Beschwerde über die beiden Helden einreichen, wegen absolut schlampiger Arbeit, wenn ich das richtig verstanden habe.«

Ich schüttelte den Kopf. »Aber darum geht es doch gar nicht.« Erst langsam wurde mir die ganze Tragweite dessen, was er gesagt hatte, bewusst. »Nein! Ich werde mich nicht beschweren, weil die Deppen Ännchen nicht richtig gesucht haben.«

»Sollst du doch auch gar nicht.« Andy forderte mich mit einer beruhigenden Handbewegung zum Sitzen auf.

Ich blieb stehen. »Aber ich soll Hantzsche die Infos liefern, damit er sich darüber beschweren kann.«

»Über das allgemein dilettantische Vorgehen – denke ich. Kirsten, ich habe das auch nur aus zweiter Hand.«

Mir war vollkommen klar, warum Dale mit einem solchen Vorschlag Andreas und nicht mich kontaktiert hatte. Ohne ein weiteres Wort griff ich nach dem Telefonhörer.

»Was denkst du dir dabei? Du weißt genau, dass das keine Lösung ist.«

»Warum nicht?« Dale klang ruhig und überlegt.

»Weil es nicht darum, sondern um das Mädchen geht.«

Andy wandte sich seinem Monitor zu und rief einen Text auf.

»Kirsten, Hantzsche ist ein fähiger Polizist, und das weißt du auch. Er wird nicht nur Marianne als mögliche Täterin sehen, sondern auch allen anderen Spuren nachgehen.«

Ich wusste nicht, was ich sagen sollte. Er hatte ja recht, aber ...

»Was hast du denn bei diesen anderen Spuren herausgefunden?«

»Das hat er schon vorliegen. Also geht bitte so schnell wie möglich zu ihm und macht eure Aussage.«

Ich legte ohne zu antworten auf. Als ich in Andys Gesicht nach Zeichen seiner Unterstützung suchte, sah ich, dass ich damit nicht zu rechnen brauchte.

»Du bist früher freiwillig weder zu Dale noch zu Hantzsche gegangen!«, hielt ich ihm zornig vor.

»Vielleicht bin ich ja vernünftiger geworden.« Er setzte ein einnehmendes Lächeln auf.

»Toll. Dale und du, ihr habt jetzt so ein Männerding laufen. Und ihr entscheidet, was richtig und was falsch ist, ja?«

»Unfug. Das Ganze ist eine Nummer zu groß für uns, und wenn Hantzsche den Fall anstelle der beiden Idioten übernimmt, dann wissen wir doch, dass ordentlich ermittelt wird.«

Hatte Dale ihm am Sonntag nicht nur den Alkohol verleidet, sondern ihn auch einer Gehirnwäsche unterzogen?

»Es wäre unsere Story«, versuchte ich, ihn umzustimmen.

»Das bleibt es doch. Keiner hat so viel Vorwissen wie wir. Sobald es irgendeine Neuigkeit gibt, kommen wir damit raus.« Er schaute auf seine Armbanduhr. »Ich hätte jetzt noch eine halbe Stunde Zeit. Du auch? Dann lass uns direkt zum Präsidium rübergehen.«

8. KAPITEL

Ich weigerte mich. Es war mir egal, was Andreas dem Hauptkommissar erzählte, warum ich nicht mitkam. Und falls Hantzsche meine Unterschrift brauchte, freute es mich, wenn ich die Dinge verlangsamte.

Um zwölf hatte ich einen Termin bei der Präsentation einer der frisch fertiggestellten Nachahmungen historischer Gebäude, mit denen der Neumarkt mehr und mehr Disneylandflair bekam. Es reichte völlig, wenn da der Fotograf hinging, beschloss ich, schnappte mir meine Sachen und verließ die Redaktion.

Vielleicht gab es im Kästner Museum ja etwas Neues zum Widerstand gegen den Ausbau der Königsbrücker Straße, entschuldigte ich mir selbst gegenüber meinen Alleingang. Ein Argument, das Andy nicht gelten lassen würde, das wusste ich. Ihm würde klar sein, dass mich die diffuse Hoffnung, etwas Neues über Marianne zu erfahren, dorthin getrieben hatte.

Es war immerhin möglich, dass sie sich bei Frau Stiller gemeldet hatte, dachte ich, während ich mit der Linie 3 zurück auf die Neustädter Elbseite fuhr. Wo sonst konnte sie schließlich noch hin?

Dieses Mal fragte ich direkt an der Kasse nach der Chefin und wurde gebeten, einen Moment im Wintergarten zu warten. Mit Blick auf die kahlen Bäume kam mir auf einmal wieder mein Geburtstag in einer Woche in den Sinn. Ich würde mir frei nehmen und allein wegfahren. Die Idee gefiel mir ausnehmend gut.

»Frau Bertram, das war wohl Gedankenübertragung.«

Sie hatte von Ännchen gehört, dachte ich elektrisiert und schaute erwartungsvoll zu Marlene Stiller auf.

»Ich sitze gerade an einer Pressemitteilung.«

Also doch nicht. Der Energieschub verpuffte. Gleichwohl war ich froh, dass die Museumschefin es anscheinend nicht bereute, mir am Samstag Ännchens Text gegeben zu haben. Ich fragte, worum es sich handelte.

Mit einem triumphierenden Lächeln hielt sie mir einen gerahmten Brief entgegen. »Keine Ahnung, warum mir das nicht früher eingefallen ist.«

Unter dem Briefkopf ›Dr. Erich Kästner, München 27, Flemingstrasse 52, 21.2.58‹ las ich:

›Liebe Frau Wirth,

herzlichen Dank für Ihren Königskuchen, der völlig wohlbehalten bei mir in München eingetroffen ist, und für Ihre Glückwünsche sowie den reizenden Brief vom 16.2., der mir besonders viel Freude gemacht hat.

Der Kuchen ist also noch früher als rechtzeitig eingetroffen, und am 23.2. wird er feierlich angeschnitten und probiert werden.

So geht alles langsam dahin. Nicht einmal die Königsbrücker Straße durfte ihren Namen behalten. Aber man kann's leider nicht ändern.

Mit besten Grüßen und Wünschen

Ihr Erich Kästner‹

Ich ließ den Rahmen sinken. »Schön«, bemerkte ich ohne Begeisterung.

»Es ist einer von zwei Briefen, die wir von der Familie

Wirth – den Vorgängern der Rißmanns – als Schenkung bekommen haben. Wir hatten ja bereits bei dem Pressegespräch auf die enge Verbindung zu den Bäckersleuten hingewiesen.«

Ich gab ein zustimmendes Geräusch von mir.

»Wenn man hier von Kästners Bedauern über die Umbenennung zu DDR-Zeiten liest, kann man sich doch direkt ausmalen, was er zu dem Ausbau gesagt hätte, meinen Sie nicht?«

»Doch, sicherlich.« Für mich klangen die zusammenhanglos an den Dank für den Kuchen angeschlossenen Zeilen eher fatalistisch. »Sie haben nicht vielleicht etwas von Marianne gehört?«, fragte ich ohne Überleitung.

»Nein.« Marlene Stiller schüttelte den Kopf, ließ einen langen Blick auf mir ruhen. »Aber gerade eben habe ich etwas im E-Mail-Verzeichnis gesehen, was mich ein wenig beunruhigt hat«, sagte sie schließlich.

Sie war sich wohl nicht sicher, ob sie mich ins Vertrauen ziehen sollte. Ich bemühte mich um ein offenes Lächeln.

»Eine Drohung.« Mit einer knappen Bewegung deutete sie in Richtung ihres Büros, ging ohne ein weiteres Wort voran.

Mittlerweile kannte ich ihre kurz entschlossenen Reaktionen und folgte ihr zügig.

An diesem Dienstag war ihr Schreibtisch nicht ganz so ordentlich, also brauchte sie die Wochenenden, um ihr System aufrechtzuhalten. Dennoch hätte der Arbeitsplatz im Vergleich zu meinem noch immer jeden Preis bekommen.

Sie bedeutete mir, zu ihr hinter den Tisch zu kommen und rief das Mailingprogramm auf, klickte den Gelesen-Ordner an.

»In den letzten Wochen hat zumeist Kevin die Mails gelesen und beantwortet.«

Kevin musste der Praktikant gewesen sein. Bislang hatten wir ja noch nicht einmal seinen Namen gekannt. Ich nickte, obwohl Frau Stiller auf den Bildschirm schaute.

»Heute habe ich einen alten Mailwechsel gesucht. Und bin dabei auf das hier gestoßen.« Sie klickte auf eine Zeile.

›Fortschrittsverhinderer! Blödsinnige Gutmenschen! Ihr glaubt doch noch, ihr lebt im gleichen Jahrhundert wie euer Erich Kästner. Wir leben heute und wir brauchen eine ausgebaute Königsbrücker Straße. Und wir werden uns nicht damit abfinden, dass ihr das verhindern wollt.‹

»Kein Name darunter«, stellte ich fest. »Wie lautet der Absender?«

Die Museumschefin zuckte die Achseln, schloss die Mail und ließ den Cursor über ›schmidtsschnauze@gmx.de‹ laufen.

»Haben Sie mal nachgeschaut, ob Kevin geantwortet hat?«

»Noch nicht.«

Sie wechselte die Verzeichnisse, suchte den Adressaten im Verschickt-Ordner.

»Nein. Nicht von diesem Account aus. Und für seinen kenne ich das Passwort nicht. Aber das hört sich schon nach einer Drohung an, oder?«

Ich stimmte ihr zu. Wenngleich der Schreiber sich

generell an das Museum, eigentlich an alle Ausbaugegner gewandt hatte.

»Sie müssen das der Polizei mitteilen. Die können den Absender ermitteln«, sagte ich und hatte zugleich die Idee, dass ich ›schmidtsschnauze‹ schreiben könnte. Ganz offiziell von der Redaktion aus, mit dem Angebot, ihn als Ausbaubefürworter in der Zeitung zu zitieren. Vielleicht biss er – oder sie – an. »Den Fall hat jetzt ein fähiger Beamter übernommen«, hörte ich mich sagen. »Hauptkommissar Hantzsche. Bestellen Sie ihm einen schönen Gruß von mir.«

*

›Sehr geehrter ›schmidtsschnauze‹,

wie wir in der Redaktion der Dresdner Zeitung vernommen haben, gehören Sie zu den Fürsprechern des Ausbaus der Königsbrücker Straße. Wir würden Sie gern ausführlich zu Wort kommen lassen. Vielleicht kontaktieren Sie mich einmal, dann können wir über ein mögliches Treffen reden.

Mit freundlichen Grüßen

Kirsten Bertram.‹

Und abschicken. Ich war gespannt, ob eine Reaktion kommen würde.

»Der Fotograf hat mir gerade gesagt, dass er dich nicht am Neumarkt gesehen hat.« Andreas war neben meinem Schreibtisch aufgetaucht. »War es vielleicht so voll, dass er dich nicht bemerkt hat?« Er bemühte sich um einen ruhigen Tonfall.

»Nein. Ich war nicht da. Da reicht doch das Foto.«

»Und du bist nicht auf die Idee gekommen, dass ich eine kritische Perspektive will? Wie wir es eigentlich immer versuchen?« Nun wurde er laut.

Außer uns war nur Martin in der Redaktion, er fixierte seinen Monitor, die Hand mit dem Schokoriegel schwebte in der Luft.

»Doch, ja, natürlich.« Jetzt hör auf, herumzustottern, rief ich mich selbst zur Ordnung. »Das kann ich aber auch kalt machen.«

Andy suchte meinen Blick, ich wich aus. »Dann mach es. Aber ordentlich. Mit allen Fakten.«

Ich empfand es selten als schwierig, dass mein Lebensgefährte auch mein Chef war. Jetzt war so eine Situation. Jeden anderen hätte er richtig angefahren für diese Eigenmächtigkeit – und das völlig zu Recht. Bei mir und in der Ausnahmesituation, in der wir beide uns befanden, verkniff er sich das. Was ich ihm – irrational genug – übel nahm.

Ich schluckte eine biestige Bemerkung herunter und gab nur ein »Ja« von mir.

Zum Glück musste ich ihm nicht sagen, dass ich im Kästner Museum gewesen war, denn gerade eben war auch die Pressemitteilung über den Brief, den Frau Stiller mir gezeigt hatte, hereingekommen.

Andreas drehte sich um und verließ den Raum, ich suchte nach einer Meldung über das vorgestellte Neumarktgebäude, fand nichts. Vor mich hin fluchend wühlte ich in meinen Unterlagen, um die Einladung zu dem Termin zu finden und rief in dem Büro der Eigentümer an. Die Sekretärin konnte oder durfte mir nichts sagen, ihre Chefs waren noch mit dem Baubürgermeister zum ›Lunch‹. Ich sollte es doch gegen 15 Uhr noch einmal versuchen.

Während ich telefoniert hatte, war eine E-Mail von ›schmidtsschnauze‹ angekommen. Entweder hatte er auch einen Job, in dem er ständig online war, oder war Student oder arbeitslos, oder …

Erwartungsvoll klickte ich die Nachricht auf.

›Sie haben wohl Ärger bekommen, weil Sie immer nur gegen den Ausbau schreiben, was? Ich kenne doch Ihren Namen! Gut so. Wenn Sie mich treffen wollen, kommen Sie heute Abend um 19 Uhr in die Bierbar Am Thor.‹

Wieder kein Absender. Ein Wichtigtuer, ohne Frage. Allerdings ein aggressiver Wichtigtuer. Am Thor war eine Kneipe im Erdgeschoss eines Plattenbaus am Beginn der Hauptstraße in der Neustadt. Wladimir Putin hatte dort in seiner Dresdner KGB-Zeit angeblich gern ein Bier getrunken. So, wie ich mir die Räumlichkeiten ins Gedächtnis rief, waren sie gut einsichtig; um 19 Uhr liefen noch jede Menge Passanten durch die Fußgängerzone – also sah ich kein Risiko in einem solchen Treffen. Und auch keinen Grund, jemandem etwas davon zu erzählen.

Allerdings würde es schwierig werden, rechtzeitig aus der Redaktion zu kommen. Zwischen halb sieben und sieben wurde letzte Hand an die Seiten gelegt, die dann direkt in die Druckerei kamen – und wer keinen Termin oder eine sehr gute Entschuldigung hatte, war daran beteiligt. Nachdem ich die Gebäudepräsentation geschwänzt hatte, konnte ich zu der Zeit auf keinen Fall ohne Erklärung verschwinden.

Also arbeitete ich zunächst ruhig mein Pensum ab, ging, als Andreas gegen sechs von einem Termin zurückgekommen war, zu ihm ins Büro.

»Der Artikel über den Neumarktbau ist fertig. Wenn du ihn lesen willst, er steht in meinem Verzeichnis.« Obwohl ich es nicht wollte, klang ich aggressiv, fast feindselig.

»Sollte ich?«, fragte Andreas freundlich zurück.

Er hatte eine Buttermilch vor sich stehen, und zu sehen, wie er sich um eine gesunde Lebensweise bemühte, ließ meine Wut dahinschmelzen.

»Nein, brauchst du nicht. Ich kann auch noch einen Kommentar schreiben.«

»Nachdem du nicht da warst? Nein.«

Meine schlechte Stimmung kehrte zurück. Immer der hundertprozentige Journalist, natürlich. Ich schluckte eine Entgegnung hinunter und versuchte, meine Ausrede für ein frühes Verschwinden in Worte zu kleiden.

»Willst du gar nicht wissen, was Hantzsche gesagt hat?«, erkundigte sich Andy, bevor ich damit beginnen konnte.

Ich zuckte die Schultern. »Doch, natürlich.«

Er kniff die Augen zusammen. »Kirsten, du hast die fixe Idee, Ännchen zu verraten, ist es so?«

Was für ein Quatsch! »Wie kommst du auf die Idee? Ich meine nur, dass sie nichts getan hat. Und«, setzte ich nach einer Pause neu an, »fang jetzt nicht wieder mit den 50 Euro und deiner Jacke an. Wenn du willst, ersetze ich dir die.«

»Darum geht es doch nicht.« Er hielt meinen Blick

fest. »Fakt ist, dass weder du noch irgendjemand sonst weiß, was sie tatsächlich getan hat. Oder gesehen. Vielleicht hat sie Angst und ist in Gefahr –«

Ich nickte. Das war ursprünglich mein Gedanke gewesen. Dass sie als Zeugin gefährdet sein könnte.

»– vielleicht deckt sie jemanden. Und Hantzsche wird das herausfinden. Er hat sich gleich mächtig ins Zeug gelegt.« Andy lachte. »Und das, wo er wieder fast so dick ist wie vor seinem Herzinfarkt. Er nimmt sich die WG-Genossen des Praktikanten, die Kollegen vom Kästner Museum, sämtliche Initiativen gegen den Ausbau und mögliche Befürworter, die ihn auf dem Kieker gehabt haben könnten, vor.« Andy stand auf und ging um seinen Schreibtisch herum, legte mir die Hände auf die Schultern. »Er macht was. Und wenn er Ännchen findet, wird sie zwar reden müssen, aber sie ist nicht gleich vorverurteilt.«

»Ich habe Kopfschmerzen«, log ich kurzerhand und senkte den Kopf. »Wäre es okay, wenn ich gleich Schluss mache? Meine Sachen liegen vor, die Drei habe ich fix und fertig –«

»Natürlich.« Andy wollte mein Kinn anheben, ich lehnte jedoch meine Stirn gegen seine Brust. »Geh nach Hause, leg dich hin. Ich habe heute Abend noch Stadtrat, aber ich versuche, so früh wie möglich zu kommen.« Er schloss mich fest in die Arme.

*

Ich schämte mich in Grund und Boden und war lediglich froh, dass ich es schaffte, aus der Redaktion zu verschwinden, ohne noch mehr Leute anlügen zu müssen. Ich begriff mich selbst nicht. Natürlich: Andy wäre nicht begeistert gewesen, wenn ich ihm von meinem Vorhaben erzählt hätte. Vermutlich hätte er versucht, mich davon abzuhalten – aber ich hatte mich überhaupt nicht mit ihm auseinandersetzen wollen.

Ich nahm ihm übel, dass er so wenig Engagement aufbrachte, um Marianne zu helfen, dass er nur mit sich – oder uns – beschäftigt war. Dass er so tat, als könnten wir einfach unser Leben weiterleben.

Ich fühlte mich verantwortlich für Ännchen. Vermutlich konnte man das psychologisch wunderbar auseinanderpflücken – das war mir aber herzlich egal. Ich wollte ihr helfen. Und sah mich damit ziemlich alleingelassen. Dale hatte anscheinend alles in Hantzsches Hände gelegt. Wahrscheinlich wollte er seine Zeit lieber mit Jess verbringen, als einen armen, verwirrten Teenager zu suchen. Oder den wahren Schuldigen, der den Praktikanten auf dem Gewissen hatte.

Es war erst Viertel vor sieben, als ich am Albertplatz aus der Bahn stieg. Kam es mir nur so vor, oder bewegte ich mich in letzter Zeit wirklich ständig auf diesen paar Quadratmetern rings um den Platz? Das Kästner Museum an der Ecke, Dales Haus wenige Meter die Antonstraße hinein, jetzt ›Am Thor‹.

Ich ging zunächst an dem kürzlich sanierten Gebäude vorbei. ›Restaurant – Café – Bierbar‹ stand auf den Panoramafenstern, eine Schiefertafel pries Schnitzel mit Beilagen an. Der kleine Innenraum war hell beleuchtet und wirkte unpersönlich. Über der Theke mit den glitzernden Gläsern prangte ein großes Radeberger-Schild und ich bekam spontan Bierdurst. Momentan sah ich in dem Raum lediglich einen Kellner im typischen schwarzweißen Aufzug. Bis zum Ende der Hauptstraße lief ich durch den kalten Abend, die Hände tief in den Manteltaschen vergraben, bevor ich umkehrte und zurückging.

Ännchen hatte die Zeitung, in der ihr Text abgedruckt war, mitgenommen, wurde mir auf einmal bewusst. Sie war am Morgen nicht mehr im Arbeitszimmer gewesen. Ich stellte mir vor, wie das Mädchen durch Dresden irrte, die Zeitung als ihren wertvollsten Schatz an sich gedrückt.

Als ich mich jetzt dem Eingang der Kneipe näherte, bemerkte ich zwei männliche Gäste darin. Einer saß an der Theke, ein anderer in der hinteren Sitzecke aus hellem Holz und blau-grauem Polsterstoff. Zögernd ging ich auf den ersten zu, wartete auf eine Reaktion seinerseits. Er schaute mich jedoch nur fragend an. Also der andere.

Er war Ende 40 und hatte schwarze, eindeutig gefärbte Haare. Ohne Lächeln streckte er die Hand aus.

»Frau Bertram.« Keine Frage. Natürlich, er hatte mich erwartet. Keine Namensnennung seinerseits. Die Stimme klang betont selbstbewusst.

Ich setzte mich ihm gegenüber. Er war sehr dünn. Vor ihm auf dem Tisch stand ein Pils. Bevor ich etwas sagen konnte, kam der Kellner und fragte, was ich wolle. Ich orderte ebenfalls ein Bier, holte dann meinen Block, Stift und ein Diktiergerät aus der Tasche, betätigte die Record-Taste.

»Es ist Ihnen doch recht?«

Er sagte nichts, sein rechtes Auge zuckte nervös. Normalerweise benutzte ich das Aufnahmegerät nur für Interviews, ich hatte jedoch die diffuse Idee, dass der Originalton der Stimme später hilfreich sein könnte – für was auch immer.

»Dürfte ich Ihren Namen erfahren?«

»Sagen wir Hans Schmidt.«

»Sie wollen den Lesern also Ihre wahre Identität vorenthalten«, provozierte ich.

Das Auge zuckte wieder. »Das tut nichts zur Sache.«

Der Kellner brachte mein Bier und ich trank gierig einen großen Schluck.

»Also, Herr Schmidt, was ist Ihre Meinung zum Ausbau der Königsbrücker Straße?«

»Na, notwendig ist er, was denn sonst? Schauen Sie sich doch den Verkehr an – und das wird immer mehr, auf der schmalen Straße. Der Verkehr muss fließen!« In dem letzten Satz betonte er jede Silbe einzeln.

Ich verkniff mir die Antwort, wie viel besser der Verkehr fließen würde, wenn die Leute nicht ständig die kürzesten innerstädtischen Strecken mit dem Auto zurücklegen würden, und gab stattdessen den Hinweis auf intelligente Verkehrsleitsysteme. »Grüne Welle, zum Beispiel.«

»Sie wollen den Fortschritt nicht!«

»Aber um mich geht es hier doch gar nicht. Darf ich fragen, was Sie beruflich machen?«

»Auch das tut nichts zur Sache. Sagen wir es so: Ich habe mich immer schon mit Verkehrsproblemen befasst.«

»Das merkt man«, versuchte ich ihm nun zu

schmeicheln. »Also für unsere Leser noch einmal zusammengefasst: Wie soll die Königsbrücker Straße von morgen aussehen?«

»Vierspurig natürlich. Platz ist doch da. Die breiten Bürgersteige sind doch überflüssig. Braucht doch kein Mensch. Und ein eigenes Bett für die Straßenbahngleise ist auch Quatsch. Aller zehn Minuten fährt eine Bahn – dafür ein eigenes Bett?«

»Eine Bahn – aber auf der Straße verkehren zwei Linien«, wandte ich ein.

»Gut, also aller fünf Minuten – im Schnitt –, aber die Autos fahren doch ständig, und es werden immer mehr. Die brauchen den Platz.«

Vor meinem geistigen Auge erschienen Bilder von verschlungenen und auseinanderdriftenden breiten Asphaltstrecken, die jegliches Leben verschluckten.

»Gut, das hätten wir. Ich habe gehört, dass Sie sich mit den Initiativen gegen den Ausbau auch persönlich auseinandersetzen.« Im Stillen gratulierte ich mir selbst zu der unbestimmten Formulierung.

»Nu. Deshalb sitze ich doch jetzt hier mit Ihnen.«

»Ich gehöre ja zu keiner Initiative. Sie haben doch auch direkten Kontakt mit den Gegnern aufgenommen.« Wieder registrierte ich das Zucken in seinem Auge. »Zu wem genau?«

»Das tut nichts zur Sache.«

»Es gibt die Klage, dass Sie Einzelne bedrohen.«

»Bedrohen! Wer behauptet so was?« Das Augenlid reagierte wieder.

Ich trank einen Schluck Bier, gab ein vielsagendes Geräusch von mir. Das Diktiergerät surrte.

»Gutmenschen! Wenn man denen mal die Meinung geigt, fühlen sie sich gleich bedroht.« Der Tonfall wirkte nicht mehr souverän, sondern zu hoch.

»Kevin«, warf ich ihm hin, ärgerte mich, dass ich den Nachnamen nicht wusste. »Kevin aus dem Kästner Museum.«

»Kenn ich nicht.« War da ein Zucken des Auges gewesen? Schwer zu sagen.

»Aber das Kästner Museum kennen Sie.« Ich streckte meine Hand aus und wies in die Richtung der Villa.

Er schnaubte auf. »Nu, die haben doch diese letzte idiotische Kampagne gestartet. Alles soll so bleiben wie zu Erich Kästners Zeiten. Wollen Sie leben wie die Menschen damals? Mit fünf oder sechs in einer kleinen Wohnung, wollen Sie das? Sehen Sie!«

Ich hielt dagegen, man könne ja das Gute aus der Vergangenheit bewahren und ansonsten die Annehmlichkeiten der Gegenwart genießen.

»Pferdedroschken. Zu Kästners Zeit gab es Pferdedroschken. Wissen Sie, was die für einen Dreck gemacht haben? Man musste befürchten, dass die Städte im Pferdemist ersticken. Und irgendwann kam das Automobil. Problem behoben.« Mit einem regelrecht glücklichen Gesichtsausdruck sah er mich an. »Aber die da«, jetzt wies er in Richtung Kästner Museum. »Die würden am liebsten heute noch mit Pferdedroschken rumfahren. An den Mist denken die nämlich nicht.« Er triumphierte.

»Was unternehmen Sie, um die Ausbaugegner zu überzeugen?« Vielleicht ließ er sich in seinem Überschwang zu einer unüberlegten Antwort hinreißen.

Aber er deutete nur auf mich und das Diktiergerät, lehnte sich zurück und trug eine zufriedene Miene zur Schau.

»Haben Sie sich sonst schon einmal mit jemandem getroffen, um Ihre Interessen zu besprechen?«

Jetzt war das Zucken eindeutig. »Wenn es sich ergeben hat.«

»Mit wem und wann?«

»Sie wollten doch meinen Standpunkt, oder? Den haben Sie ja nun.« Abrupt stand er auf. »Ich täte mich dann verabschieden.«

Schnell zog ich die kleine Digitalkamera aus der Tasche, schaltete sie unter dem Tisch ein. Mein Gesprächspartner hatte sein Portemonnaie aus der Jacketttasche gezogen und kramte darin. Ich erhob mich ebenfalls.

»Herr Schmidt!« Wie erwartet blickte er auf und ich brachte den Fotoapparat zum Einsatz.

Leider brauchte die Technik zu lange, um scharf zu stellen und auszulösen, denn er hatte reflexartig den linken Unterarm vors Gesicht gehoben.

»Davon war nie die Rede.« Die Stimme klang wieder sehr hoch. Ohne ein weiteres Wort stolperte er hinaus.

Ich folgte ihm bis an die Tür, wo mich die Stimme des Kellners aufhielt, drückte noch einmal ab, hatte aber nur seinen schon weit entfernten Rücken auf dem Bild.

»Sie möchten dann also bezahlen?«

Resigniert grinste ich den Kellner an. »Das muss ich wohl, auch wenn ich den Herrn eigentlich nicht einladen wollte.«

9. KAPITEL

Was hatte mir das nun gebracht? Frustriert saß ich in unserer Küche am Tisch, vor mir der größte Teil einer Thunfischpizza. Der Kellner hatte ›Herrn Schmidt‹ noch nie vorher gesehen, was aber nichts heißen musste, da er erst seit zwei Wochen dort arbeitete. Die Fotoausbeute war mehr als dürftig und was der Mann gesagt hatte, bewies einen ordentlich angestauten Zorn auf alle Ausbaugegner, vielleicht auch einen speziellen auf die Mitarbeiter des Kästner Museums, mehr aber nicht.

Andererseits hatte er zugegeben, Menschen getroffen zu haben, die sich gegen den Ausbau engagierten. Warum wollte er nicht fotografiert werden? Und weder seinen Namen noch seinen Beruf nennen?

Ich stellte das Diktiergerät auf Play, um mir das Gespräch noch einmal anzuhören, schob die Pizza von mir und holte die Flasche ›Wonne-Gott‹ von der Arbeitsplatte.

Man konnte sich an den Geschmack gewöhnen. Meine Aufmerksamkeit für die Wiedergabe schwand, die Gedanken drifteten ab.

Als Andreas in der Küchentür erschien, wurde mir bewusst, dass ich es wie ein Kind darauf angelegt hatte, ertappt zu werden.

»… mal die Meinung geigt, fühlen sie sich gleich bedroht«, tönte es aus dem kleinen Lautsprecher, blechern und aggressiv.

Andy hatte eine Plastiktüte in der Hand, er war wie angewurzelt stehen geblieben.

Meine Stimme fragte nach dem Praktikanten. Ich schaltete das Gerät aus und trank einen Schluck Wein.

»Interessante Kopfschmerztherapie«, sagte Andreas endlich.

Ich schob Glas und Flasche zur Seite.

»Nein, nein, trink nur. Wenn es dir hilft.« Der Sarkasmus saß.

»Entschuldige. Ja, ich hab dich angelogen. Ich wollte früh aus der Redaktion, um mich mit diesem Menschen zu treffen.« Mir wurde bewusst, dass ich nun auch von meinem mittäglichen Besuch im Kästner Museum erzählen musste. Ich schluckte, vermied Andys verletzten Blick und berichtete von der E-Mail und meinem Vorgehen.

Andreas hatte sich nicht hingesetzt, noch nicht einmal die Tüte abgestellt oder seine Lederjacke ausgezogen. Als ich zum Ende gekommen war, legte er seine Einkäufe auf den Kühlschrank und ging ohne ein Wort ins Arbeitszimmer. Durch die offen stehenden Türen hörte ich, wie er seinen Namen nannte. Mit dem Telefon in der Hand kam er zurück in die Küche.

»Frau Bertram hat sich mit einem seltsamen Ausbaubefürworter getroffen. Es gibt eine Bandaufnahme.« Er registrierte die Kamera neben dem Pizzateller. »Und vermutlich auch ein Foto.«

Auf mein müdes Kopfschütteln reagierte er nicht.

»Sie sind in der Gegend? Ja, natürlich können Sie vorbeikommen. Bis gleich.«

»Hantzsche«, stellte ich fest, als er das Gespräch beendet hatte.

»Ja.«

»Die Fotos sind nichts.«

Er zuckte die Achseln, zog endlich seine Jacke aus und brachte sie in den Flur.

»Die isst du nicht mehr, nehme ich an?«, erkundigte er sich danach in geschäftsmäßigem Ton.

»Nein.«

Andy schob die Pizza auf einen Teller, den er in die Mikrowelle stellte, krempelte die Hemdsärmel hoch und holte Tomaten, Paprika und eine Gurke aus der Tüte. Obwohl er auf der Stadtratssitzung gewesen war, hatte er es noch geschafft, einzukaufen. Etwas, was ich auch mit Kopfschmerzen gerne aß. Ich fühlte mich grässlich.

Er wandte mir den Rücken zu, wusch das Gemüse und schnitt es klein, bereitete eine Vinaigrette und stellte, als er alles durchgemengt hatte, die Mikrowelle an.

»Möchtest du Salat?«, fragte er vor dem Hintergrund des Lüftungsgeräuschs.

»Gern«, sagte ich und sprang auf, um wenigstens den Tisch zu decken, nachdem ich die ganze Zeit erstarrt dagesessen hatte.

Fast gleichzeitig mit dem Pling der Mikrowelle ertönte die Wohnungsklingel. Ich ging in den Flur und betätigte den Haustüröffner, blieb im Eingang stehen und wartete, bis der Hauptkommissar die Treppe hoch geschnauft kam. Er hatte tatsächlich wieder den Kugelbauch, mit dem wir ihn kennengelernt hatten.

Er begrüßte mich außer Atem, aber freundlich, ließ unerwähnt, dass ich Andreas am Vormittag allein hatte Bericht erstatten lassen.

In der Küche aß Andreas bereits die Pizza. Ich bot Hantzsche etwas von dem Salat an.

»Nein, danke. Zu gesund für mich. Aber lassen Sie es sich schmecken.« Schwer sank er auf einen Stuhl und betrachtete uns aufmerksam.

»Denn erzählen Sie mal«, forderte er nach einigen Minuten, in denen wir schweigend gegessen hatten.

Ich legte die Gabel hin und begann noch einmal von vorn, fügte an, dass ich der Museumschefin gesagt hatte, sie solle ihm von der E-Mail berichten.

Der Kommissar nickte. »Nu, die Frau war bei uns und wir nehmen die Sache ernst. Und Sie treffen sich einfach so mit diesem Mann? Ich habe Sie für vernünftiger gehalten.«

Andreas sprach noch immer kein Wort; ich sah ihm an, dass er Hantzsche zustimmte.

»Eine Kneipe in der Hauptstraße, um sieben Uhr!«, verteidigte ich mich.

»Er hätte Sie auch dort bedrohen können. Oder als Geisel nehmen. Oder weiß der Himmel was noch.«

Andy stand abrupt auf und machte sich an der Kaffeemaschine zu schaffen.

»Denn lassen Sie hören, was Sie haben.«

Ohne einen Kommentar verfolgte Hantzsche die Aufnahme. Andreas war an der Arbeitsplatte stehen geblieben, die Stirn in Falten gelegt. Er vermied es, mich anzusehen. Als das doppelte Fußgetrappel zu erahnen war, das aus der Kneipe hinausführte, schaltete ich den Apparat aus. Der Kommissar sagte noch immer nichts, sondern streckte nur die Hand aus. Widerstrebend reichte ich ihm das Gerät. Andy kam aufgebracht an den Tisch, riss es mir aus der Hand und holte den Aufnahmechip aus der Halterung.

»Bitte.« Er legte ihn vor Hantzsche hin und nahm die Kamera an sich, schaltete sie ein. »Auf einem großen Bildschirm kann man vielleicht etwas erkennen«, befand er und hielt dem Kommissar das Display hin.

Der nickte, Andreas holte auch diesen Chip heraus. Ich dachte, dass ich ihn noch nie in solch einem vorauseilenden Gehorsam dem Kommissar gegenüber erlebt hatte.

»Wir brauchen die Speicherchips in der Redaktion«, behauptete ich trotzig.

Andy schenkte mir einen vernichtenden Blick, Hantzsche versicherte ruhig, dass wir sie am nächsten Tag zurückbekommen könnten.

»Allerdings ohne das Gespräch und die Bilder, Frau Bertram.« Er erhob sich schwerfällig. »Und Sie überlassen bitte nun auch alles Weitere mir.«

»Haben Sie eine Spur von Marianne Kulka?«, schickte ich ihm hinterher, als er schon auf dem Weg zur Tür war.

Er drehte sich nicht um, hob nur den rechten Arm leicht an. »Auf Wiedersehen.«

»Verdammt!«, ging ich auf Andy los, kaum dass die Wohnungstür hinter dem Beamten zugefallen war. »So läuft das also jetzt: Alle Infos abgeben und im Gegenzug nichts erfahren. Und du spielst bereitwillig den Lakaien. Ganz toll.« Ich wusste überhaupt nicht, wohin mit meiner Wut.

Andreas hatte einen Kaffeebecher in der Hand. Ich griff nach der Weinflasche und schwenkte sie hin und her. »Vielleicht solltest du wieder saufen, damit du wieder normal wirst!«

Er streckte die Hand aus. »Gut, gib her.« Sein Gesichtsausdruck war völlig unbewegt.

»Nein. Sorry, ich bin ...« Mir schossen die Tränen in die Augen. »Bitte nicht.« Andy stellte den Becher ab und nahm mich in den Arm, drückte mich fest an sich. Die Weinflasche rutschte aus meiner Hand und fiel zu Boden, ohne zu zerbrechen. »Es tut mir so leid. Ich belüge dich und mache solch eine hirnrissige Aktion und dann ...« Ich begann haltlos zu weinen.

»Okay. Okay, okay, okay.« Er wiegte mich wie ein kleines Kind. »Es ist in Ordnung. Versprich mir bloß, dass du mich nie wieder belügst.«

Auf dem Fußboden breitete sich der Wein in einer tiefroten Lache aus. Halb führte, halb trug Andy mich ins Schlafzimmer, wo wir angezogen unter die Decke krochen. Ich drängte mich in seinen Arm, drückte mein Gesicht gegen den Flanellstoff seines Hemdes, roch durch das Waschmittel hindurch den Schweiß.

»Morgen sind es schon zwei Wochen«, hörte ich seine leise Stimme.

Ich erinnerte mich gut an den Abend vor 14 Tagen. Auch da hatte Andreas einen späten Termin gehabt; wir waren erst gegen neun zum Essen gekommen. Bratkartoffeln mit Spiegeleiern. Als Andy danach vor dem Fernseher noch eine Tüte Chips verdrückte, hatte ich ihn mit seinem Schwangerschaftsbauch aufgezogen ...

»Seitdem hab ich eine solche Angst um dich, dass ich es manchmal einfach nicht aushalte«, sagte er. Fast ein Flüstern.

Ohne den Kopf zu heben, knöpfte ich sein Hemd

auf, öffnete danach den Reißverschluss seiner Jeans. Er gab ein Stöhnen von sich, das aus der Tiefe seines Brustkorbs kam, und zerrte so ungestüm an meinem T-Shirt herum, dass ich dachte, der Stoff würde reißen.

*

Als ich am nächsten Morgen wach wurde, war Andy bereits aufgestanden. Ich fand ihn im Arbeitszimmer am Rechner.

»Was machst du denn?« Auf dem Bildschirm standen Beiträge eines ›Forums pro Stadtgestaltung‹.

»Ich habe gedacht, vielleicht findet man diesen Herrn Schmidt irgendwo im Netz.«

»Unter ›schmidtsschnauze‹ habe ich gestern nichts gesehen. Und ›Schmidt – Ausbaubefürworter‹ ergab ein paar Treffer, aber nichts Passendes.«

Ich fragte ihn nicht, warum er die Nachforschungen anstellte, ob seine Ängste gewichen waren. Er dehnte und streckte sich auf dem Stuhl, klickte ein paarmal zurück.

»Das hier könnte er gewesen sein. Lies mal.«

Er stand auf und überließ mir den Platz. Aufgerufen war ein Bericht von einem der Punks aus dem besetzten Haus an der Königsbrücker Straße. Er war nach einer Demo von einem ›dünnen Typen mit schwarzem, gefärbtem Haar‹ verfolgt worden, der ihm, als er ihn zur Rede stellen wollte, aus heiterem Himmel einen Faustschlag verpasst hatte.

»Ja, wäre möglich. Und nun?« Erwartungsvoll schaute ich Andy an.

»Frühstück?« Er grinste. »Und vielleicht finden wir ja heute die Zeit, den Punk aufzusuchen.«

Keine Frage: Das ›wir‹ war das wichtigste Wort in seinem Satz, und nachdem ich in der Nacht begriffen hatte, wie tief seine Verunsicherung ging, war ich bereit, darauf einzugehen.

*

In der Konferenz gab Andreas mir keine Termine über Mittag und hielt auch für sich selbst die Zeit frei. Bevor er in sein Büro verschwand, zwinkerte er mir zu.

Um halb zwölf kehrte ich von der Präsentation einer neuen Sonderausstellung im Stadtmuseum zurück und fand einen Zettel auf meiner Tastatur, dass Kommissar Hantzsche um Rückruf bitten würde. Zuerst wollte ich ihn ignorieren, dann wählte ich doch seine Nummer.

»Frau Bertram, wir haben Marianne Kulka in Gewahrsam genommen und sie möchte gern mit Ihnen sprechen.«

»Was?« Erregt sprang ich von meinem Stuhl auf. »Wo war sie? Seit wann haben Sie sie eingesperrt? Geht es ihr gut?«

Ein leises, aber unverkennbar gereiztes Schnaufen. »Nu, es geht ihr gut. Alles Weitere kann sie Ihnen selbst erzählen. Wollen Sie sofort vorbeikommen?«

»Natürlich!«

Ohne Verabschiedung drückte ich das Gespräch weg, lief mit Mantel und Tasche in Andreas' Büro. Er schaute kaum auf: »In einer Viertelstunde? Ich hab gerade erst den Sportbürgermeister bekommen wegen des Stadionumbaus und –

»Hantzsche hat Ännchen. Sie will mich sprechen!«, fiel ich ihm ins Wort.

»Na, wunderbar.« Er sah mit einem warmen Ausdruck in den Augen zu mir hoch. »Willst du direkt hin?«

Wir verabredeten, dass ich ihn anrufen würde, wenn das Gespräch beendet war, und ich machte mich auf den Weg.

An der Pforte des Polizeipräsidiums wurde ich gebeten, mich zuerst bei Hauptkommissar Hantzsche zu melden. Unwillig lief ich die zwei Stockwerke hoch, den langen Gang entlang, und klopfte an der Tür seines kleinen Büros.

»Sie sind schnell«, begrüßte er mich, hinter seinem Schreibtisch wie ein Buddha thronend. »Denn werde ich Sie also mal zu Frau Kulka bringen.«

Umständlich schichtete er ein paar Blätter um, speicherte etwas auf seinem Computer, nahm seine Lesebrille ab. Endlich machten wir uns auf den Weg.

»Sie wissen, dass es nicht selbstverständlich ist, dass Sie eine Verdächtige sprechen dürfen, oder?« Hantzsche war kaum größer als ich, seine Augen trafen meine auf einer Höhe, als er mich von der Seite auffordernd anblickte.

Ich zuckte nur die Achseln.

»Zunächst einmal brauche ich Ihr Wort, dass ich nicht das Geringste darüber in der Zeitung lese.«

»Gut. Kein Problem.«

Der Kommissar bewegte sich langsam wie eine Schildkröte.

»Darüber hinaus will ich, dass Sie mir alles berichten, worüber Sie sprechen.«

»Was? Nein!«

»Dann muss ich mich zu Ihnen setzen.« Da war keinerlei Verhandlungsbereitschaft in seiner Stimme.

»Aber ...«

»Frau Bertram, ich muss nur einen Anwalt zu der jungen Frau lassen. Sie will mit Ihnen sprechen. Ich gebe diesem Wunsch statt, aber die Regeln bestimme ich.«

»Sie wollen, dass ich Ihre Arbeit mache.«

»Ich gehe davon aus, dass Sie bereit sind, mir bei der Suche nach der Wahrheit zu helfen. Aber ich sehe schon, ich bin gezwungen, bei dem Gespräch anwesend zu sein.«

»Nein, in Ordnung, ich werde Ihnen alles Wichtige berichten.«

»Sie werden mir alles berichten. Was wichtig ist und was nicht, entscheide ich.«

Ich registrierte, dass das langsame Tempo, in dem wir das Erdgeschoss erreicht hatten, genau bemessen gewesen war. Mit der letzten, unzweideutigen Aussage deutete Hantzsche auf eine offen stehende Tür. Ich sollte Platz nehmen, er würde Frau Kulka holen.

Es war ein winziger Raum mit einem Tisch und vier Stühlen, das Fenster lag hoch oben in der Wand, war klein und vergittert. In einer Ecke hing ein Lautsprecher. Ich duckte mich, um zu sehen, ob unter den Möbelstücken Mikrofone angebracht waren, sah jedoch nichts. In der Tür war ein viereckiges Guckloch ausgespart.

Schon jetzt fühlte ich mich benutzt. Ännchen wollte sich mir öffnen, vielleicht würde sie mir etwas anvertrauen, und ich hatte zugesagt, das sofort weiterzugeben.

Ich würde genau überlegen, was ich Hantzsche wissen ließ, schwor ich mir. Er war derjenige, der unfair vorging, wenn er mein Wort für einen Verrat verlangte.

Schritte näherten sich, Hantzsche schob Ännchen in den Raum, nickte mir zu und schloss die Tür. Spontan spürte ich Beklemmungen. So fühlte es sich also an, eingesperrt zu sein. Das Mädchen streckte mir die Hand entgegen: »Guten Tag.«

»Wie geht es dir?«

Sie trug meine Jeans und mein Sweatshirt, in der linken Hand hielt sie Andys Windjacke. Zum ersten Mal bemerkte ich, dass ihre blonden Haare auf der rechten Seite in einem Wirbel hochstanden.

»Mir geht es gut, Danke. Hier –« Sie streckte mir die Jacke hin. »Es tut mir so leid, alles. Ihre Sachen bekommen Sie so schnell wie möglich zurück. Und das Geld natürlich auch. Ich schäme mich so. Sie waren so gut zu mir, Sie beide, und ich habe Sie bestohlen. Ich bete jede Nacht um Vergebung.« Sie reihte die Worte aneinander wie auswendig gelernt.

»Jetzt setz dich erst mal hin. Das ist alles nicht schlimm. Du hast dir was von uns geborgt. Wir wussten doch, dass wir es wiederkriegen.«

Ich legte die Jacke auf den Tisch und nahm auf einem Stuhl Platz, nicht ohne vorher einen Blick zu dem Guckloch in der Tür zu werfen. Dort war niemand zu sehen.

Marianne setzte sich mir gegenüber hin, sehr aufrecht, die Hände im Schoß, den Kopf gesenkt.

»Wo bist du denn hin von uns aus?« Auch wenn das am Montag nicht funktioniert hatte, versuchte ich es noch einmal mit den wenig verfänglichen Themen. Außerdem interessierte es mich wirklich.

»In die Laube einer Tante in Pesterwitz.«

Besser als in ein Abbruchhaus, dachte ich.

»Und – warum?«

Sie antwortete nicht.

»Marianne, du musst jetzt reden. Entweder mit mir oder mit dem Kommissar.«

Sie fixierte die Tischplatte. »Ich habe nichts getan. Nicht in dieser Nacht.«

»Und sonst?«

»Nun, der Diebstahl bei Ihnen –«

»Jetzt hör doch mal damit auf!« Vor Ungeduld war ich laut geworden. »Das war kein Diebstahl, klar? Also was hast du sonst gemacht?«

»Ich habe gesündigt.« Sie sagte das feierlich und voller Ernst. »Ich habe gelogen und mich gegen meine Eltern gestellt und gegen –«

Sie verstummte.

»Deinen Mann?«

»Nu.«

»Aber«, ich zwang mich zur Ruhe. »Das sind doch alles Dinge, die du wieder einrenken kannst. Du kannst doch beichten gehen«, glaubte ich, eine passende Idee zu haben.

»Wir gehen nicht beichten. Vergeben kann nur Gott, kein Priester«, brauste sie auf.

Da hatte sie auch wieder recht, dachte ich.

»Aber wenn dir die Menschen, um die es geht, vergeben, ist das doch schon die halbe Miete, oder?«

Sie sprang so ungestüm auf, dass der Stuhl nach hintenüberkippte. »Sie verstehen das nicht!«

Mit einem Schritt war sie an der Tür, pochte mit aller Kraft dagegen.

»Dann erklär's mir!«, forderte ich sie auf, aber da wurde die Tür schon geöffnet und Hantzsche erschien im Rahmen.

»Gespräch beendet?«, fragte er, während er Ännchen mit seinem wuchtigen Körper den Weg versperrte.

Marianne nickte, ich zuckte die Schultern.

»Denn wollen wir mal wieder.«

Er ließ das Mädchen heraustreten, während er mir mit einer Kopfbewegung signalisierte, dass ich in sein Büro gehen sollte.

10. KAPITEL

»… möchte nicht, dass Ihre Eltern benachrichtigt werden«, Hantzsche brach ab. »Herein.«

Andreas betrat mit einem Gruß das Büro, durch dessen Fenster die Wintersonne strahlte, und setzte sich neben mich. Obwohl Ännchen mir eigentlich gar nichts anvertraut hatte, war ich bislang den Fragen des Kommissars ausgewichen und hatte stattdessen versucht, von ihm mehr in Erfahrung zu bringen.

»Sie will auch keinen Anwalt, sie hat lediglich darum gebeten, mit Ihnen zu sprechen. Also nun: Worum ging es? Sünde, Beichte, der liebe Gott – was sonst noch?«

»Sie wissen doch, wie kurz das Gespräch war! Sie hat beteuert, in der Nacht nichts getan zu haben.«

»Aber?«

»Was, aber?«

»Warum hat sie dann über Sünde und Beichte gesprochen?«

»Das Thema Beichte habe ich angeschnitten. Offenbar gibt es das in ihrer Gemeinde nicht. Wissen Sie, ob sie ganz normal protestantisch ist oder irgendeiner Sekte angehört?«

Hantzsches Ärger äußerte sich in einer leicht geänderten Gesichtsfarbe. »Warum ging es um Sünde?«

Ich machte eine lässige Handbewegung. »Metaphysik. Nichts von Bedeutung.«

Aus den Augenwinkeln sah ich Andys zuckende Mundwinkel.

»Frau Bertram! Ich habe Ihnen gesagt, dass ich entscheide, was wichtig ist!«

»Sie hat gelogen und sich gegen ihre Eltern gestellt«, ratterte ich herunter. »Und sich von uns Sachen genommen.« Ich hob Andys Jacke, die auf meinem Schoß lag, hoch und hielt sie ihm hin. »Hier. Du kannst wieder joggen gehen.«

Der Kommissar sagte nichts, starrte mich nur grimmig an.

»Was wird denn jetzt aus dem Mädchen?«, fragte Andreas. Die Sonne hatte den Ausschnitt des Fensters passiert, schlagartig erschien der Raum dunkel.

»Die Untersuchungshaft ist vom Staatsanwalt beantragt«, blaffte der Kommissar. »Ich sehe keinen Grund, warum der Richter dem nicht entsprechen sollte.«

*

»Sie bleibt lieber in Haft, als mit ihren Eltern zu sprechen oder einen Anwalt zu beauftragen oder irgendetwas von sich zu geben«, sinnierte ich, während wir die Treppen hinunterliefen.

»Sie hat dir wirklich nicht mehr gesagt?« Andy deutete am Ausgang nach links. »Ich bin mit dem Auto gekommen, sonst schaffe ich es nicht bis zwei Uhr nach Klotzsche.«

»Und du hast hier einen Parkplatz bekommen?«

»Nicht wirklich.«

Der Dienstwagen stand in zweiter Reihe vor der Synagoge, und natürlich steckte hinter dem Scheibenwischer schon die Zahlungsaufforderung. Andreas seufzte und stopfte den Bußzettel in die Jackentasche, schloss die Türen auf und startete, noch bevor ich saß. Zügig wendete er und fädelte sich auf die Carolabrücke ein.

»Ich möchte gern wissen, wie Mariannes Verhältnis zu ihrem Mann ist«, grübelte ich, während wir über die Elbe fuhren.

»Wie schon? Wahrscheinlich können die beiden kaum was miteinander anfangen«, vermutete Andy. »Sie hatten einmal Sex, Ännchen wurde schwanger und wegen dieser Kirchengeschichte mussten sie heiraten.«

Wahrscheinlich war es so. Dennoch hatte ich das Gefühl, dass etwas sehr tief Gehendes das Mädchen mit ihrem kaum je erwähnten Ehemann verband. Ich würde ihn gern einmal kennenlernen. Dale hatte ihn bestimmt gesprochen, aber der wollte ja anscheinend überhaupt nichts mehr mit dem Fall zu tun haben und nur noch mit seiner Jess schäkern.

»Ich habe gerade noch mit Dale gesprochen«, sagte Andreas, als habe er meine Gedanken gelesen. Ich registrierte, dass er nicht erwähnte, wer wen angerufen hatte und verkniff es mir gerade noch, ihn anzuherrschen, dass er nicht über jede Kleinigkeit Bericht erstatten müsse.

»Die beiden kommen morgen Abend zum Essen.«

»Okay.«

»Mir wäre das Wochenende auch lieber gewesen, aber sie wollen am Samstag nach Berlin fahren.« Er zog auf die rechte Spur, um vom Albertplatz auf die Königsbrücker Straße zu gelangen, schaute zu mir herüber. »Du bist heute Abend ja bei dieser Pro-Ausbau-Geschichte, da kann ich ein Chili kochen – das brauchen wir morgen nur warm zu machen.«

Ein CDU-Lokalpolitiker lud zu einer ›Informations-Veranstaltung‹ zum Stand der Ausbaupläne. Eine klare Reaktion auf die diversen Proteste.

»Gut«, sagte ich.

Andreas fragte nicht nach, warum ich so wortkarg war. Ich nahm an, dass er es sich denken konnte.

Auf Höhe von ›Ricky's Quan‹ fand er einen Parkplatz und wir schafften es, eine Lücke im Verkehr zu erwischen, sodass wir die Straße überqueren konnten. Kurz darauf standen wir vor dem unsanierten Altbau, in dessen drittem Stock sich die Punker eingerichtet hatten. Soweit ich wusste, gab es eine Übereinkunft mit dem Eigentümer, dem momentan das Geld für die Restaurierung fehlte. Die jungen Leute hielten das Gebäude notdürftig instand und hatten dafür ganz offiziell die Genehmigung, dort zu wohnen. Eine vernünftige Lösung, dachte ich.

Wir stiegen die Treppe hoch, vorbei an offen stehenden Wohnungstüren und stinkenden Etagentoiletten. So weit, dass sie das ganze Haus säuberten, ging der Enthusiasmus der Bewohner nicht.

»Hat Hantzsche gesagt, ob er deinen Herrn Schmidt schon gefunden hat?«, fragte Andreas, auf der letzten Treppe ziemlich außer Atem.

Ich schüttelte den Kopf, rang ebenfalls um Luft. »Ich hab aber auch gar nicht dran gedacht zu fragen, ich war so mit Marianne beschäftigt.«

Wir hatten die Wohnungstür erreicht und ich atmete tief ein, wobei ich Andy angrinste: »Du bist ja kein bisschen fitter als ich trotz deiner sportlichen Aktivitäten.«

Er zog eine Grimasse. »Wart's ab, wenn ich erst mal richtig durchstarte!«

Ich drückte die angelaufene Messingklingel, pochte, als innen nichts zu hören war, mit der Hand gegen die Tür. Endlich vernahm ich huschende Schritte. Die Frau, die uns öffnete, war Mitte 20 und gehörte rein optisch nicht zu den Punks. Sie trug fellgefütterte, knöchelhohe Pantoffel und einen Cordrock. Ihre hellbraunen Haare waren im Nacken zusammengebunden, der Oberkörper steckte in einem Fleecepullover. Ihr Gesichtsausdruck war feindselig.

»Was ist los?«, wollte sie wissen, bereit, die Tür sofort wieder zuzuschlagen.

»Ist Maik da?«, fragte ich direkt nach dem Autor des Interneteintrags.

»Nein. Was wollen Sie von ihm?«

»Ich bin Journalistin und habe schon mal mit ihm gesprochen wegen der Aktivitäten gegen den Ausbau der Königsbrücker Straße.« Die verkürzte Version der Wahrheit musste reichen.

Die junge Frau zuckte betont abweisend die Achseln. »Und?«

»Ich muss ihn noch etwas fragen.«

Sie schaute noch einmal abwägend von mir zu Andreas, entschied dann anscheinend, dass wir vertrauenswürdig waren.

»Ein-Euro-Job. Auf dem Äußeren Friedhof.«

»Ist er jetzt –« Ich schaffte es nicht, meine Frage zu beenden, da Andys sehr laut gestelltes Handy klingelte.

Er kramte in seinen Jackentaschen herum, in der Wohnung begann ein Baby zu schreien.

»Verdammt!«, fluchte die Frau. »Ja, er ist jetzt dort. Wenn er nicht erfroren ist.«

Ohne Knall, aber entschieden schloss sie die Tür. Andreas war einige Stufen hinuntergegangen, sprach offenbar mit der Redaktion. Ich schlang meine Arme um mich, bemüht, das Säuglingsweinen, das nach wie vor hörbar war, zu ignorieren. Als es mir nicht gelang, lief ich an Andy vorbei das Treppenhaus hinunter, blieb erst im Erdgeschoss stehen. Kurz danach folgte Andreas mir.

»Bist du okay?«

»Ja, sicher«, wich ich aus. »Wer war das?«

»Ach, nur Christina, die mir sagen wollte, dass kurzfristig unser Ministerpräsident höchstpersönlich seinen Besuch am Flughafen angekündigt hat. Also dürfte der Termin sich in die Länge ziehen.« Er sah auf seine Armbanduhr. »Ich schaffe demnach heute nichts mehr nebenher.«

»Du könntest mich doch an dem Friedhof absetzen«, schlug ich vor. »Zurück komme ich schon, und ich muss erst um drei im Technischen Rathaus sein.«

»Du weißt, dass der Äußere Friedhof riesig ist, oder?«

Ich hatte keine genaue Vorstellung, sagte aber, ich wollte mein Glück versuchen. Ein februarkaltes, großes, altes Gräberfeld erschien mir im Moment ziemlich verlockend. Andy willigte skeptisch ein.

*

Der Äußere Neustädter Friedhof, offiziell St. Pauli-Friedhof nach der Kirchengemeinde genannt, lag hinter dem Hechtviertel. Andreas fuhr die Stauffenbergallee entlang, da wir beide davon ausgingen, dass dort ein Eingang sein musste, bog dann fluchend in den Hammerweg ein. Unten, an der Schnittstelle Radeburger Straße mit Maxim Gorki- und Hechtstraße, lag das Hauptportal. Andy gab mir einen schnellen Kuss auf die Wange und drehte mit quietschenden Reifen um.

Wenige Meter hinter dem Eingang gab es in einem Schaukasten einen Plan des Friedhofs – der tatsächlich gigantisch war. Ich beschloss, einmal den Mittelweg entlang zu gehen und das parkähnliche Gelände am anderen Ende der Längsachse wieder zu verlassen. Sollte Maik im oberen Teil arbeiten, der sich in Terrassen den Berg hinaufzog, hätte ich eben Pech gehabt.

Selbst das schmale Rechteck konnte ich von dem Weg aus allerdings kaum überschauen. Zwar waren die alten Bäume kahl, aber sie standen ziemlich dicht und waren mit Efeu bewachsen. Zusätzlich versperrten immergrüne Hecken und Sträucher den Blick. So blieb mir die friedliche Stimmung, um mein inneres Gleichgewicht wiederherzustellen. Ich beschloss, genau das zu versuchen.

Es funktionierte. Die Abgeschiedenheit, die Ruhe und die Grabmale der Toten vergangener Zeiten schafften es, das Babygeschrei aus meinem Kopf zu verbannen. Als ich fast am Ende des holprigen Pfads angekommen war, sah ich zwei junge Männer, die damit beschäftigt waren, eine gigantische Eiche vom Efeu zu befreien. Zügig ging ich auf sie zu. Beide trugen dicke Parkas, abgerissene Jeans und schwarze Stiefel, einer hatte mehrere Ringe in den Augenbrauen.

»Maik?«, unternahm ich einen Versuch.
Der Gepiercte schaute zu mir hin. »Ja?«
Großartig! Ich stellte mich vor und erzählte kurz, worum es ging und wie ich auf ihn gekommen war.

Der Punker war zunächst abweisend, letztendlich hörte er aber deutlich interessiert zu. Als ich den Mann beschrieb, der sich mir als ›Herr Schmidt‹ vorgestellt hatte, reagierte er sofort: »Ja, das ist er. Ein Psycho. Ein totaler Psycho. Der hat mir danach noch ein paarmal regelrecht aufgelauert. Bis ich ihm endlich eine verpasst habe. Dann war Ruhe.«

»Du kanntest ihn vorher nicht?«

»Ich wusste, dass da so eine seltsame Type unterwegs ist. Tauchte immer mal hier und mal da bei irgendwelchen Treffs auf, hat nie viel gesagt, aber ein paarmal wussten die Bullen im Voraus von Aktionen, die wir geplant hatten.«

»Nicht angemeldete Demos«, vermutete ich.

»So was in der Art«, bestätigte Maik.

»Du meinst, er hat euch bespitzelt, und nachdem er aufgeflogen war, ist er zum Angriff übergegangen?« Ich trat von einem Fuß auf den anderen. Es war viel zu kalt, um unbeweglich zu stehen. Maiks Kumpel steckte sich eine Zigarette an, die er danach zwischen Daumen und Zeigefinger mit der Glut im Handinnern hielt.

»Ich sag ja – ein Psycho! Gibt das Gerücht, dass er mal Autohändler war und pleite gegangen ist.«

»Und jetzt ist jeder sein Feind, der nicht will, dass immer mehr Autos unterwegs sind«, vermutete ich.

Maik deutete ein Nicken an.

»Ich weiß nicht so recht, wie ich das sagen soll, aber:

Warum hast du das erste Mal nicht zurückgeschlagen? Du siehst kräftiger aus als er.«

Der Punk lachte trocken auf. »Bewährung«, sagte er knapp.

»Und hinterher war dir das egal?«

Maik tat unbeteiligt. »Ist zum Glück auch nichts gekommen. Aber ich weiß, dass der Typ immer noch durch die Gegend zieht und Leute anmacht. Da bist du nicht die erste mit deiner Geschichte.«

»Du hast den Überfall auf dich damals nicht angezeigt?«

»Nein danke, freiwillig geh ich nicht zu den Bullen.«

Logisch, dachte ich, vor allem wenn ›Hans Schmidt‹ tatsächlich als Polizeispitzel unterwegs gewesen war. Dennoch musste Maik mit Hantzsche sprechen.

»Aber wenn du verhindern könntest, dass ein junges Mädchen unschuldig im Knast sitzt, würdest du erzählen, was passiert ist.«

Ich hatte extra keine Frage formuliert, und als er nicht reagierte, nahm ich das als Zustimmung und erklärte, ich würde einen Kommissar vorbeischicken. Maik verzog das Gesicht, sein Kumpel griff wieder nach dem Werkzeug und begann zu arbeiten, signalisierte, dass er mit all dem nichts zu tun hatte.

»Danke, tschüss.«

Allein wegen seiner Aussage würde Hantzsche Ännchen nicht frei lassen, das war mir klar, aber er hätte dann doch wenigstens etwas gegen ›Herrn Schmidt‹ in der Hand. Wer wusste schon, was bei einer Befragung dieses seltsamen Mannes herauskommen würde.

Einem Spitzel ... Mit solchen Sachen hatte Hantzsche als Hauptkommissar der Mordkommission ja wohl nichts zu tun. Hoffentlich.

Tief in Gedanken ging ich weiter, schnell, um ein wenig warm zu werden; bog am Ende des Wegs rechts in Richtung Hechtstraße ab.

Dabei bemerkte ich ein wahres Prachtgrab. Die lebensgroße Marmorfigur einer trauernden jungen Frau saß auf einer Bank zwischen zwei Säulen. Zuerst stach mir auf der Platte neben der rechten Säule der Name Ida Lina Augustin, geb. Schütze, ins Auge, dann erst sah ich die größere Inschrift über dem Grab: Familie Franz Augustin. Erich Kästners Onkel, der reiche Pferdehändler.

Über der Figur stand: ›Meine Gedanken sind nicht Eure Gedanken‹. Schön war das und auch ein bisschen geheimnisvoll. Auf der Marmorplatte links wurde Dora Naakes, geb. Augustin, gedacht. Die Cousine des Schriftstellers war bloß 24 geworden. ›Sie war zu gut für diese Welt‹, verkündete die Grabinschrift. Obwohl es bei den Temperaturen eigentlich unmöglich war, überlief es mich eisig. Ich fragte mich, was für eine Geschichte dahintersteckte.

Nach einem Blick auf meine Armbanduhr riss ich mich los und steuerte schnell auf den Ausgang zu. In einer halben Stunde musste ich im Technischen Rathaus sein und das war schon jetzt mit öffentlichen Verkehrsmitteln kaum mehr zu schaffen.

*

»Einen schönen guten Abend, meine Damen und Herren. Ich danke Ihnen für Ihr zahlreiches Erscheinen.«

Theo Dittrichs genoss die Rolle des Hausherrn. Er war erst Ende 30 und der Senkrechtstarter seiner Partei. Soviel ich wusste, hatte er zwar Jura studiert, jedoch nie eine andere Arbeit ausgeübt als die in den diversen CDU-Organisationen. Gerüchten zufolge würde der nächste Karriereschritt ihn ins Baubürgermeisteramt führen. Seine dunklen Haare waren mit Gel in einem verwegenen Schwung fixiert, die Gesichtshaut erschien mir solariumgebräunt und die Hände maniküriert.

Dittrichs hatte in die Räumlichkeiten des Jugendamts – des ehemaligen Ortsamts Neustadt – im unteren Bereich der Königsbrücker Straße geladen. Die manikürten Hände nahm ich wahr, weil ich mit Ines in der ersten Reihe saß. Vor dem Beginn der Veranstaltung hatte ich mich bei ihr entschuldigt, dass ich sie nicht angerufen hatte. Ihre Entgegnung – ›Mach dir deshalb bloß keine Gedanken, melde dich einfach, wenn dir danach ist‹ – fiel bereits mit Dittrichs Begrüßung zusammen.

Dankbar lächelte ich meine Freundin an.

»Ich weiß es sehr zu schätzen, dass Sie die Zeit erübrigen konnten. Vermutlich war es für Sie ein langer Tag, und damit Sie es besser verschmerzen, auch noch Ihren Abend zu opfern, möchten wir Sie gleich zu einem Teller sächsischer Kartoffelsuppe mit einem Gläschen heimischen Sekt einladen.«

»Gut«, murmelte Ines.

»Was hat er denn zu feiern?«, fragte ich.

Dittrichs ließ seinen Blick über die drei Stuhlreihen schweifen und nahm den Faden seiner Einladung wieder auf.«Und zwar hinten im Hof, in dem Teil des Gebäudes, der nach unseren Vorstellungen in Zukunft eine größere Rolle spielen wird.«

Alle stutzten. Hinter dem Jugendamt befand sich eine öde Parkplatzfläche. Der Politiker genoss die erzielte Aufmerksamkeit und räusperte sich: »Ist es nicht das Kennzeichen guter Politik, dass sie nach vorne schaut und Lösungen sucht – mitunter auch ungewöhnliche Lösungen?«

Hinter ihm an der Wand erschien ein Foto der Straße mit dem Amtsgebäude. Vor dem Haus war ein schmaler Garten.

»Sie wissen – es ist vielfach bedauert worden – dass mit dem Ausbau der Königsbrücker Straße dieser Vorgarten wie viele andere der zusätzlichen Fahrspur weichen müsste.«

Zustimmende Geräusche, ein Kollege hinter uns fragte halblaut, wann es Sekt und Suppe geben würde. Das Foto wechselte und zeigte eine Animation der verbreiterten Straße. Der Garten war verschwunden.

»Kein schöner Anblick, das gebe ich gerne zu.«

Er war gut, dachte ich.

»Nun, unserer Meinung nach muss der Ausbau kommen. Gehen wir also einfach mal davon aus«, schob er ein, als leises Protestgemurmel hörbar wurde. »Dann sollte man doch überlegen, wie man die Lebensqualität in unserer schönen Neustadt trotzdem erhalten kann.«

»Ich dachte, er wohnt in Loschwitz«, flüsterte Ines.

Das nächste Foto zeigte den Parkplatz hinter dem Amt.

»Wie bei diesem städtischen Gebäude verfügen die

meisten Häuser an der Straße über eine mehr oder weniger ungenutzte Fläche im hinteren Bereich. Die Idee ist deshalb, genau diese – sagen wir – Höfe für ein wahrhaft urbanes Leben zu nutzen.«

Hinter ihm erschien eine Darstellung, auf der der betonierte Platz begrünt war, mit Tischen und Stühlen versehen, sogar ein Sandkasten stand in einer Ecke. Es sah aus wie ein hübsches Gartencafé.

»Genau dorthin möchte ich Sie jetzt einladen.«

»Bei neun Grad minus?«, fragte ich, während ringsumher die Kollegen aufstanden.

Theo Dittrichs hatte mich gehört und lächelte einnehmend. »Keine Angst, Frau Bertram, wir haben vorgesorgt.«

Lektion Nummer eins für ehrgeizige Lokalpolitiker: Sich die Namen der Journalisten merken, mit denen sie es zu tun hatten.

»Wenn überhaupt, kann das aber nur eine Lösung für den unteren Teil der Königsbrücker sein«, versuchte ein Redakteur einer überregionalen Zeitung sich noch Gehör zu verschaffen.

»In der Form ja, das räume ich ein«, antwortete Dittrichs, wobei er sich den Anschein gab, als täte es ihm leid, diese Frage in dem allgemeinen Aufbruch nicht mehr diskutieren zu können. »Wir können das gern draußen weiter besprechen.«

Damit übernahm er die Führung hinaus auf den Flur, eine halbe Treppe hinunter und durch eine Holztür direkt in ein großes weißes Partyzelt. Neben Stehtischen glühten Heizpilze, auf einem Tisch an der Längsseite standen ein großer Topf auf einem Gasbrenner, ein Brotkorb sowie gefüllte Sekt- und Orangensaftgläser bereit.

»Bitte, bedienen Sie sich.« Der Politiker reichte höchstpersönlich Gläser herum. »Dort hinten haben wir für Sie die Informationen noch einmal zusammengestellt.« Er wies auf Papiertüten mit Dresdens Stadtwappen, aus denen Pressemappen herausschauten. »Plus einem kleinen Präsent, damit Sie im Informationsdschungel die Orientierung behalten.«

»Respekt«, sagte Ines leise und ich wusste, was sie meinte.

Einige Kollegen hatten bereits einen Suppenteller in der Hand, andere stöberten neugierig in den Tüten, brachten etwas Rundes zum Vorschein, das sie hin und her drehten. Ein Kompass, vermutete ich.

»Brot und Spiele, hat schon im alten Rom gereicht«, entgegnete ich.

Ines zuckte resigniert die Achseln und deutete in Richtung Kochtopf; ich nickte, ich war hungrig wie ein Wolf. Den Termin am Nachmittag hatte ich gerade eben noch geschafft, danach war in der Redaktion die Hölle los gewesen. Noch nicht einmal Martin hatte sich die Zeit genommen, etwas vom Bäcker zu holen, worauf ich fest gesetzt hatte.

»Überlegen Sie doch einmal, wie breit die Gehwege im oberen Bereich der Königsbrücker Straße sind«, hörte ich Dittrichs am Nebentisch argumentieren, als wir mit unseren Tellern einen Platz gefunden hatten. »Ich persönlich mag das ja auch, aber man muss doch in solchen Fällen abwägen.«

»Den Parkstreifen könnte man natürlich opfern«,

schlug der Kollege der Frankfurter Zeitung mit unbewegter Miene vor.

»Könnte man, zum Beispiel«, tat Dittrichs begeistert. »Man müsste ein Parkhaus bauen – aber auch das ist ja in der Neustadt umstritten, wie Sie sicherlich wissen.« Er seufzte, fuhr nach einer bedeutungsschwangeren Pause fort: »Ich sage immer: Wenn man gemeinsam nach Lösungen sucht, profitieren alle davon.«

Der Kollege deutete ein Nicken an und trank seinen Sekt aus. Theo Dittrichs kam an unseren Tisch.

»Nun, Frau Bertram, ich hoffe, Sie frieren nicht. Frau Althaus«, grüßte er Ines.

»Nein, das haben Sie ganz hervorragend gelöst«, antwortete ich. »Ein mit Elektrostrahlern geheiztes Zelt im Februar, so etwas würde man bei den Grünen ja nie erleben.«

Er ließ sich nicht irritieren: »Täuschen Sie sich nicht. Diese Geräte weisen eine sehr gute Energiebilanz auf. Das ist das Neueste auf dem Markt.« Ich hatte den Eindruck, als wäre er entgegen der demonstrativ vorgeführten Souveränität doch ein wenig verunsichert. »Lassen Sie es sich schmecken. Falls Sie noch Fragen haben – jederzeit.«

Damit verließ er unseren Tisch. Da ich noch ein wenig Brot holen wollte, drehte ich mich um und sah den Politiker auf eine schmale Öffnung in den Stoffbahnen zusteuern, in der ich meinte, ›Herrn Schmidt‹ zu erkennen.

Schnell lief ich den Weg zurück, den wir gekommen waren, durch das Haus hindurch, vorn heraus und außen herum. Gerade rechtzeitig, um die beiden Männer zusammen in die Tiefe des Parkplatzes verschwinden zu sehen. Was hatte der Politiker mit dem seltsamen Schläger zu tun? Ich drückte mich an den Rand der Hoffläche, duckte mich hinter die Autos und folgte ihnen.

11. KAPITEL

»Und dann?«, fragte Andy gespannt. Er rührte in einem Kochtopf, dem ein würzig-süßlicher Geruch entströmte.

Ich verzog das Gesicht. »Nichts. Unser Herr Schmidt hat mich gesehen – oder vielleicht eher gehört, keine Ahnung. Er hat sich laut von Theo Dittrichs verabschiedet und ist an mir vorbeistolziert. Dittrichs hat behauptet, er wäre ein Anwohner, der ihn sprechen wollte.«

Andreas schmeckte das Chili ab, goss einen Schuss Rotwein hinein. »Bisschen schwach«, stellte er fest.

»Was? Der Wein?«

»Dittrichs. Möchtest du auch einen Teller?« Er schöpfte eine Portion aus dem Topf.

»Danke, ich bin satt von der Kartoffelsuppe.«

Ich setzte mich an den Tisch und leistete Andy beim Essen Gesellschaft.

»Soll ich dir Hantzsches Handynummer geben?«, erkundigte er sich zwischen zwei Löffeln.

Ich zuckte die Achseln, sagte nichts. Der Kommissar hatte am Nachmittag bereits wieder leicht ungehalten reagiert, als ich ihm von dem Punker und dessen Zusammenstoß mit ›Herrn Schmidt‹ berichtet hatte. Woraufhin ich ihm unterstellte, dass er einen Polizeispitzel decken wollte. Wir hatten uns nicht gerade freundschaftlich verabschiedet.

»Du rufst ihn aber morgen früh im Büro an«, drängte Andreas mich.

Ich nickte, mit den Gedanken ganz woanders. Das pompöse Familiengrab der Augustins war plötzlich vor meinem inneren Auge erschienen. Dieser frühe Tod der Cousine …

»Willst du ein Glas Wein?«, fragte Andy.

»Nein. Ich sollte auch mal wieder etwas weniger trinken.« Ich schaute ihn an, wie er einen vollen Löffel zum Mund führte. »Fällt es dir schwer?«

»Auf den Alkohol zu verzichten? Klar.« Er grinste. »Aber es ist nicht so, dass ich ständig daran denke oder mir die Hände zittern oder so etwas. Ich bin kein Alkoholiker, keine Angst.«

»Gut.«

Ich hoffte, dass er die Wahrheit sagte. Andreas hatte schon immer viel getrunken, auch in Zeiten ohne Probleme. Aber er war während meiner Schwangerschaft abstinent gewesen, ohne dass es ihm erkennbar schwerer gefallen wäre als mir, und auch jetzt schien er ganz gut damit klarzukommen. Wahrscheinlich waren meine Sorgen unbegründet. Die vergangenen zwei Wochen waren für uns beide hart gewesen – seine Reaktion hatte in der Flucht in den Suff bestanden, meine im Sich-Zurückziehen und Abkapseln. Und in der Beschäftigung mit Ännchen …

»Die Familie von Kästners Onkel hat ein unglaublich pompöses Grab.«

Erstaunt – erleichtert? – über den Themenwechsel blickte Andy von dem Teller, den er genussvoll auskratzte, auf. »Sie hatten ja auch ordentlich Kohle, oder?«

»Schon, aber so viel?«

Ich beschrieb das Monument mit den geheimnisvollen Inschriften und erwähnte auch den frühen Tod der Cousine. Als Andreas darauf nur mit einem Achselzucken antwortete, stand ich kurz entschlossen auf. »Ich schau mal, ob ich dazu etwas finde. Wer weiß, ob ich morgen dazu komme.«

»Da musst du schließlich auch erst eine hübsche Glosse über Hinterhof-Dittrichs schreiben.«

»Wird erledigt.« Ich bewegte eine Hand salutierend an die Schläfe und verschwand aus der Küche.

*

Im Arbeitszimmer fand ich nach einigem Suchen die Kästner-Biografie, ein schmales Bändchen. Laut Namensregister tauchte Dora Augustin auf einem Bild – einer Familienaufnahme, die sie als hübsches, dünnes, vielleicht 12-jähriges Mädchen im Schoß ihrer Tante Ida, Erich Kästners Mutter, zeigte – und an zwei Textstellen auf.

Die junge Dora hatte sich in einen der Lehrer, die bei Kästners als Untermieter lebten, verliebt und die beiden wollten heiraten, aber Onkel Franz hatte für Lehrer nichts übrig und verweigerte seine Einwilligung. Ich blätterte zurück und betrachtete den ›Patriarchen‹, wie er genannt wurde. Er wirkte wie eine Karikatur mit seinem preußischen Schnurrbart. Bestimmt war er einer von denen gewesen, die für ihre Kinder ›etwas Besseres‹ wollten. Das kannte ich von zu Hause – zum Glück, ohne dass meine Eltern ernsthaft versucht hätten, in mein Leben einzugreifen. Wenngleich Andreas nicht ihrer Vorstellung von einem Schwiegersohn entsprach. Das war immer eher Dale gewesen.

Ich musste sie endlich anrufen und ihnen sagen, dass sie nicht Großeltern wurden, wurde mir siedend heiß bewusst. Zunächst aber blätterte ich zur Seite 94, der zweiten Textstelle mit Kästners Cousine.

Dora Naacke, geborene Augustin, war bei der Geburt ihres ersten Kindes gestorben. Das trieb mir spontan Tränen in die Augen. Der Sohn, Franz Naacke, überlebte und wuchs bei seiner Großmutter auf, fiel dann aber 1944 im Zweiten Weltkrieg.

›Sie war zu gut für diese Welt‹ – ob der Satz von Doras Grabstein auch auf Ännchen passte? Ganz sicher hatte sie nichts getan, sondern war nur irgendwie in den Lauf der Ereignisse geraten. Ich musste noch einmal mit ihr sprechen, sie dazu bringen, sich mir zu öffnen. Warum bloß sagte sie nichts?

Verdammt, ich hatte keinerlei Ahnung, wie ihr Begleiter zu Tode gekommen war! Eigentlich wusste ich überhaupt nichts. Dale musste morgen erzählen, was er in Erfahrung gebracht hatte. Das war er mir schuldig, nachdem er ja offenbar aus lauter Bequemlichkeit die ganze Sache abgegeben hatte!

*

»Sag mir doch erst mal, warum du dich so hartnäckig mit diesem Fall beschäftigst«, nahm ein sorglos wirkender Dale mir am nächsten Abend den Wind aus den Segeln.

Er und Jess waren kaum dazu gekommen, einen

Schluck Wein zu trinken, als ich ihn auch schon mit meinen Fragen bombardiert hatte.

Andreas, der den Tisch deckte, grinste und ich wurde wütend.

»Nur weil ihr beschlossen habt, dass euch das Mädchen egal ist, brauche ich ja wohl keine –«, mir fehlten die englischen Vokabeln, also fuhr ich auf Deutsch fort, »keine großartige Begründung, wenn ich ihm helfen will.«

Ich wusste, dass ich übertrieben reagierte, kam jedoch nicht dagegen an. Um etwas zu tun, stand ich vom Tisch auf und schnitt Baguette in Scheiben. Als ich den Korb vor Jess hinstellte, lächelte sie mich aufmunternd an.

Dale nahm ein Kantenstück, brach es über seinem Teller in zwei Teile. »Wenn du Marianne helfen willst, arbeite mit Hantzsche zusammen. Sag ihm alles, was du weißt, und lass ihn machen«, entgegnete er ruhig in seiner Muttersprache.

»Hah!«, stieß ich hervor. Mit der Erinnerung an den Frust des Tages flogen mir die englischen Wörter nur so zu. »Ich habe heute mit Hantzsche gesprochen, nachdem ich herausgefunden hatte, dass ein äußerst zweifelhafter Typ, der bei Ausbaugegnern gern handgreiflich wird, Kontakte zu Theo Dittrichs hat.« Ich machte eine Kunstpause, aber Dale kniff nur die Augen zusammen. »Dittrichs, der Shootingstar der CDU!«

Jess schaute von ihm zu mir und wieder einmal fragte ich mich, was er ihr erzählt hatte. Vielleicht war es sogar ihr Wunsch, dass er nicht arbeitete, während sie in Dresden war. Andreas war ins Wohnzimmer gegangen und hatte eine CD eingelegt. Über den Flur drangen die Doors mit ›Strange Days‹ zu uns in die Küche.

»Ich weiß, wer Dittrichs ist«, antwortete Dale. »Mich würde vielmehr interessieren, was du mit gewalttätigen Ausbau-Befürwortern zu tun hast.« Er zerbröselte das Baguette.

Andreas stellte den großen Suppentopf auf den Tisch, nahm Jess' Teller und füllte ihn mit dem duftenden Chili.

»Das ist mir klar, dass du wieder bloß den Beschützer spielen willst!«

»Jetzt hört ihr beide mal auf«, forderte Andy und tat mir auf. »Ihr könnt euch nach dem Essen weiter angiften.«

Er wollte sich anscheinend völlig aus der Diskussion heraushalten; nachdem er alle Teller befüllt hatte, hob er sein Mineralwasserglas und wünschte »Guten Appetit.«

Ich zog eine Grimasse und trank einen Schluck Wein. Schweigend begannen wir zu essen. Nach einigen Löffeln wandte Jess sich an Andreas und lobte das Chili.

»So etwas nennst du ungesund? Du solltest mal in die Staaten kommen. Ich habe mit Zwölfjährigen zu tun, die 50 Kilo Übergewicht und Leberwerte wie ein Säufer haben, weil sie in ihrem Leben nie etwas anderes als Fastfood gegessen haben.«

»Im Vergleich zu Dales Küche ungesund, meinte ich«, antwortete Andreas »Aber wenn der jetzt nicht mehr die Schäden durch das Rauchen ausgleichen muss, wer weiß?«

»Zwei Wochen«, sagte Dale nur.

»Und Tonnen von Weißbrot.« Jess lächelte ihn verliebt an.

»Also doch!«, triumphierte Andreas.

»Irgendetwas muss man sich ja in den Mund stecken. Aber dafür laufe ich auch wie ein Verrückter.«

»Das weiß ich«, gab Andreas grinsend zurück.

Ich verfolgte das Geplänkel, aß mein Chili und fühlte mich isoliert von den dreien. Dale war glücklich mit der schönen, intelligenten Jess; er genoss sein Leben und hatte ganz offensichtlich keinerlei Interesse am Schicksal Ännchens. Andy fühlte sich in der Rolle des Gastgebers wohl, er füllte Teller und Gläser neu, fragte nach, wie es zu diesen fettsüchtigen Teenagern kommen konnte.

»Ganz einfach: Das Zeug von McDonald's und Co ist spottbillig, gutes Essen dagegen viel teurer als bei euch. Ich liebe es, hier Lebensmittel einzukaufen. Käse und Obst und das dunkle Brot.« Jess seufzte.

»Ja, da werde ich mich verdammt umgewöhnen müssen«, sagte Dale und sah mir kurz in die Augen, wandte den Blick aber gleich wieder ab. »Nach 13 Jahren in Deutschland …«

Ich hatte gewusst, dass das irgendwann passieren würde, dennoch war ich jetzt nicht darauf gefasst gewesen. Ich griff nach meinem Weinglas und trank einen großen Schluck, während Andreas nachfragte, wie konkret Dales Pläne wären.

»Ziemlich. Ich plane, zum ersten März meine Zelte hier abzubrechen.«

Erster März. Das waren nur noch gut zwei Wochen.

»Deshalb schließe ich jetzt auch alle meine Fälle ab und nehme nichts Neues mehr an«, sagte Dale direkt zu mir.

»Aber du hast Ännchens Fall nicht abgeschlossen! Du hast einfach den Schwanz eingekniffen«, fauchte ich ihn auf Deutsch an und lief aus der Küche.

*

»Es tut mir leid. Ich wollte dir unter vier Augen sagen, dass ich zurückgehe. Aber ich habe es nicht gekonnt.«
Das Licht der Fenster auf der anderen Seite des Hofes verschwamm vor meinen Augen. Mit den letzten Tönen von ›When The Music's Over‹ wurde es still im Zimmer.
»Darum geht es nicht«, sagte ich mit möglichst fester Stimme.
»Doch. Das gerade, das war unsagbar blöd.« Dales Stimme klang belegt. »Es war feige, und das bin ich nur selten.«
»Aber in letzter Zeit immer häufiger.« Ich drehte mich nicht um, starrte weiter in das Dunkel hinter der Balkontür.
»Was meinst du?« Seine Stimme war näher gekommen.
»Ännchen, was sonst? Wann hast du das letzte Mal einen Fall nicht abgeschlossen, sondern mittendrin einfach der Polizei übergeben?«
»Kirsten, schau mich an, bitte.«
Ich spürte seine Hand auf meiner Schulter, blinzelte und schüttelte den Kopf.
»Gut, dann eben so.« Er ließ mich los, machte einen Schritt zurück. »Ich musste meine Ergebnisse Hantzsche übergeben, nachdem ihr erzählt hattet, dass Mari-

anne die Nächte draußen verbracht hat. Weißt du, wie lange es dauern kann, jemanden zu finden, wenn man allein sucht? Ich wollte nicht schuld sein, wenn sie erfriert, weil ich sie nicht rechtzeitig finde.«

Ich schluckte. Das war Dale: Verantwortungsbewusst, vorausschauend, überlegt. Was würde er mir fehlen!

»Aber für Hantzsche ist sie auch bloß eine Verdächtige.«

»Unsinn. Er verfolgt alle Spuren, und das weißt du auch.«

»Aber ...« Ich drehte mich um. Er stand einen Meter von mir entfernt, in dem schwachen Licht, das vom Flur ins Wohnzimmer fiel, sah ich kaum mehr als seine Umrisse. »So, wie er immer reagiert ...«

»Du erzählst ihm, dass du einem stadtbekannten Schläger hinterherschnüffelst. Wie soll er denn darauf reagieren? Ich wüsste auch immer noch gern, wieso du das getan hast!«

Ich seufzte laut auf. »Warum sagst du mir nicht, was du herausgefunden hast?«

»Wir drehen uns im Kreis«, stellte Dale fest. »Und ich habe weder Zigaretten noch Brot.«

»Und joggen gehen kannst du auch nicht, weil ich dich nicht aus der Wohnung lasse«, entgegnete ich scherzhaft, obwohl ich es toternst meinte. Ich trat an das Regal und zog einen quadratischen Korb heraus, tastete darin herum.

»Hier.« Indem ich mich auf das Sofa setzte, legte ich eine Tüte Chips auf den Tisch. Noch immer hatten wir kein Licht eingeschaltet, aber meine Augen waren nun so an das Dämmerlicht gewohnt, dass ich sogar Dales Gesichtszüge wahrnahm, als er neben mir Platz nahm. Die hohen Wangenknochen, die Stirn, auf der ich Sorgenfalten ahnte, der schmale Mund. »Vorschlag: Ich sage dir alles, was ich bislang gemacht und herausgefunden habe, und anschließend erstattest du mir Bericht.«

Über den Flur drang lautes Lachen.

»Die scheinen uns nicht zu vermissen«, stellte Dale fest und riss die Tüte auf. Sein »Okay, fang an« ging fast im Knistern unter.

Ich glaubte noch nicht so recht daran, dass er wirklich seine Ermittlungsergebnisse offenbaren würde, aber ich begann, von ›Herrn Schmidt‹ zu erzählen. Dale aß ein paar Hand voll Chips, schob die Tüte dann von sich.

»Das ist der gleiche Mensch, auf den ich auch gestoßen bin«, sagte er, als ich zum Ende gekommen war. »Und ja, es gibt eine Verbindung zu Theo Dittrichs.«

»Und weiter?«

»Nichts weiter. Dead end, würde ich sagen. Aber dieser sogenannte Herr Schmidt ist gefährlich, und deshalb solltest du davon auf jeden Fall die Finger lassen.«

Ich unterdrückte einen frustrierten Laut: »Warum meinst du, das sei eine Sackgasse?«

»Dittrichs hat diesen Mann für Informationen bezahlt, aber er ist viel zu schlau, um ihn als Schläger anzuheuern.«

»Er war Spitzel für Dittrichs? Nicht für die Polizei?«

»Soviel ich weiß.« Der vorsichtige, sorgfältige Detektiv.

Ich hatte Hantzsche unrecht getan mit meinen Vorwürfen. Den ausgesprochenen und den unausgesprochenen.

»Aber er kann doch auf eigene Faust den Praktikanten – Kevin, richtig? – verfolgt und getötet haben.«

Dale zuckte die Schultern. »Warum sollte Marianne keine Aussage machen, wenn er es war?«

»Weil er sie eingeschüchtert hat. Das dürfte bei ihr nicht so schwer sein, denke ich.«

Ich stand auf und ging wieder zum Regal, trug die Cognacflasche und zwei Schwenker an den Tisch. Ohne ihn zu fragen, ob er etwas wolle, schenkte ich uns beiden ein.

Dale nahm das Glas und bewegte es langsam im Kreis. »Du kannst sie bestimmt dazu bringen, mit Hantzsche zu reden«, sagte er.

»Wie denn? Sie redet noch nicht einmal mit mir! Vielleicht deckt sie jemanden. Kann das sein?«

»Ja, natürlich kann das sein.« Er trank einen Schluck.

Ich stöhnte ungeduldig auf: »Und wen? Was ist mit ihrem Mann? Hast du ihn gesprochen? Was für ein Typ ist er?«

»Ein ganz ruhiger, lieber, unbedarfter junger Mann. Schüchtern, fast verschüchtert – und er hat ein Alibi.«

»Was für eins?«, fragte ich wie aus der Pistole geschossen.

Dale lachte leise auf. »Du bist gut. Bei wem hast du das gelernt?«

»Bei dem Besten. Also?«

Aus der Küche hörte man Tellerklappern. Anscheinend räumten Andreas und Jess schon auf. Ich hoffte, dass uns noch ein paar Minuten zu zweit hier im Dunkeln blieben.

»Abendessen und besinnliches Beisammensein mit den Schwiegereltern.«

»Das erscheint mir nicht so überzeugend.«

»Meinst du, die Eltern würden den Schwiegersohn decken, wenn dadurch die eigene Tochter unter Verdacht gerät?« Er zog die Chipstüte wieder zu sich heran und griff hinein. Ich nippte an meinem Cognac.

»Vermutlich nicht. Und sonst? Wie wurde Kevin überhaupt getötet?«

Dale kaute. »Erschlagen. Mit einem Stein, der dort am Straßenrand lag.«

»Im Affekt.«

»Genau. Was wieder gegen Marianne spricht.« Dale erhob sich. »Bring sie dazu, zu reden, Kirsten. Und halt dich ansonsten raus, bitte!«

»Ich versuche es«, antwortete ich auf die erste Bitte und stand ebenfalls auf. »Aber eins noch: Was weißt du über ihre Religion?« Ich hatte am Vorabend im Internet versucht herauszubekommen, welcher Gruppierung Ännchen angehören könnte und tippte auf eine evangelische Freikirche. »Wenn ich in der Hinsicht nicht so ganz unbedarft bin, kann ich sie besser ansprechen«, argumentierte ich.

Aus der Küche näherten sich Schritte, Dale war neben dem Sofa stehen geblieben.

»Adventisten. Der Gemeinschaft der Siebenten-Tags-Adventisten«, sagte er und wandte sich Jess zu, die mit Andreas das Wohnzimmer betrat: »Wollen wir gehen?«

Mir schien, dass es ihm lieb gewesen wäre.

Aber Jess reagierte gar nicht darauf, sondern fragte hörbar entgeistert: »SDA? Die gibt es hier auch?« Die einzelnen Buchstaben hatte sie regelrecht ausgespuckt.

Sie musste Deutsch sehr viel besser verstehen als sprechen, dachte ich.

Andy schaltete das Licht ein und ging zur Stereoanlage. In der plötzlichen Helligkeit musste ich die Augen zusammenkneifen.

Dale antwortete ohne große Begeisterung, dass es die ›Seventh Day Adventist Church‹ auch in Deutschland gäbe. »Aber sie sind nicht sehr weit verbreitet.«

Ich suchte Jess' Aufmerksamkeit, machte eine Geste zum Sofa und bot ihr einen Cognac an. Wie nebenher stimmte sie zu, blieb aber stehen und fragte, wer in dieser Sekte sei.

»Eine Sekte?«

»Nein, das ist Interpretationssache«, sagte Dale. »Da gibt es viel Schlimmere.«

»Sicher«, brauste Jess auf. »Schlimmere gibt es immer. Aber wer Rockmusik, Tanzen und Kino für Teufelswerk hält, der ist ja wohl schlimm genug!«

Wie aufs Stichwort knatterte Jim Morrison mit seinem ›Roadhouse Blues‹ durch den Raum. Andy hatte eine weitere Doors-CD eingelegt. Ich goss Jess Cognac ein, hielt Dale fragend die Flasche entgegen. Er machte eine Geste zwischen Nicken und Achselzucken und ich gab etwas in seinen Schwenker, nahm mir auch noch einen kleinen Schluck. Andy setzte sich auf den etwas abseits stehenden Sessel und trommelte den Takt auf seinem Oberschenkel mit.

»Sie setzen sich sehr für gesunde Ernährung ein«, hielt Dale dagegen.

»Stimmt, ja: Alkohol, Zigaretten und sogar Kaffee sind auch verboten!«

So sauber Jess normalerweise sprach, so verwaschen klang ihr Englisch jetzt. Mir kam der Gedanke, dass sie so mit den Teenagern redete, wenn die sie aufgebracht hatten. Dale setzte zu einer Entgegnung an, aber sie fuhr schon fort: »Sie leugnen die Evolution! Sie lassen ihre Kinder vom Biologieunterricht befreien!«

Ich hatte Probleme, sie zu verstehen, wütend verband sie die Worte zu einem einzigen Gebilde.

»Aber doch nicht alle«, versuchte Dale, sie zu beschwichtigen, und hängte lächelnd an: »Das mit der Biologiebefreiung wäre hier in Deutschland bestimmt nicht möglich.«

»Gott sei Dank«, warf Andreas trocken ein; ich prustete gleich los und mit Verzögerung begannen auch Dale und Jess zu lachen.

»Die verlogene protestantische Arbeitsethik kenne ich ja von zu Hause.« Andy zog eine Grimasse und langte nach den Chips. »Aber das hört sich schon nach einem anderen Kaliber an.«

Jess nickte bloß, strich sich eine Haarsträhne aus dem Gesicht und kippte den Cognac herunter, als wäre es ein Klarer. Ich suchte Dales Blick.

»Und so ist Marianne also aufgewachsen?«

Für mich waren das komplett fremde Welten. Zwar war ich katholisch getauft, auch noch gefirmt worden, schon meine Eltern waren jedoch kaum jemals zur Kirche gegangen und in meinem Leben spielte Religion überhaupt keine Rolle. Ebenso wenig wie bei Andreas und, soweit ich wusste, auch bei Dale. Deshalb irritierte es mich, dass er eine solche Glaubensgemeinschaft verteidigte.

Dale trank seinen Cognac aus. »Nein, ich denke nicht, dass Mariannes Familie zu den Sektierern gehört.«

»Das Mädchen, das mit dir im Krankenhaus war?«

Also hatte Dale Jess von meiner Fehlgeburt erzählt. Sie ging endlich um den Tisch herum und ließ sich auf das Sofa sinken. Ich nahm neben ihr Platz, Dale blieb stehen. Jim Morrison besang ein ›Ship of Fools‹.

»Ja«, bestätigte ich und holte tief Luft. »19 Jahre alt, ganz eng mit ihrer Familie verbunden, verheiratet, bricht nach ihrer Fehlgeburt aus und wird jetzt verdächtigt, den jungen Mann, mit dem sie an einem Abend ausgegangen ist, getötet zu haben. Sie will nichts Konkretes sagen, sondern redet ständig nur von Sünde.«

Jess nickte nachdenklich. »Sünde ist bei den Adventisten ein Riesenthema. Gut möglich, dass ihre Familie ihr sogar gesagt – oder irgendwie suggeriert – hat, dass ihre Fehlgeburt Resultat einer Sünde war. Und sei es bloß der Sünde falscher Gedanken.« Sie klang jetzt viel ruhiger, ihre Sätze waren wieder gut zu verstehen.

Mir fiel ein, wie Ännchen mich gefragt hatte, ob ich glaube, mein Kind verloren zu haben, weil ich ›in Sünde‹ lebte und es überlief mich kalt. Dale stand noch immer mitten im Raum, in der Hand das leere Cognacglas.

»Es kann also sein, dass sie sich aus irgendwelchen Gründen so schuldig fühlt, dass sie meint, das Gefängnis sei eine gerechte Strafe?«, dachte ich laut nach.

»Möglich«, sagte Jess und wandte sich an Dale. »Du kannst das doch nicht einfach so geschehen lassen! Du musst Kirsten helfen, da Licht hineinzubringen.«

12. KAPITEL

»Eine Freundin von Jess hat mit 18 einen Selbstmordversuch unternommen, weil sie den Druck ihrer Eltern und der Adventistengemeinde nicht mehr ausgehalten hat«, sagte Dale, kaum dass er am nächsten Morgen zu mir ins Auto gestiegen war.

»Grässlich«, murmelte ich, während ich auf eine Lücke im Verkehr wartete.

Ich war müde und verkatert – eine Tatsache, die Andy beim viel zu frühen Frühstück sehr genossen hatte. Da ich um zehn Uhr schon in der Hauptbibliothek sein musste und Jess und Dale mittags nach Berlin aufbrechen wollten, hatten wir vereinbart, Mariannes Familie vor neun aufzusuchen.

»Um die Uhrzeit kann man niemanden überfallen«, äußerte ich noch einmal meine Bedenken, während ich mich endlich in den Berufsverkehr auf der Antonstraße einfädelte.

»Du meinst, dich darf man nicht ansprechen«, entgegnete Dale, und ich wusste, dass er lächelte, auch wenn ich geradeaus in den trüben Morgen blickte. Die Temperatur war ein wenig gestiegen, dafür wirkte alles verwaschen, grau. Die Straßen waren rutschig. »Der Mann ist Handwerker. Wahrscheinlich ist er schon längst zu einem Kunden unterwegs.«

Warum war Dale so munter? Er hatte nicht weniger als ich getrunken und mehr Schlaf konnte er auch kaum bekommen haben.

»Logisch, dass Jess dann so allergisch auf die Adventisten reagiert«, nahm ich mit etwas Mühe den Faden wieder auf. »Aber warum hast du die Sekte gestern ständig entschuldigt?«

»Man kann eben nicht sicher sagen, dass es eine Sekte ist«, hakte er gleich wieder ein. »Ich habe in New Jersey Gemeindemitglieder als durchaus vernünftige Menschen kennengelernt. Sehr fromm, ja, aber das gibt es in den Staaten sowieso viel häufiger als hier.«

Wir waren vor dem Bahnhof zum Stehen gekommen. Ich rieb meine kalten Hände im Luftstrom des Gebläses und schaute Dale an. Ich vermutete, dass er an seine Mutter dachte, die kurz nach seinem Highschool-Abschluss gestorben war, eine gläubige Katholikin, wie er einmal erzählt hatte. Seiner Mimik konnte ich nichts entnehmen.

»Ich möchte jetzt endlich eine Familie gründen«, sagte er ohne jede Überleitung. »Jess ist die erste Frau seit«, er stockte. »Die erste Frau seit Jahren, mit der ich es mir vorstellen kann. Deshalb muss ich Nägel mit Köpfen machen.«

Schlagartig fiel mir ein, wie er von mir das erste Mal diese Redewendung gehört hatte und nichts damit anfangen konnte. Warum suchten mich auf einmal solche Erinnerungen heim?

»Jess würde nie ihren Job aufgeben, bei mir ist das etwas anderes.«

Ich nickte. Es gab hier nichts, was ihn hielt, und wenn ich jetzt meinem Impuls nachgab und ihn bat, nicht fortzugehen, sollte mir auf der Stelle die Zunge abfallen. Hinter uns hupte es und ich beeilte mich, den Gang einzulegen und loszufahren.

Schweigend rollten wir über die Marienbrücke, hinter der die Yenidze aufragte, jener Stein gewordene Spleen eines Zigarettenfabrikanten. Die bunte Kuppel des einer Moschee nachempfundenen Gebäudes glänzte im Morgenlicht.

Ich bog rechts in die Magdeburger Straße ein. Eine Familie gründen ... Jess konnte keine Kinder bekommen, das wusste ich. Vielleicht würden die beiden eins adoptieren.

Und wie stand es mit unseren – Andys und meinen – Plänen, Träumen, Wünschen? Unvorbereitet und wie ein Schlag unter die Gürtellinie traf mich die neuerliche Trauer über den Verlust des Kindes, unseres Sohnes. Ich heftete den Blick auf die Straße und beschleunigte.

*

›Meisterbetrieb Tischlerei M. Ahrendts‹ stand auf dem blank polierten Messingschild neben der Eingangstür des schlichten Hauses in der Reisewitzer Straße. Zögernd stieg ich aus dem Auto, wischte mir über die Augen, als Dale mir den Rücken zuwandte. Ich war froh, dass er dabei war. So schutzlos meinen eigenen Gefühlen ausgeliefert fühlte ich mich kaum in der Lage, überhaupt anderen Menschen zu begegnen, geschweige denn, ihnen ihre innersten Überzeugungen zu entlocken.

Drei Klingelschilder: Werkstatt, Ahrendts und Kulka. Dale drückte den Ahrendts-Knopf. Fast direkt danach wurde der Summer betätigt und wir standen in einem freundlich hell gestrichenen Hausflur. Zwei Steinstufen führten zu einem Treppenabsatz, auf dem Mariannes Mutter stand, die nur noch wenig Ähnlichkeit mit Nicole Kidman hatte. In den vergangenen zwei Wochen schien alles an ihr die Form verloren zu haben. Strähnig klebten ihre langen Haare an den eingefallenen Wangen. Sie trug eine Art Hausanzug aus Samt, der mindestens drei Nummern zu groß war. Ohne jede Regung des Erkennens schaute sie uns entgegen.

»Frau Ahrendts«, Dale stieg die Stufen hoch, ich folgte ihm. »Haben Sie einen Moment Zeit für uns?«

Ich hatte den Eindruck, dass sie noch immer nicht wusste, wer wir waren, aber sie ging uns voran in die Wohnung. Auch hier herrschten helle, warme Farben vor; die Kommode im Flur und die Essecke in der Küche, wo wir uns niederließen, waren aus massivem, geöltem Buchenholz. Bestimmt stammten sie aus der eigenen Werkstatt.

Mariannes Mutter bot uns nichts zu trinken an, mit haselnussbraunen Augen, die denen ihrer Tochter ähnelten, starrte sie auf Dale.

»Sie hatten mir zugesichert, ich könnte mit Marianne sprechen, bevor Sie sie der Polizei übergeben. Mehr habe ich nicht gewollt. Nur einmal mit ihr sprechen.« Ihre Stimme klang erstaunlich fest.

Also wusste sie sehr wohl, wer wir waren – zumindest, wer Dale war.

»Ich habe sie nicht gefunden. Es war zu riskant, es länger alleine zu versuchen, deshalb habe ich einen verantwortungsbewussten Polizeikommissar ins Vertrauen gezogen«, erklärte er mit ruhiger Stimme. »Ich habe

Ihnen gesagt, dass ich deshalb auch keinerlei Honorar nehme.«

Und das, wo er jeden Euro brauchte, dachte ich. Frau Ahrendts atmete schwer ein.

»Geld, Geld, als wenn es darum gehen würde.«

Ich musterte die Küchenwände, auf der Suche nach irgendwelchen religiösen Symbolen. In einem irischen Bed & Breakfast hatte ich einmal ein Bild des Papstes über dem Herd gesehen, etwas Ähnliches erwartete ich hier auch. Aber bis auf einen Kalender mit irgendwelchen Sprüchen neben der Tür gab es nichts.

»Vielleicht hätte Ihre Tochter auch nicht mit Ihnen sprechen wollen«, stellte Dale in normalem Konversationston fest. »Jetzt, im Gefängnis, will sie Sie ja auch nicht sehen.«

Ich hielt die Luft an. So etwas in der Art hatte ich sagen, Frau Ahrendts fragen wollen: Ob sie sich vorstellen konnte, warum Ännchen so reagierte. Aber ich hätte es nicht gekonnt. Nicht in meiner Verfassung und nicht gegenüber dieser gebrochenen Frau. Unvermindert starrte sie Dale an.

»Ja, das wäre möglich gewesen«, stimmte sie ruhig zu.

»Was meinen Sie, ist der Grund dafür?« Dale sprach so selbstverständlich, als ginge es um das Wetter.

»Warum fragen Sie das nicht Ihre Freundin?« Ruckartig drehte sie den Kopf, die Sehnen an ihrem mageren Hals sprangen hervor. »Sie wagen es, in unser Haus zu kommen? Nach allem, was Sie uns angetan haben?« Die Wut kam nicht heraus; Blick, Mimik, sogar Tonfall waren tieftraurig.

»Ich –« Mir fehlten die Worte, ich wusste nicht weiter.

»Was meinen Sie?« Dale war ein Fels in der Brandung.

»Sie hat unsere Familie verleumdet. Das Ansehen Erich Kästners in den Schmutz gezogen!«

»Was habe ich?« Bei so viel Ignoranz kehrten meine Lebensgeister zurück.

»Sie haben fürchterliche Dinge erzählt. Und Marianne in dieses Museum geschickt, wo sie böse Menschen kennengelernt hat, Menschen, die nicht wissen, was gut und was schlecht ist. Die in Sünde leben, wie Sie auch!«

Ihre Stimme hatte sich hysterisch hochgeschraubt, je mehr sie sich in ihre Rede hineinsteigerte. Dales Augen verengten sich.

»Sie meinen, es ist Sünde, wenn Mann und Frau unverheiratet zusammenleben?«, fragte er nach.

Ännchens Mutter antwortete nicht.

»Frau Ahrendts, vielleicht hat Marianne durch mich mitbekommen, dass nicht alle Menschen so leben wie Sie. Und ja, ich habe ihr etwas aus dem Leben von Erich Kästner erzählt. Die Wahrheit. Genauso wie die Menschen im Museum. Warum sind sie deshalb böse?«

Auf der Straße donnerte ein Lastzug vorüber. Als der Lärm und das Beben vorbei waren, sah ich, dass in der Türöffnung Ännchens Vater stand. Er trug eine beigefarbene Latzhose über einem dicken Wollpullover und rieb sich das linke Augenlid. Frau Ahrendts erhob sich langsam von ihrem Stuhl.

»Hast du wieder etwas im Auge?« Sie ging zu ihm und zog mit einer Hand das Lid leicht nach oben. »Nein, da ist nichts. Alles in Ordnung.«

Er blieb im Eingang stehen, ohne etwas zu sagen. Beide Arme hingen nun wie nutzlos herunter. Auch ihm sah man die Belastungen der vergangenen Wochen an; er hatte dunkle Ringe unter den Augen, sein Gesicht wirkte aufgedunsen. Ich überlegte, ob in dieser Familie Alkohol tabu war. Ännchen hatte bei uns den süßen Wein getrunken, wobei sie nicht den Anschein erweckte, als sei sie es gewohnt.

Seine Frau kehrte an den Tisch zurück, setzte sich aber nicht, sondern umklammerte die Stuhllehne mit ihren Händen.

»Warum sind die Menschen im Kästner Museum böse?« Ich wollte eine Antwort.

»Marianne hat ein gutes Leben geführt. Ein Leben im Glauben, gut für sie und ihre Geschwister. Alles war in Ordnung.«

Geschwister? Unwillkürlich sah ich mich in der Küche um. Dale deutete ein Kopfschütteln an, also fragte ich nicht nach.

»Sie hat das einzige Leben geführt, das sie kannte«, sagte Dale. »Als sie etwas anderes kennengelernt hat, wollte sie das. Was ist so schlimm daran?«

»Eine Prüfung, es ist eine Prüfung«, murmelte Herr Ahrendts.

»Verdammt noch mal, sie ist nicht auf den Strich gegangen, sie hat keine Drogen genommen oder sonst was. Sie will gerne Journalistin werden und sie hat neue Freundschaften geknüpft. Was ist daran falsch?«

Die Mutter war bei meinem Fluch zusammengezuckt, der Vater schaute betreten zu Boden.

»Haben Sie sie unter Druck gesetzt?«, fragte Dale. »Haben Sie ihr gesagt, dass sie sich versündigt, wenn sie anders denkt als Sie?« Seine Stimme klang wieder ganz sanft.

»Wir haben ihr gesagt, dass es eine Prüfung ihres Glaubens ist, dass sie widerstehen muss«, antwortete Herr Ahrendts laut, fast dröhnend.

Ich wollte schon wieder aufbrausen, als Dale mich mit einer Handbewegung stoppte.

»Würden Sie Marianne ohne Bedingungen wieder aufnehmen?«, fragte er den Mann.

»Wir haben sie nicht verstoßen.«

»Würden Sie sie wieder aufnehmen, wenn sie nichts mehr mit Religion zu tun haben wollte?«, hakte ich nach.

»Sie ist unsere Tochter«, sagte die Mutter, anstatt die Frage zu beantworten.

Ich suchte Dales Blick und wir standen auf, verabschiedeten uns. Das Ehepaar schien es kaum wahrzunehmen. Im Flur deutete ich nach oben. Dale nickte und wir stiegen die Treppe hoch. In der Wohnung von Marianne und ihrem Sven rührte sich jedoch nichts.

»War auch unwahrscheinlich«, sagte Dale. »Er wird arbeiten. Sachbearbeiter«, antwortete er auf meine unausgesprochene Frage. »Nein, ich sage dir nicht, wo.«

Nebeneinander liefen wir hinunter ins Erdgeschoss.

»Du hast dich geirrt. Die sind nicht gemäßigt.« Ich schaute zu der geschlossenen Wohnungstür der Ahrendts.

Dale nickte. »Ja, es scheint fast so.« Er zog die Haustür auf und wir traten in den neblig-kalten Morgen hinaus. »Aber letzten Endes ist das egal.« Er klang, als wolle er sich selbst durch seine feste Stimme überzeugen. »Hantzsche wird sich bestimmt noch einmal mit der Familie beschäftigen. Und wenn sie sich vielleicht gegenseitig ein Alibi gegeben haben, wird er es herausfinden.«

Ich schloss das Auto auf. An das Alibi des Ehemannes – das ja zugleich das der Eltern war – hatte ich auch gerade gedacht, allerdings ohne den optimistischen Zusatz. Wir stiegen ein.

»Damit bist du zufrieden?« Nur mühsam unterdrückte ich meine Frustration und einige damit einhergehende Vorwürfe.

Dale rutschte auf dem Beifahrersitz hin und her, schnallte sich umständlich an, schien sich selbst einen Ruck zu geben: »Nein, bin ich nicht. Du hast recht: Ich nehme sie mir noch einmal vor. Nach dem Wochenende.«

*

Hohe Ausleihzahlen, dabei Anstieg bei elektronischen Medien, leichter Rückgang bei Büchern. Akzeptanz der veränderten – also verkürzten – Öffnungszeiten. Der Chef der Dresdner Bibliotheken, Hubert Windler, informierte über die Arbeit des vergangenen Jahres. Wir saßen in dem Rondell in der Mitte des Hauptraumes im World Trade Center, über uns ließ das Glasdach den trüben Tag hell erscheinen.

Ich hatte Mühe, mich auf die Worte zu konzentrieren und hoffte, dass sich die wesentlichen Punkte in der Pressemappe wiederfinden würden. Mein müder Kopf war nach dem Morgen bei Ännchens Eltern kaum noch aufnahmefähig.

Ich war unendlich erleichtert, dass Dale sich noch einmal mit dem Fall beschäftigen wollte – wenngleich er mir natürlich wieder eingeschärft hatte, selbst nichts weiter zu unternehmen. Ich sollte doch noch einmal versuchen, Marianne zum Reden zu bewegen. Was in seiner Logik anscheinend nicht unter die Rubrik ›etwas unternehmen‹ fiel ...

Die Regale in dem Rondell waren mit Regionalliteratur bestückt. Ich ließ meine Augen über die Buchrücken gleiten und registrierte, dass direkt neben mir in einer Reihe mit Dresden-Krimis Erich Kästners ›Als ich ein kleiner Junge war‹ stand. Das Buch, auf das sich Marlene Stiller vom Museum wiederholt bezogen hatte. Wir hatten ein Exemplar in der Redaktion, und ich kannte die Stellen, die sich direkt mit der Königsbrücker Straße beschäftigten, hatte es aber nie ganz gelesen.

Eine junge Kollegin fragte, was genau unter elektronische Medien falle, und Herr Windler begann mit engelsgleicher Geduld seine Aufzählung. Ich zog das Kästnerbuch aus dem Fach und begann, darin herumzublättern. Oben auf einer Seite registrierte ich ein Wort, das ich im Internet gesehen hatte, als ich versuchte, Ännchens Religionszugehörigkeit herauszufinden: Herrnhut. Dort war Erich Kästners Cousine Dora ins ›Töchterschulheim‹ gegangen, ›wo es so streng und fromm zuging, dass die Ärmste ganz blass, verhärmt und verschüchtert zurückkehrte‹. Die freikirchliche Frömmelei hatte also Tradition in der Familie. Ich las weiter und erfuhr, dass der Mann, den Dora mit 20 geheiratet hatte, ein Geschäftsmann gewesen war, der dem Onkel zusagte. Armes Ding.

Die Pressekonferenz war beendet. Eilig stellte ich das Buch zurück, blätterte einmal durch die ausgehändigte Mappe, um mich zu vergewissern, dass ich genügend Infos für meinen Text hatte und verließ die Bibliothek.

*

Theo Dittrichs wünschte eine Gegendarstellung, nachdem ich seine Hinterhofvisionen lächerlich gemacht hatte.

»Ich habe ihm gesagt, dass daraus nichts wird, weil der Text als Glosse erkennbar war«, sagte Andy. »Aber stell dich darauf ein, dass wir da noch Ärger bekommen könnten. Ich wette, der hat ausgezeichnete Verbindungen zu unserer Chefetage.«

Die Konferenz war schon vorbei, ich wollte mir bei Andreas meine Termine abholen und in Erfahrung bringen, wann ich für eine Stunde verschwinden konnte, um noch einmal mit Ännchen zu sprechen. Er fragte, wie das Gespräch mit den Eltern gelaufen war. Als ich nach meiner Schilderung anfügte, dass Dale wieder einsteigen würde, nickte er nachdenklich.

»Es passte nicht zu ihm, so einen Fall ad acta zu legen. Und du hast zugesagt, nur noch das Gespräch mit der Kleinen zu führen?«

Es war mir nicht klar, ob ihn selbst wieder die Neugierde gepackt hatte und er gern weiterschnüffeln würde. Ich antwortete ausweichend; wenn dem so war, sollte er den Vorschlag machen. Aber nichts dergleichen kam.

»Wie geht's eigentlich deinem Brummschädel?«, wollte er stattdessen grinsend wissen.

»Sehr gut, du neu ernannter Abstinenzler«, gab ich zurück.

*

Ännchen wollte mich nicht sprechen. Als Hantzsche mir mitteilte, dass sie niemanden sehen wollte, dachte ich zuerst an einen Trick des Kommissars, um mich zu mehr Zusammenarbeit zu zwingen – es schien jedoch tatsächlich Mariannes Wille zu sein. Frustriert legte ich den Hörer auf; direkt danach klingelte das Telefon wieder.

»Ja?«, meldete ich mich schlecht gelaunt, da ich davon ausging, dass es Hantzsche war, der noch etwas von mir wollte.

»Theo Dittrichs. Schön, dass Sie jetzt im Haus sind, Frau Bertram.«

Der Typ war wirklich der geborene Politiker. Schmierig-klebrig, nicht locker lassend. Ich murmelte eine Begrüßung.

»Das war ja ein amüsanter Text, den Sie da verfasst haben«, begann er im Plauderton.

Martin betrat kauend die Redaktion und ich nickte ihm zu, verdrehte meine Augen. Er kam mit der Bäckertüte an meinen Schreibtisch und hielt sie mir hin. Ich nahm ein Stück Fettgebäck heraus und dankte ihm mit einem Lächeln.

Währenddessen hatte Dittrichs sein Anliegen vorgebracht: Ich möge doch noch einmal ernsthaft über seine Pläne für die Königsbrücker Straße schreiben. »Wissen Sie, es liegt mir wirklich am Herzen, dass wir dafür eine Lösung finden.«

»Und Sie meinen tatsächlich, ein paar hübsche Hinterhöfe zum Ausgleich für die Stadtautobahn vor der Tür wären die Lösung?«

Nachdem ich heute Morgen kaum etwas heruntergebracht hatte, hätte ich nun für mein Leben gern in das Teilchen gebissen. Ich leckte ein wenig von dem Zucker ab, mit dem es bestreut war. Martin grinste von seinem Schreibtisch aus herüber. Ich zog ihm eine Grimasse.

»Ja, ich denke, dass das ein diskussionsfähiger Ansatz ist.« Der Ton des Politikers war merklich schärfer geworden.

»Ich denke das nicht«, wurde ich ebenfalls deutlicher. »Und Sie können sich darauf verlassen, dass ich jeden weiteren Vorstoß von Ihnen kommentieren werde – und zwar nicht in der harmlosen Glossenform.«

Kurz schienen ihm die Worte zu fehlen. Dann war eine Art Zischen in der Leitung zu hören: »Ich würde mir an Ihrer Stelle überlegen, ob Sie mich zum Feind haben wollen!«

Ein Teil von mir erschrak ganz kindlich über diese Drohung, ein Teil freute sich über die Unprofessionalität und ein Teil wollte zurückschlagen. Dieser Teil gewann.

»Wollen Sie mir die Schlägertypen, mit denen Sie gemeinsame Sache machen, auf den Hals hetzen?«

Noch während ich es aussprach, wurde mir klar, dass Dittrichs viel eher die Verbindungen zu unserer Chefetage meinte, die Andreas angesprochen hatte. Dennoch hatte ich anscheinend einen Nerv getroffen.

»Ich habe Ihnen gesagt, dass Herr Forkert nur ein besorgter Anwohner ist!«

Einen Moment lang wusste ich nicht, worauf er sich bezog. Dann sprang ich vor Begeisterung von meinem Stuhl hoch. Martin zuckte zusammen.

»Herr Forkert alias Hans Schmidt ist ein polizeilich bekannter Schläger, der es auf Ausbaugegner abgesehen hat. Da Sie ihn so verteidigen, muss ich davon ausgehen, dass Sie ihn nicht nur als Spitzel nutzen.« Vermutlich hörte man mein Grinsen.

Dem Politiker musste sein Fehler bewusst geworden sein, er trat die Flucht nach vorn an. »Ich kann Ihnen nur raten, sich vor solchen Unterstellungen zu hüten!«, kam es gepresst bei mir an.

Er legte auf. Ich ließ mich wieder auf meinen Stuhl sinken und griff endlich nach dem süßen Teilchen.

»Was war denn das?«, fragte Martin, der sich die letzten Krümel von den Lippen wischte.

»Eine satte Drohung von Theo Dittrichs«, antwortete ich mit vollem Mund.

Während ich von dem Telefonat berichtete, kam Andy in die Redaktion und hörte gespannt zu.

»Haben wir genug, um bringen zu können, dass es eine Verbindung gibt?«, fragte er, nachdem ich zum Ende gekommen war.

Ich zuckte die Schultern. »Eher nicht.« Dale würde mich köpfen, wenn ich seine Informationen in einem Artikel nutzte. »Höchstens in einer Aneinanderreihung von Konjunktiven. Aber nachdem Marianne nicht mit mir sprechen will, habe ich heute ein bisschen Zeit. Ich kann ja mal schauen, welchen Dreck man bei Dittrichs noch so findet.«

Martin feixte: »Ich kenne eine Frau in der Ortsgruppe Strehlen, wo er angefangen hat. Vielleicht ist die bereit, mir etwas zu erzählen.«

»Klasse«, sagte Andreas. »Dann schaut mal, ob ihr etwas Hieb- und Stichfestes zusammenbekommt.«

*

Die voll besetzte Straßenbahn an diesem Abend fühlte sich an wie eine kalte Sauna. Die dicht gedrängt stehenden Menschen dünsteten Feuchtigkeit aus, die die schwache Heizung kaum aufwärmte. Viele schnieften und husteten. Es war grässlich. Ich hatte Andreas, der länger arbeitete, das Auto gelassen und stieg nun kurz entschlossen an der Synagoge aus der Bahn aus. Für meinen noch immer pochenden Kopfschmerz und den übermächtigen Frust war es sowieso besser, wenn ich zu Fuß ging.

Tief einatmend genoss ich die Aussicht von der Carolabrücke auf die beleuchtete Altstadtsilhouette und versuchte, die sinnlose Arbeit des Nachmittags zu vergessen. Wir hatten nichts Verwertbares herausgefunden. Noch nicht einmal ›Hans Schmidt‹ – also Herr Forkert – hatte auf die Mail reagiert, mit der ich ihn zu einer Äußerung provozieren wollte. Aus Strehlen gab es die Aussage, dass ›Dittrichs über Leichen geht‹ – aber natürlich wollte sich Martins Kontaktperson damit nicht zitieren lassen.

Ich hatte die Daten der steilen Karriere des CDUlers zusammengetragen, war dabei mehrfach darauf gestoßen, dass er nicht mit Samthandschuhen agierte, wenn ihm jemand im Weg war – aber das erwartete man ja schon fast bei einem Politiker. Schließlich hatte ich mich doch an einem Text mit vielen würde, wäre, könnte und sollte versucht – und letztendlich gemeinsam mit Andy und Martin beschlossen, es zu lassen.

Nun gut, wir würden weiterbohren. Und wenn es etwas gab, würden wir es zutage fördern.

Ich hatte die Neustädter Elbseite erreicht. Die frische Luft tat gut. Endlich schaltete ich ab und begann, mich auf einen ruhigen Abend zu freuen. Es war noch etwas Chili vom Vortag da, ich brauchte weder einzukaufen noch zu kochen. Den Wein würde ich weglassen und früh schlafen gehen.

Am Carolaplatz musste ich lange an der Ampel warten. Autos rasten vorbei, eine Straßenbahn rumpelte über die Kreuzung; Fußgänger waren außer mir kaum unterwegs. Auf der anderen Seite bog eine Gruppe zu den Wohnhäusern ein, und gerade hatte ich gedacht, hinter mir sei ein Mann gewesen. Jetzt sah ich aber niemanden mehr. Endlich konnte ich die Straße überqueren.

Ob ich eine leckere Nachspeise holen sollte? Unschlüssig schaute ich durch den gerade wieder fein einsetzenden Nieselregen zu der Markthalle hinüber.

Nein, besser nicht. Andreas würde mir vorwerfen, seine Diätversuche zu torpedieren, und ich selbst hatte während der Nachmittagsarbeit mit Martin genug Süßes gegessen.

In dem Moment, als ich wieder in Richtung Albertplatz ausschritt, packte mich auf einmal jemand von hinten, presste mir eine behandschuhte Hand vor den Mund und drängte mich in das Dunkel der Wigardstraße. Hier, wo sich die Gebäude der Landesregierung befanden, war es jetzt, am frühen Freitagabend, wie ausgestorben. Ich hörte stoßweisen Atem, spürte trotz meines dicken Wintermantels klauenhafte, dünne Finger um meinen linken Unterarm und wusste im Bruchteil einer Sekunde, wer mein Angreifer war.

13. KAPITEL

Er musste mir vor der Redaktion aufgelauert und mich dann verfolgt haben. Was sollte ich tun? Provoziert hatte ich ›Herrn Schmidt‹, das war mir gelungen. Und nun? Mit dem Handschuh vor dem Mund und unter der Nase bekam ich kaum Luft. Ich hatte Angst.

Hektisch suchte ich den vor mir liegenden Bürgersteig und den auf der anderen Seite mit den Augen ab – nichts. Ein einzelnes Auto fuhr vorbei, ohne die Geschwindigkeit zu verändern. Vermutlich nahm man aus der Entfernung in der Dunkelheit überhaupt nicht wahr, dass ich nicht freiwillig ging, sondern vorwärts gestoßen wurde. In das monotone Rauschen des Verkehrs hinter uns am Carolaplatz mischte sich das laute Signalhorn eines Rettungswagens. Forkert drückte mich in den riesigen Eingangsbogen eines Ministeriumsgebäudes und setzte an, meinen Kopf an den Sandstein zu schleudern. Ich hielt mit aller Kraft dagegen und schaffte es, den größten Schwung abzufangen.

Schläfe und Wange an den kalten Stein gepresst, versuchte ich, ihn anzuschauen. Er hielt sich jedoch hinter mir und riss plötzlich meinen Unterarm hinter meinem Rücken hoch. Mein Schmerzensschrei erstickte in dem Leder des Handschuhs.

»Lassen Sie mich in Ruhe! Lassen Sie mich bloß in Ruhe, oder es passiert was!«, forderte er mit seiner hohen, gepressten Stimme.

›Ein Psycho‹ hatte der Punk gesagt, und das war Forkert ohne Frage. Er musste doch wissen, dass ich ihn anzeigen würde.

»Woher haben Sie meinen Namen?«

Auf einmal dämmerte mir, warum er sich sicher fühlte: Er dachte, Theo Dittrichs würde ihn beschützen. Ich rief mir den genauen Wortlaut meiner Mail ins Gedächtnis:

›Sehr geehrter Herr Forkert,
wie wir erfahren haben, ist dies Ihr Name, wenngleich Sie ihn bei Ihren dubiosen Auftragsjobs für Theo Dittrichs nicht benutzen. Wie wäre es, wenn Sie uns mitteilen, was Sie so alles für den Politiker machen? Wenn nicht, müssen wir schreiben, was wir vermuten.‹

Ziemlich kindisch, dachte ich jetzt. Und die Möglichkeit, dass Forkert durchdrehen könnte, hatten wir ignoriert.

»Woher?«

Während er die Frage hervorpresste, löste er den Druck auf meinen Mund. Dankbar atmete ich so tief wie möglich ein.

»Von Dittrichs«, keuchte ich.

Mit einem »Was?« ließ er seine Hand heruntersinken und meinen Arm fast los. Ich nutzte die Bewegungsfreiheit und rammte ihm den rechten Ellenbogen so fest in den Magen, wie ich nur konnte, befreite meinen linken Arm ganz und drehte mich um, stieß das linke Knie zwischen seinen Beinen hoch.

Er schrie auf und krümmte sich, ich rannte los, zurück in Richtung Carolaplatz und weiter. Obwohl ich bald schon komplett außer Atem war, verlangsamte ich meine Schritte nicht. Die Angst, dass dieser Wahnsinnige mich gleich wieder von hinten anspringen könnte, war zu groß.

Erst als ich schon fast am Albertplatz angelangt war, wagte ich, mich umzudrehen. Niemand zu sehen. Vor Erleichterung schossen mir die Tränen in die Augen und ich lehnte mich an eine Hauswand, um mich ein wenig zu beruhigen.

Es war nichts passiert, sagte ich mir. Ich hatte ihm größere Schmerzen zugefügt als er mir, ich konnte stolz auf mich sein. Ich war kein wehrloses Opfer gewesen. Das Zittern in den Gliedmaßen aber blieb – und ich konnte mir nicht einreden, dass es allein von der körperlichen Anstrengung herrührte.

Langsam, wie eine alte Frau, löste ich meinen Rücken von der Plattenbauwand und ging zum großen Kreis des Albertplatzes, umrundete ihn, war glücklich über die vielen Menschen, die plötzlich wie aus dem Nichts den Bürgersteig füllten. In der Alaunstraße gab ich den Punkern mein gesamtes Kleingeld, obwohl sie mich auch dieses Mal nicht ansprachen, und hatte die irrsinnige Idee, mir damit eine Art von Schutz zu erkaufen. Endlich in unserer Wohnung angekommen, schloss ich sorgfältig die Tür hinter mir und ging noch im Mantel zuerst durch alle Räume und drehte die Heizkörper weit auf, dann ins Badezimmer, wo ich heißes Wasser in die Wanne einlaufen ließ.

Als ich mich darin ausstreckte, hörte das Zittern endlich auf. Meine linke Schulter fühlte sich an wie ausgekugelt und an dem Unterarm meinte ich, noch Forkerts Klauengriff zu spüren. Zu sehen war nichts, der Stoff des Mantels war dick genug gewesen. An der Schläfe pochte eine kleine Wunde, die der Sandstein in die Haut gerissen hatte. Machte eine Anzeige wegen Körperverletzung überhaupt Sinn? Ich zweifelte nicht daran, dass man meiner Aussage eher Glauben schenken würde als der dieses Mannes, aber was kam dabei heraus? Ich strich meine nach dem Untertauchen nassen Haarsträhnen aus dem Gesicht und beschloss, diese Frage am kommenden Tag zu entscheiden.

Die Wohnungstür wurde geöffnet und ich zuckte zusammen, begann trotz der wohligen Wärme wieder zu zittern. Erst als ich Andreas' Stimme hörte, beruhigte ich mich. Er würde ausflippen, wenn ihm zu Ohren kam, was passiert war. Ich beschloss, es ihm vorerst nicht zu sagen.

*

»Kam die Idee wirklich von mir?«, brummte Andy, als wir uns beim Frühstück gegenübersaßen.

Die Küchenuhr zeigte Viertel vor neun, eine Zeit, zu der wir normalerweise an einem Samstagmorgen nicht auf den Beinen waren. Ich war ausgeruht, das Bad und der ausgestandene Schrecken hatten mich so geschafft, dass ich den Rest des Abends halb schlafend auf dem Sofa verbracht hatte, bevor ich früh ins Bett gegangen war. Andreas aber war wie ein Getriebener in der Wohnung herumgelaufen. Hatte er gespürt, dass ich ihm etwas verschwieg? Natürlich ärgerte er sich noch darüber, dass wir im ersten Anlauf nichts Verwertbares über Theo Dittrichs herausgefunden hatten, außerdem schien er sich in seiner eigenen Haut unwohl zu fühlen. Selbst nachdem er spät ins Schlafzimmer gekommen war, stand er kurz darauf noch einmal auf. Wann er letztendlich tatsächlich Schlaf gefunden hatte, wusste ich nicht.

»Ja«, entgegnete ich. »Du wolltest in einem Sabbatgottesdienst spirituellen Beistand suchen.«

Andy hatte im Internet gelesen, dass die Adventisten ihren Gottesdienst am Samstag feierten, und wir waren uns einig gewesen, dass das eine gute Gelegenheit sei, etwas über die Gemeinde – es gab nur eine in Dresden – in Erfahrung zu bringen. Die Gedanken an Forkert und die Frage der Anzeige verdrängte ich. Dafür war später immer noch Zeit.

Da ich nicht wollte, dass Mariannes Eltern mich auf Anhieb erkannten, hatte ich meine langen Haare straff zusammengebunden und eine Brille aufgesetzt, die ich einmal auf dem Flohmarkt gekauft hatte, weil ich das 50er-Jahre-Gestell so witzig fand. Zum Glück waren die Gläser so schwach, dass sie mich kaum behinderten. Außerdem trug ich das einzige seriöse Kostüm, das ich besaß, ein elegantes anthrazitfarbenes, das nach der Schwangerschaft noch immer etwas eng saß.

Andreas kannten sie nicht, also brauchte er sich keine solche Mühe machen, sein Aussehen zu verändern. Dennoch hatte auch er sich mit Stoffhose und Jackett sehr konservativ gekleidet. Einem Jackett, das sogar, wenn er es nicht schloss, spannte.

»Ich sollte lieber joggen gehen«, sagte er und schob seinen Teller von sich. »Das wäre für mein Seelenheil besser.« Er hatte wieder dunkle Schatten unter den Augen, die unstet wirkten.

»Kannst du heute Nachmittag immer noch.« In der

Zeit würde ich zum Polizeipräsidium gehen, dachte ich. »Jetzt lass uns fahren, sonst kommen wir zu spät.«

*

Das Gebäude, in dem der Gottesdienst stattfinden sollte, war keine Kirche, sondern eine Art Bungalow in Plauen. Dort, hinter der Uni, war einmal die Stadtgrenze gewesen, bevor man sämtliche umliegenden Dörfer eingemeindet hatte. Nachdem Andy sich zweimal verfahren hatte, war es bereits 20 vor zehn, als wir vor der schlichten Tür standen. Hier draußen war nichts zu hören oder zu sehen. Andreas schien am liebsten direkt umkehren zu wollen, und auch ich zögerte, einzutreten, als auf einmal hinter uns eine Stimme erklang.

»Keine Angst. Gäste sind jederzeit willkommen.«

Die Frau war Mitte 50, sie trug einen dicken Wollmantel und eine Mütze. Mit einer energischen Bewegung öffnete sie die Tür und bat uns, mit hineinzukommen. Wir standen in einem Flur mit Garderobenhaken, an denen bestimmt 100 Mäntel und Jacken hingen. Hinter einer Zimmertür am anderen Ende des Flurs war Stimmengemurmel vernehmbar. Die Frau legte ihre Winterkleidung ab; wir hatten unsere Mäntel im Auto gelassen und blieben unschlüssig stehen. Als sie fertig war, machte sie eine ausholende Geste.

»Kommen Sie, kommen Sie.«

Sie ging voran in einen Raum, der vielleicht 90 Quadratmeter groß war und voller Menschen. Sie saßen auf einfachen Holzstühlen in Gruppen zusammen und sprachen miteinander; ich konnte nicht ausmachen, wer der Priester war. Die Wände waren hell gestrichen, an einer hing ein überdimensionales Kreuz. Im Vergleich zu einer katholischen Kirche wirkte die Umgebung so nüchtern wie eine Bahnhofshalle. Durch die vielen Stimmen herrschte ein ziemlicher Geräuschpegel.

Unsere Führerin ging auf eine Gruppe am rechten Rand des Raums zu, wo noch ein Stuhl frei war; wir folgten ihr.

»Guten Morgen, Schwester Elena«, wurde sie begrüßt. »Bringst du uns Gäste?«

»Guten Morgen, meine Brüder und Schwestern«, antwortete sie, und mir dämmerte, was es mit der Erwähnung von Geschwistern am Vortag bei Ännchens Eltern auf sich gehabt hatte. Ich war dankbar, dass sie nicht in diesem Kreis saßen. »Ja, diese beiden jungen Menschen habe ich vor der Tür angetroffen.«

Fünf Leute blickten zu uns hoch und nickten freundlich. Ein älterer Mann stand auf und bot mir seinen Stuhl an. Als ich abwehrte, sagte er, er würde zwei weitere holen. Ich erwiderte sein Lächeln und setzte mich. Kurz darauf stand ein Stuhl neben meinem und Andreas ließ sich darauf fallen. Der Mann rückte einen für sich selbst zwischen zwei jüngere Frauen. Alle hier sahen aus wie Leute, die man auch auf der Straße treffen konnte, keiner wirkte besonders weltfremd oder auch nur konservativ. Eine Frau trug Jeans, der zweite Mann der kleinen Gruppe ein Hemd mit einem dunkel schimmernden Fleck auf der Brust. Ich tippte auf Kaffee.

»Wir sprechen heute über Lukas 14: Das große

Abendmahl«, sagte der Mann, der mir seinen Stuhl überlassen hatte. Ich gab mir Mühe, nicht allzu unwissend auszusehen. »Schwester Martina hat ein paar Gedankenanstöße dazu vorbereitet.«

Die Frau in der Jeans räusperte sich: »Selig ist, der das Brot isst im Reich Gottes, heißt es in dieser Bibelstelle. Ein Satz, der klar erscheint. Aber woher wissen wir, wann wir im Reich Gottes sind? Sind wir es, wenn wir alle seine Gebote eingehalten haben? Oder braucht es mehr dazu?«

Gar nicht so dumm, dachte ich. Irgendwie gefiel mir diese Art eines ›demokratischen‹ Gottesdienstes.

»Ich habe gedacht, dass man in der Offenbarung einen Hinweis finden könnte. Da steht in 22, 17: Und wen dürstet, der komme; und wer da will, der nehme das Wasser des Lebens umsonst.«

»Lebenswässerchen ist Wodka«, wisperte Andy. »Ob's das hier gibt?«

Ich schickte einen giftigen Blick zu ihm hinüber.

»Ist somit jeder willkommen im Reich Gottes? Braucht es keine besonderen Anstrengungen, um die Gaben zu empfangen?«

»Die machen einen durstig«, kam es von Andreas.

»Ich meine doch!« Schwester Martina hatte ihre Stimme erhoben und belustigt registrierte ich, dass Andy zusammenzuckte. »Ich meine, was Lukas und Johannes uns sagen wollen, ist, dass Gott jedes Menschenkind aufnimmt – es sich aber dann bewähren muss. So wie wir heute diese beiden Menschen bei uns aufgenommen haben«, ihre blauen Augen ruhten auf Andreas und mir, »ohne etwas von ihnen zu wissen. Wenn sie aber bleiben wollen, dann müssen sie sich nach den Geboten unseres Herrn richten.«

Fair enough, dachte ich.

»Welche Gebote wären das?«, fragte Andy mit unschuldiger Stimme.

Ein ganz leises Raunen entstand unter den fünfen, zunächst antwortete keiner, schließlich ergriff wieder der ältere Mann das Wort.

»Ein Leben nach der Schrift, mein junger Freund. Sie finden alles in der Bibel.«

»Aber ist da nicht manches ein bisschen überholt? Ist die Bibel nicht eher so etwas wie ein Geschichtsbuch?«

Schwester Elena, die uns hereingeführt hatte, seufzte laut auf, der Mann mit dem befleckten Hemd sagte mit fester Stimme: »Jedes einzelne Wort in der Bibel ist Gesetz.«

Ich musste daran denken, wie ein sogenannter Christ aus Amerika mit ähnlicher Argumentation die Welt an den Rand des Abgrunds geführt hatte.

»Auge um Auge, Zahn um Zahn«, stellte ich möglichst leidenschaftslos in den Raum.

Der Mann nickte nachdrücklich.

Andreas wollte gerade etwas sagen, als plötzlich ein allgemeines Stühlerücken begann, die Stimmen ringsum verstummten und alle sich in Richtung des Kreuzes drehten. Darunter, an einem schlichten Tisch, stand ein Mann in einem altmodischen Anzug und begann mit dem, was wohl die Predigt sein sollte.

»Ich will heute mit euch darüber reden, warum es so viele unterschiedliche christliche Gemeinden gibt.«

Der Priester hatte nie Sprechunterricht gehabt, er klang nicht im Entferntesten so wie die Geistlichen, die ich bislang gehört hatte. »Die Grundlage aller ist doch die Bibel. Ich habe mich schon oft gefragt, warum die Richtigkeit der Gebote über reine und unreine Speisen oder der Sabbat als christlicher Ruhetag nicht erkannt wird – um nur zwei Beispiele zu nennen. Jeder, der die Bibel liest, muss zu diesem Ergebnis kommen.«

Die ganze Gemeinde war mucksmäuschenstill. Ich nahm den Raum in Augenschein, während der Mann weiterredete und seine Meinung, dass nur Adventisten wahre Christen waren, immer stärker betonte. Jetzt entdeckte ich drei Reihen vor uns auch Ännchens Eltern, starr aufrecht sie, in sich zusammengesunken er. Der schmale, ebenfalls selbst von hinten erschüttert wirkende junge, rotblonde Mann neben ihm war wohl Sven. Ich hoffte, dass keiner von ihnen sich umdrehte.

Aus dem Hintergrund des Raums erklang Musik – nicht klangvoll und Ehrfurcht gebietend wie in einer Kirche, sondern mit eher schwachen Tönen wie von einer Heimorgel. Voller Inbrunst begann der Prediger zu singen und alle Gemeindemitglieder fielen ein. Andy und ich tauschten einen kurzen Blick und standen auf, schoben uns, eine Entschuldigung andeutend, durch die Reihe hindurch und verließen den Raum.

»Uff«, machte Andreas, als wir in unserem kleinen Peugeot saßen. »Und ich dachte, die verrückten Gotteskrieger sind im Nahen Osten.«

»Oder in den USA«, ergänzte ich, nahm die Brille ab und rieb meine Augen. »Dabei war manches gar nicht so doof. Ich meine, die katholische Kirche ist ja auch nicht ohne in ihrem Absolutheitsanspruch. Bloß das hier ist uns so fremd.«

Ich fror in dem kalten Wagen und wollte Andy gerade bitten, loszufahren, als ich sah, wie der Mann mit dem fleckigen Hemd das Gebäude verließ. Auch er trug keine Jacke; um sich zu wärmen, schlang er die Arme um den Oberkörper.

»Also, die katholische Kirche ist mir auch äußerst fremd«, sagte Andreas, der den Mann nicht wahrgenommen hatte und den Zündschlüssel drehen wollte. Ich stieß ihn sachte an und deutete nach vorn.

Suchend blickte der Adventist umher; als er uns hinter der Windschutzscheibe sah, wirkte er unschlüssig, was er tun sollte. Schließlich drehte er sich abrupt um und ging zurück in das Gemeindehaus.

»Was war das?«

»Keine Ahnung. Vielleicht wollte er die theologische Diskussion fortsetzen.« Ich zog meinen Mantel vom Rücksitz und legte ihn um mich.

»Sollen wir noch einmal reingehen und ihn ansprechen?« Wie Andy sich anhörte, war er von der Idee ebenso wenig angetan wie ich.

»Lass uns lieber heute Nachmittag unser Glück direkt bei Ännchens Mann versuchen.« Zwar scheute ich vor der Begegnung zurück, es erschien mir aber jetzt das Logischste. »Und ich frage noch einmal an, ob sie heute mit mir reden würde.«

»Okay.« Das klang gedehnt. Ob er an Dale dachte, der davon ausging, dass ich nichts mehr unternehmen würde – ein Versprechen, das ich mit dem Gottesdienstbesuch bereits gebrochen hatte? Andy sagte jedoch nichts weiter dazu, sondern kramte einen Zettel aus seiner Jackentasche. »Hier ist Hantzsches Handynummer.« Endlich ließ er den Wagen an und rollte aus der Parklücke. »Viel Glück.«

*

Ob es das war oder der Lohn für meine Beharrlichkeit – auf jeden Fall rief der Kommissar schon kurz nach meiner Anfrage zurück und teilte mir mit, dass Marianne bereit wäre, mich zu sehen.

»Melden Sie sich an der Pforte, der Wärter bringt Sie in den Besucherbereich. Und denken Sie an unsere Abmachung: Ich erwarte danach Ihren Bericht.«

Ich stimmte zu, ihn anzurufen und verabredete mit Andreas, dass wir uns in der Redaktion wiedertreffen würden. Es war ein Übrigbleibsel aus unserer Erfurter Zeit, als wir beide in unpersönlichen, möblierten Appartements gelebt hatten, den Arbeitsplatz als Erweiterung oder Ersatz der Wohnung zu sehen. Vor allem Andy hielt sich noch immer häufig in der Freizeit im Büro auf. Seine Joggingpläne hatte er anscheinend verschoben. Ich fragte nicht nach, sondern küsste ihn flüchtig, als er mich am Pirnaischen Platz aussteigen ließ.

Während ich auf das Stadtmuseum zulief, knöpfte ich den Mantel bis zum Hals zu. Es schien wieder kälter geworden zu sein. Schießgasse, der Haupteingang der Polizeidirektion. Ja, er habe mich erwartet, sagte der Beamte an der Pforte. Eigentlich hatte ich vorgehabt, zuerst die Anzeige anzusprechen, als der Mann jedoch seinen Platz verließ, um mich zu Marianne zu geleiten, schwieg ich.

Der Raum, in den er mich führte, war ungefähr doppelt so groß wie der am Mittwoch und rief entsprechend weniger klaustrophobische Gefühle hervor. Angenehm war die Atmosphäre aber auch hier nicht. Der Pförtner war verschwunden, Marianne wurde geholt und ich versuchte, meine Gedanken zu sortieren. Ich hätte ihr etwas mitbringen sollen – ein Buch von Erich Kästner, zum Beispiel. Oder wenigstens die Biografie, leihweise.

Als das Mädchen den Raum betrat und mich begrüßte, schreckte ich hoch. Eine Wärterin nickte mir zu, sie blieb hinter der geschlossenen Tür im Raum stehen. Ich erwiderte Ännchens Gruß und fragte die Frau, ob ich allein mit dem Mädchen sprechen könnte. Die Reaktion zeigte mir, dass das ein außergewöhnliches Entgegenkommen Hantzsches gewesen war.

Marianne trug eine beigefarbene Cordhose und eine pastellblaue Strickjacke, die die Blässe ihres Gesichtes betonte. Scheu lächelte sie mich an und schob ein Bündel auf meine Seite des Tisches: meine Jeans und das Sweatshirt, obendrauf ein 50-Euro-Schein.

»Bitte sehr. Die Sachen sind gewaschen. Sagen Sie doch bitte Ihrem Freund auch noch einmal, wie leid es mir tut, dass ich Sie bestohlen habe.«

Wieder klang sie so ernsthaft, dass ich endlich realisierte, wie wichtig ihr das war. Also sagte ich zu, ihre Nachricht zu übermitteln und bedankte mich für die Rückgabe.

»Deine Eltern haben dir Kleidung gebracht – und das Geld?«, vermutete ich.

»Nu. Und meine Bibel.«

»Hast du sie auch gesehen?«

Sie schüttelte bloß den Kopf, die weichen blonden Haare fielen in die Stirn.

»Kennst du das Grab der Augustins auf dem Äußeren Friedhof?«, machte ich einen anderen Vorstoß.

Als sie verneinte, beschrieb ich den Ort und erzählte ihr auch von dem Schicksal Doras.

»Sie war in Herrnhut auf einer Schule, wusstest du das?«

»Nein.« Endlich zeigte sie echtes, lebhaftes Interesse. »Aber ich kenne Herrnhut. Wir waren mal dort zu Besuch und haben uns den Kirchsaal der Brüdergemeine angeschaut.«

»Du und deine Eltern?«

»Die ganze Gemeinde.«

»Ich war heute in deiner Gemeinde im Gottesdienst.«

Sie schreckte zusammen. War ich damit zu weit in ihre Privatsphäre eingedrungen? Wie ein kleines Kind starrte sie mich an, als hätte sie Angst vor meinen nächsten Worten.

»Das schlichte Gebäude und die Gesprächskreise haben mir gut gefallen«, redete ich weiter. »Bei euch weiß jeder Einzelne sehr viel über die Bibel, oder?«

Sie nickte nur, schien regelrecht unfähig, zu sprechen. Kurz sah ich zu der Wärterin an der Tür. Sie säuberte gelangweilt den Nagel des linken Daumens mit dem des rechten Zeigefingers.

»Das ist sehr sinnvoll, dass da miteinander geredet wird«, versuchte ich es weiter. »Man muss die

Dinge aussprechen, dann verlieren sie oft ihren Schrecken.«

Keine Reaktion. Immerhin sprang sie nicht direkt wieder auf wie bei unserem letzten Treffen.

»Erich Kästner war immer dafür, die Wahrheit zu sagen. Seine Familie war ja auch nicht so idyllisch, wie man vielleicht zuerst denkt.«

Wenigstens wurde der Blick jetzt wieder etwas neugierig.

»Ich glaube, seine Mutter und sein Vater haben ihn sehr geliebt, aber die Mutter vielleicht ein bisschen zu sehr.«

Ännchen nickte, schwieg aber weiterhin.

»Und Dora durfte nicht den Mann heiraten, den sie wollte.« Ich machte eine Pause. »Wie war das bei dir? Haben deine Eltern dir da hineingeredet?«

»Ach«, sie seufzte theatralisch und hinter der erstarrten, wohlerzogenen jungen Frau wurde ein wenig von der Marianne, die ich im Krankenhaus kennengelernt hatte, spürbar. »Sven und ich, wir sind schon seit der Grundschule befreundet.« Dem Tonfall war nicht anzuhören, ob die Beziehung damit für sie längst überholt war oder ob sie ihren Mann noch immer liebte. »Wir gehören einfach zusammen.« Das wiederum sagte sie so schlicht, dass es wahrhaftig und sehr überzeugend wirkte.

»Schön, wenn man das weiß«, bekräftigte ich, und musste an all die Zeiten denken, in denen ich nicht gewusst hatte, zu wem ich gehörte. »Aber warum willst du denn auch Sven jetzt nicht sehen?«

Sie wich mir aus, schaute zur Tür hin, wo die Wärterin an ihrem Ring drehte.

»Wie wäre es«, kam mir eine Idee, »wenn ich ihn besuche? Ich könnte ihm etwas von dir bestellen.«

Die positive Reaktion darauf hatte ich nicht erwartet. »Ja, das wäre großartig. Sagen Sie ihm, dass ich ihn ganz doll lieb habe. Und dass Gott weiß, dass ich büßen muss.«

14. KAPITEL

Also doch, aus irgendeinem Grund fühlte sie sich schuldig und damit zu Recht eingesperrt. Voller Unmut stapfte ich in meinen Pumps über die Prager Straße, bahnte mir den Weg durch die einkaufenden Massen. Nach dem Gespräch mit Ännchen hatte ich nicht mehr die Nerven gehabt, mich um die Anzeige zu kümmern.

Dass sie selbst den Praktikanten getötet hatte, glaubte ich weniger denn je – und das sagte sie ja auch nicht. Viel mehr als die kryptische Botschaft an ihren Sven war nicht aus ihr herauszuholen gewesen. Nein, ihre Eltern sollte ich besser nicht sprechen – natürlich hatte ich ihr nicht verraten, dass ich das schon getan hatte – und auch sonst könnte ich nichts weiter für sie tun. Vielen Dank.

Gern geschehen, dachte ich mürrisch und fragte mich, wie es möglich war, die Wahrheit in Erfahrung zu bringen. Ich zog das Handy aus meiner Tasche und rief Hantzsche an, gab ihm den gewünschten Bericht. Erstaunlicherweise schien er damit zufrieden.

»Denn wünsche ich Ihnen ein schönes restliches Wochenende«, sagte er gut gelaunt. »Ruhen Sie sich mal ein bisschen von Mord und Totschlag aus.«

»Haben Sie eine neue Spur?«

Eine Frau, die gerade auf einer Höhe mit mir war, schaute mich neugierig an.

Hantzsche lachte. »Sie sollten mal frei machen. Gehen Sie essen, trinken Sie ein Glas Wein.«

»Wie wäre es, wenn wir uns dazu treffen?«

Wieder das Lachen. »Nein, nein, da würden Sie ja doch nicht abschalten.« Damit beendete der Kommissar das Gespräch.

Er hatte eine Spur, da war ich mir ganz sicher. Und er war zuversichtlich. Okay, dann würde ich ihn am nächsten Tag wieder anrufen und versuchen, etwas aus ihm herauszubekommen. Ich hätte auch ihm von dem Angriff Forkerts berichten können – vielleicht auch müssen – aber er würde mir bestimmt Vorhaltungen wegen meiner Mail an den Mann machen.

Essen gehen war keine schlechte Idee – sollte Andreas nichts eingekauft haben, hatten wir ohnehin nichts im Haus. Aber zunächst einmal wollten wir ja Ännchens Sven besuchen, immerhin jetzt quasi in ihrem Auftrag, wodurch ich mich sehr viel sicherer fühlte.

Es wäre nett, dort nicht mit leeren Händen – und knurrendem Magen – aufzutauchen, dachte ich und holte in einer Bäckerei ein paar Stücke Kuchen, bevor ich die Treppe in die Redaktion hochstieg.

Oben empfing mich ein hemdsärmeliger, überdreht wirkender Andreas, der gerade bei Ingeborg die Kaffeemaschine beschickte.

»Kuchen? Bist du wahnsinnig? Nicht für mich.«

»Okay, okay. Ich wusste ja, dass Appetitzügler aufputschen, aber nicht, dass sie so toll wirken!«

Grinsend drehte er sich um und gab mir einen Kuss.

»So was brauche ich nicht. Komm mit!«

Ich folgte ihm in sein Büro, hinter den Schreibtisch. Er deutete auf den Computerschirm und ließ seinen erwartungsvollen Blick auf meinem Gesicht ruhen, während ich mich setzte und die Polizeimeldung vom Morgen las. Darin hieß es, dass ›der Lokalpolitiker Theo Dittrichs am Vorabend gegen 20 Uhr von einem Angreifer verletzt wurde. Er identifizierte den Täter und erstattete Anzeige wegen Körperverletzung. Die Polizei nahm daraufhin den 48-jährigen Dresdner Silvio F. vorläufig in Gewahrsam.‹

»Und das freut dich?« Meine Schuld, dachte ich. Hätte ich sofort die Polizei verständigt, wäre es vielleicht nicht dazu gekommen.

»Die gehen aufeinander los. Silvio F. – das muss Forkert sein. Dittrichs hat ihn erkannt –«

»Ja, das ist Forkert«, sagte ich müde und strich mir eine Ponysträhne aus der Stirn, was ich seit dem gestrigen Abend vermieden hatte.

Andy stutzte, fuhr dann mit seinem rechten Zeigefinger über meine Schläfe.

»Was ist das denn?«

»Nichts. Nichts Schlimmes.«

Ich drehte den Stuhl zu ihm hin und fasste nach seinen Händen, die warm und trocken waren. Leise erzählte ich, was passiert war. Und registrierte, wie sehr es ihn verletzte, dass ich ihm den Übergriff verschwiegen hatte. Seine Hände schienen sich von selbst zu Fäusten zu ballen, bevor er sie mir mit einem Ruck entzog und auf den Schreibtisch knallen ließ.

»Verdammt noch mal, Kirsten! Was hab ich falsch gemacht? Was?« Er schrie: »Du vertraust mir nicht! Warum? Was hab ich getan?« Und gedämpfter: »Ich weiß ja, dass ich mich nicht mit Ruhm bekleckert habe mit der Sauferei, aber verdammt, ich versuch es doch, ich mach doch was –« Abrupt drehte er sich zur Wand um und hämmerte mit der rechten Faust dagegen.

Ich saß da und blickte auf seinen Rücken, die bebenden Schultern, den großen, kräftigen Mann, der so schwach wirkte, und fühlte mich entsetzlich. Als er aufhörte, auf die Wand einzuschlagen, stand ich auf und umarmte ihn von hinten.

»Ich vertraue dir. Das ist es doch nicht.«

Andy ließ die Stirn nach vorn sinken und ich war froh, dass er sich nicht umdrehte.

»Es scheint, als wenn ich im Moment mit allem am besten klarkomme, wenn ich verdränge. Ich habe heute zu Ännchen gesagt, es wäre gut, über alles zu reden – aber ich weiß, dass das nicht immer geht. Manchmal kann ich nur den Deckel zumachen. Ganz fest. Und hoffen, dass er nicht irgendwann hochschießt.«

Ich strich seine Arme hinunter und legte das Gesicht an seine Schulter. Nach ein paar langen Atemzügen griff er nach meinen Händen, löste den Griff und drehte sich um.

»Es hat nichts mit mir zu tun?«

Nach wie vor wirkte er verletzt. Natürlich: Zu erfahren, dass ich mich ohne Ausnahme gegen alle abgrenzte, auch mit ihm, dem Menschen, der mir am nächsten stand, nicht reden wollte, musste wie eine Ohrfeige wirken. Vielleicht war es noch schlimmer zu wissen, dass er im Positiven wie im Negativen keinen Einfluss darauf hatte, als wenn ich ihn für meine Reaktion verantwortlich gemacht hätte.

Ich schüttelte den Kopf, versuchte keine weiteren Erklärungen.

Auch er ließ es dabei bewenden. »Jetzt will ich doch etwas Süßes. Eher könnte ich einen Schnaps gebrauchen.«

Auf den zweiten Satz ging ich nicht ein. »Eigentlich hatte ich den Kuchen als Mitbringsel für Ännchens Mann gedacht, aber jetzt muss ich wohl wirklich erst zur Polizei.«

Andy nickte. Während er den Kaffee aus dem Sekretariat holte, rief ich wieder bei Hantzsche an. Er reagierte entnervt auf meinen Namen, die gute Stimmung von vorhin schien verflogen.

»Was gibt es noch?«

Ich schluckte. »Ich muss einen Angriff anzeigen.«

»Ach ja? Der in der letzten halben Stunde erfolgte?«

»Nein. Gestern Abend.« Ein zweites Mal berichtete ich so knapp und sachlich wie möglich, schloss damit, dass ich gerade in der Redaktion die Polizeimeldung über die Körperverletzung Dittrichs' gelesen hatte und nun einen Zusammenhang vermuten würde.

Der Kommissar hatte mich ausreden lassen, ohne ein einziges Mal nachzufragen. Nun brach es aus ihm heraus: »Und jetzt, wo Sie von mir die Bestätigung dafür wollen, um darüber zu schreiben, fällt Ihnen ein, dass Sie ja auch eine Anzeige zu erstatten haben?«

»Nein, ich –« Verdammt, ich würde nicht vor Hantzsche mein Inneres nach Außen kehren. »Ich wollte es die ganze Zeit melden, aber es ist immer etwas dazwischengekommen.« Es war mir egal, wie fadenscheinig sich das anhörte. »Und jetzt sagen Sie mir bitte, wo ich mich melden soll, damit das aufgenommen wird.«

Andy hatte auf seinem Schreibtisch eine provisorische Kaffeetafel gedeckt und setzte sich.

»Wir treffen uns in einer Stunde im Präsidium«, befahl der Kommissar und drückte das Gespräch weg.

*

»Sie haben eine Straftat verschleiert«, befand Hantzsche kühl. »Warum?«

Andreas, der mich ins Präsidium begleitet hatte, legte mir seine Hand auf den Rücken. Ich fühlte mich kraftlos.

»Ich habe nichts verschleiert. Ich hätte den Übergriff noch angezeigt.«

Der Kommissar bedachte mich mit einem misslaunigen Blick. »Also, ganz von vorn. Ihren Namen und Ihre Adresse habe ich. Ihr Geburtsdatum ist?«

Ich nannte es, wurde mir währenddessen bewusst, dass es mit dem Wegfahren wohl nichts mehr werden würde. Hantzsche tippte mit zwei Fingern.

»Der Angriff erfolgte gestern – um wie viel Uhr?«

Andy wollte aufbrausen, ich schüttelte leicht den Kopf und antwortete ruhig: »Etwa halb acht – abends.«

Es folgte das Abfragen des Orts, danach verlangte der Kommissar in neutralem Ton die Schilderung der Attacke. Andreas' Hand, die er auf meiner Kostümjacke hatte herabgleiten lassen, versteifte sich, während ich so nüchtern wie möglich berichtete. Dann kam die entscheidende Frage.

»Wieso hat Herr Dittrichs Ihnen den Namen Forkert genannt und bei welcher Gelegenheit«, Hantzsches ganzer Unmut lag in seiner Stimme, »haben Sie Herrn Forkert damit angesprochen?«

Langsam kroch auch in mir der Ärger wieder hoch: »Theo Dittrichs hat mich am Telefon bedroht.« Ich spürte echtes Interesse bei dem Kommissar, als ich den Anruf schilderte und wie dem Politiker der Name herausgerutscht war. »Und da ich ja bereits von der Zusammenarbeit von Forkert und Dittrichs etwas mitbekommen hatte, habe ich – haben wir – dem Schlägertypen eine E-Mail geschickt, um zu erfahren, was genau daran ist.«

Ich schloss einmal kurz die Augen. Reichte ihm das jetzt? Oder würde er mich zwingen, zu verraten, dass Dale mir Informationen gegeben hatte? Hantzsche konzentrierte sich auf die Tastatur und tippte quälend langsam. Andreas rutschte auf seinem Stuhl hin und her; ich hoffte, dass er keine unüberlegte Bemerkung machte.

»Und jetzt wissen Sie, was daran ist?«, fragte der Kommissar betont liebenswürdig, nachdem er mit seiner Schreibarbeit fertig war.

War er deswegen vorhin so gut gelaunt gewesen? Weil er den Herren Dittrichs und Forkert auf der Spur war?

»Ich denke schon«, antwortete ich leichthin.

»Und Sie?« Hantzsche fixierte Andy.

»Wenn ich in Betracht ziehe, dass ein Hauptkommissar der Mordkommission am Samstagnachmittag solch einen vergleichsweise geringfügigen Angriff persönlich aufnimmt«, er machte eine Pause. »Doch, ja, ich denke, ich auch.«

Chapeau!, dachte ich.

Um Hantzsches Lippen spielte ein Grinsen.

»Wenn ich noch einmal bei meinen Ermittlungen in diesem Fall über Sie stolpere, werde ich in Betracht ziehen, Sie hinter Gitter zu bringen.« Mühsam erhob er sich von seinem Schreibtischstuhl. »Ich hoffe also für Sie, dass Sie diesen Sonntagsstaat nicht angelegt haben, weil Sie Menschen aufsuchen wollen, bei denen man sich in Jeans nicht blicken lässt.«

»Ach wissen Sie, als Journalisten müssen wir immer mit so vielen unterschiedlichen Leuten sprechen …«, Andreas war ebenfalls aufgestanden und zog sein enges Jackett zurecht. »Natürlich bemühen wir uns da stets um adäquate Kleidung.«

*

»Auf zu Theo Dittrichs!«, schlug Andy vor, kaum dass wir das Polizeipräsidium verlassen hatten. »Oder?«

Die hellen Stunden des Wintertags neigten sich bereits wieder ihrem Ende zu und die Kälte, die meine Beine in den Nylonstrümpfen hochkroch, wurde noch unangenehmer.

»Ich weiß nicht.«

»Jetzt rede dir nicht ein, dass du schuld daran bist, dass er was auf die Mappe gekriegt hat«, reagierte Andreas auf meine unausgesprochenen Bedenken. »Im Gegenteil: In gewisser Weise hat er es zu verantworten, dass du angegriffen wurdest.«

Das fand ich ein wenig verdreht, dennoch willigte ich ein. Ännchens Sven konnten wir auch nach dem Abstecher zu Dittrichs oder am morgigen Tag besuchen, und ich war schon neugierig, was der Politiker sagen würde.

Dank unserer Recherchen wussten wir, wo er wohnte: In bester Elbhanglage im Nobelvorort Loschwitz. Dort, wo – ebenso wie im direkt angrenzenden Viertel Weißer Hirsch – Dresdens alteingesessene Bildungsbürger und der neue Geldadel lebte, wo Touristen Elbschlösser, Weinhänge und das Blaue Wunder bestaunten.

Mit den Bewohnern des Umlands, die genug vom Samstags-Shopping hatten, schoben wir uns über die Carolabrücke und die Bautzner Straße hinaus aus der Stadt, vorbei an der Dresdner Heide, einem Waldgebiet, bis zur Schillerstraße. Nach einigem Suchen fanden wir das Haus in der Schevenstraße – eine mindestens 150 Jahre alte Villa von der Größe eines kleines Schlosses. Ich stellte den Peugeot, der hier klein und schäbig wirkte, davor ab.

Es gab kein Namensschild. Vermutlich brauchte Dittrichs das nicht. Andreas klingelte unter dem Bild eines Schäferhundes mit dem Schriftzug ›Hier wache ich‹.

Tatsächlich ertönte direkt danach ein Bellen, das allerdings eher schmalbrüstig klang. Der Hund, der in der einbrechenden Dämmerung über die vereiste Rasenfläche lief, war eine grau gewordene, mittelgroße Promenadenmischung. Hinter ihm kam eine junge, üppige Blondine aus einem seitlichen Ausgang des imposanten Gebäudes. Sie rief nach dem Hund, dann sah sie uns und ging ans Tor.

»Sie wünschen bitte?« Der Tonfall war weniger reserviert als vermutet, die Satzmelodie klang osteuropäisch.

»Wir müssen mit Herrn Dittrichs sprechen«, verlangte Andreas bestimmt.

»Herrn Dittrichs junior?«

Ich hatte irgendwo gelesen, der Politiker lebe in seinem Elternhaus. Ich war davon ausgegangen, dass er es geerbt hatte. Andy nickte bestätigend.

»Das tut mir leid. Er ist für niemanden zu sprechen.«

»Ich denke, uns wird er empfangen«, entgegnete Andy. »Richten Sie ihm doch bitte aus, dass Frau Bertram ihm Gelegenheit geben will, seine Sicht der Verbindung mit Herrn Forkert darzulegen.«

Die junge Frau zögerte. Ich überlegte, wie sie zuzuordnen war. Eine Angestellte? Die Kleidung – Jeans und Wollpullover – ließ keinen Rückschluss zu. Ganz offensichtlich aber war sie nicht in die Machenschaften Theo Dittrichs' eingeweiht. Schließlich nickte sie nachdenklich und ging zusammen mit dem Hund, der durch das Eingangstor hindurch versucht hatte, uns zu beschnüffeln, zum Haus zurück.

»Der braucht sich keine Sorgen zu machen, dass hier irgendetwas ausgebaut wird«, sagte ich mit Blick auf die schmale, ruhige Straße.

»Das wäre ja auch noch schöner – diese Lärmbelästigung!« Andy grinste. »Andererseits gibt es bestimmt noch genug Grundstücksfläche hinter dem Haus, da kann man das vorne doch wegnehmen.«

In diesem Moment wurde auch schon vom Haus aus das Tor geöffnet und wir gingen durch den weitläufigen Vorgarten. Die junge Frau wartete an der riesigen Haustür aus massivem, dunklem Holz und wies uns den Weg durch die Eingangshalle, die Treppe hoch in den zweiten Stock. Theo Dittrichs stand in einem eher schlichten Türrahmen. Seine gebräunte Gesichtshaut war rings um das verquollene linke Auge dunkelviolett verfärbt, ansonsten hatte er keine sichtbaren Verletzungen. Die Haare waren genauso perfekt fixiert wie stets, er trug Cordhose und einen Kaschmirpullover.

»Sie haben Nerven, das muss ich Ihnen lassen«, lautete seine Begrüßung. Mit einer Kopfbewegung deutete er die Einladung in seine Wohnung an.

Über einen rechteckigen Flur mit einer rustikalen Garderobe betraten wir das riesige Wohnzimmer. Drei Fenster ermöglichten eine grandiose Aussicht auf die Elbe und die beeindruckenden Villen Blasewitz' am anderen Ufer. Im Zwielicht des Winternachmittags schimmerte der Fluss dunkel-samtig. Ich musste an mich halten, um kein beeindrucktes Geräusch von mir zu geben. Das Innere des Raums fiel dagegen deutlich ab. Zwar schienen alle Möbel alte Familienerbstücke zu sein, sie waren jedoch so lieblos aufgestellt worden, dass sie kaum wirkten.

»Wir verstehen unseren Job so, dass wir möglichst alle Beteiligten zu Wort kommen lassen, bevor wir etwas schreiben«, sagte Andreas liebenswürdig.

Dittrichs machte keine Anstalten, uns die Mäntel abzunehmen; ich zog meinen aus und legte ihn über die Sofalehne. Andy folgte meinem Beispiel. Der Politiker starrte uns feindselig an.

»Was wollen Sie schreiben?«

»Herr Dittrichs, der stadtbekannte Schläger Silvio Forkert hat für Sie Informationen über Aktionen der

Ausbaugegner gesammelt«, sagte ich. »Sie wollten auf dem Laufenden sein.«

»Durch Wiederholungen werden Ihre Unterstellungen auch nicht wahr.« Geschliffen, sauber betont vorgetragen. Vermutlich sah er sich schon im Bundestag.

Ich fuhr fort, ohne darauf einzugehen: »Nachdem Sie mich gestern Mittag am Telefon bedroht haben, bin ich wenige Stunden danach von Forkert überfallen worden.« Nun genoss ich es, die Abläufe so darzustellen, wie Andy es mir im Auto vorgeschlagen hatte. »Ich finde, das spricht für sich.«

Dittrichs ließ sich nicht irritieren. »Sie wissen, dass das so nicht stimmt.« Nach wie vor stand er neben einem großen Polstersessel, schlank und aufrecht; selbstverständlich forderte er uns nicht zum Sitzen auf.

»Aber natürlich. Erinnern Sie sich nicht an unser Gespräch? Ich habe sogar noch gefragt, ob Sie nun Ihre Schläger auf mich hetzen wollen, nachdem Ihnen meine Glosse nicht gefallen hat. Sie haben daraufhin Herrn Forkert erwähnt.«

Der Politiker war schlau genug, nicht darauf hereinzufallen und mir vorzuwerfen, dass ich danach Forkert dieses Aufdecken seines Namens verraten hatte. Er blickte von mir zu Andreas und runzelte die Stirn.

»Darf ich erfahren, wer Sie sind?«

Andy deutete eine Verbeugung an: »Entschuldigen Sie vielmals: Andreas Rönn, Leiter der Lokalredaktion Dresden. Wir haben ebenfalls gestern telefoniert.«

Dittrichs verzog den Mund, als habe er in etwas Saures gebissen. »Das dachte ich mir fast. Nun, man hatte ja wiederholt den Anschein, dass Sie und Ihre Truppe etwas gegen meine Partei und speziell meine Person haben. In der freien Presse hat so etwas einen sehr unangenehmen Beigeschmack, finde ich. Auf jeden Fall sollten Sie wissen, dass ich eine Verdrehung der Tatsachen nicht hinnehmen werde.«

Andreas beugte noch einmal in einer ironischen Geste den Oberkörper: »Ihre Beziehungen zu Forkert sind erwiesen. Vermutlich wird er selbst jetzt, wenn er angeklagt ist, nur zu gern etwas dazu sagen, um sich zu rechtfertigen. Interessant ist die Frage, wie weit diese Beziehungen gingen.«

»Was wollen Sie?« War er unter der Solariumbräune etwas blasser geworden? Jedenfalls legte er eine Hand, wie um sich zu stützen, auf die Sessellehne.

»Sie brauchen den Ausbau der Königsbrücker Straße«, sagte ich mit Blick auf die rasch dunkler werdende Elbe. »Der Protest dagegen ist Ihnen ein Dorn im Auge. Schließlich winkt das Amt des Baubürgermeisters.« Ich sah ihn an, er wirkte unbeteiligt. »Aber diese renitenten Ausbaugegner lassen sich einfach nicht stoppen. Immer neue Aktionen, von so vielen unterschiedlichen Gruppen, dass Sie gar nicht mehr durchblicken.« Immer noch keine Reaktion. »Nachdem Ihr Freund Forkert aufgeflogen war, waren Sie noch nicht einmal mehr auf dem Laufenden, was geplant wird.«

»Dumme Situation«, übernahm Andreas, als ich eine kleine Pause machte. »In der Forkert Ihnen anbietet, diese Unbelehrbaren ein bisschen aufzumischen. Hier mal einen Punker verprügeln, da mal einen Fahrradfahrer zu Fall bringen –«

Ich hatte Dittrichs die ganze Zeit im Auge behalten

und bemerkte, wie er leicht zusammenzuckte. War es so gewesen?

»Aber dann geht er zu weit – oder war es ein Unfall? Auf jeden Fall ist der Praktikant des Kästner Museums, den er angegriffen hat, tot. Höchste Zeit für Sie, sich komplett von dem Schläger zu distanzieren.«

Der Politiker hob die rechte Hand, als wolle er Andy Einhalt gebieten.

»Forkert ist darüber gar nicht begeistert«, sagte ich. »Er sucht weiter den Kontakt zu Ihnen, er erscheint auf Ihrem hübschen Hinterhof-Event, aber Sie speisen ihn ab. Seine Reaktion –« Ich deutete auf sein blaues Auge.

Der winzige Moment der Unsicherheit war vorbei, Dittrichs hatte sich wieder im Griff. »Das sind sehr fantasievolle Geschichten, die Sie beide sich da ausgedacht haben.« Er räusperte sich. »Falls ich etwas in der Hinsicht in der Zeitung lesen sollte, werden meine Anwälte dafür sorgen, dass Ihre Vorgesetzten sich mit dem Thema beschäftigen. Und jetzt darf ich Sie bitten, zu gehen.«

Er machte einen Schritt in Richtung Tür. Wir hatten unser Pulver verschossen. Ohne Ergebnis. Wenn wir es darauf ankommen ließen, konnten wir etwas über einen Nesthocker ohne Geschmack schreiben, der sich mit zwielichtigen Gestalten einließ, um den Sprung ins Baubürgermeisteramt zu beschleunigen – mehr aber auch nicht. Und schon dafür würden wir zumindest die gelbe, wenn nicht die rote Karte von unserer Verlagsleitung bekommen.

15. KAPITEL

»Verdammt, verdammt, verdammt!« Andy schlug auf das Armaturenbrett ein.

Ich ließ den Wagen an und wendete in der nächsten Auffahrt. Die Uhr zeigte kurz nach halb sechs, die dunkle, verlassene Straße wirkte wie mitten in der Nacht.

»Ich dachte, irgendetwas rutscht ihm heraus. Irgendeine Bemerkung. Aber der ist ja aalglatt wie, wie …« Andreas fehlten offenkundig die Worte.

»Er ist Berufspolitiker. Er hat ein Diplom in ›aalglatt‹.«

Andy begann zu lachen. »Ja, das ist es wohl. Mein Gott, der hat mich echt geschafft.«

»Mich auch. Aber ich glaube, ein kleines bisschen haben wir ihn doch ins Schwitzen gebracht.« Während ich wartete, um nach links auf die Schillerstraße einbiegen zu können, blickte ich Andy fragend an.

Er stimmte mir zu. »Oh ja, auf jeden Fall.«

Ich ordnete mich in den Verkehr ein. »Bist du genauso hungrig wie ich? Sollen wir direkt etwas essen gehen? Für Ännchens Mann ist es jetzt vermutlich eh zu spät, und wenn wir beide so k.o. sind, macht ein Besuch auch keinen Sinn.«

Andreas stimmte zu und ich schlug das Scheunencafé vor. Es war früh genug, um dort einen Platz zu bekommen und ich dachte, dass es Andy half, wenn wir indisch aßen, womit sich Alkohol nur schlecht vertrug.

Vor der Theke im Erdgeschoss des Kulturzentrums waren noch zwei der hohen, runden Tische frei, die mit ihren kunstvoll geschmiedeten Aufsätzen an Werkbänke erinnerten, während im eigentlichen Restaurant bereits alles belegt war. Als die Kellnerin fragte, was wir trinken wollten, bestellte ich ebenso wie Andreas eine Mango-Lassi.

Er schaute mich mit einem schwer zu deutenden Ausdruck an, sagte aber nichts.

Während meiner Schwangerschaft waren wir oft hier gewesen, da ich verrückt nach der vegetarischen Reispfanne gewesen war. Die Gewürze darin hatten mir stets die Tränen in die Augen getrieben und manchmal hatte ich drei Gläser Lassi dazu getrunken.

Als die Kellnerin mit den Getränken an unseren Tisch zurückkehrte, orderte ich Tandoori Chicken, extra mild. Andreas, der vor etwa drei Wochen das letzte Mal die große gemischte Platte gegessen hatte, entschied sich für ein Fischgericht.

»Wenn wir wüssten, dass Dale hieb- und stichfeste Beweise hat für Forkerts Spitzeldienste, könnten wir einen Artikel riskieren«, überlegte er laut, nachdem wir uns mit dem Joghurttrunk zugeprostet und einen Schluck genommen hatten.

Ich schüttelte den Kopf. »Es wird eine wasserdichte Info sein, aber ich will das trotzdem nicht.«

Der Protest blieb aus.

»Es würde ja auch nichts bringen«, sagte ich. »Eine Genugtuung für uns, mehr nicht.«

»Ich weiß.« Andy grinste resigniert.

Am Nachbartisch nahmen drei junge Frauen Platz,

die redend und lachend hereingekommen waren und das Gespräch ohne die geringste Unterbrechung fortführten. Sie hatten etwa Mariannes Alter und ich fühlte mich neben ihnen uralt. In meinem Kostüm hätte ich eine Dozentin an ihrer Uni sein können; Andreas mit seinem nicht sitzenden Jackett war auf jeden Fall der Prototyp des Professors. Lächelnd wandte ich ihm meine Aufmerksamkeit zu.

»Lass uns heiraten«, sagte er in diesem Moment.

»Was? Wieso?«

»Weil ich dich liebe.«

Ich war sprachlos. Wir hatten vorgehabt, nach der Geburt des Kindes zum Standesamt zu gehen, damit es keine bürokratischen Probleme für Andy gab. Nun war der Grund weggefallen, dachte ich. Wir waren doch nicht die Menschen, die heirateten, um etwas zu beweisen. Wir brauchten das nicht.

Ich musste lange geschwiegen haben, denn Andreas trank hastig einen Schluck und sagte: »Okay, war nur so eine Idee. Vergiss es.«

»Nein, nein.« Ich griff nach seinen Händen. »Ich dachte bloß – ach, egal: Ja.«

Die Antwort überraschte mich selbst. Ich wusste nicht, ob ich heiraten wollte. Jetzt.

»Ja, Jonas!«, rief ein Mädchen am Nachbartisch aus, und ich fragte mich, ob sie unseren Jonas aus der Redaktion meinte. Er war nur wenig älter als sie. Die anderen beiden begannen zu lachen. Andreas drückte meine Hände.

»Vielleicht solltest du noch einmal darüber schlafen.«

Er war verletzt, zum zweiten Mal an einem Tag hatte ich ihn vor den Kopf gestoßen. Ohne es zu wollen.

»Nein. Ich liebe dich auch. Das weiß ich. Also –« Ich hob mein Glas. »Eigentlich müssten wir jetzt ja einen Sekt trinken.«

Andreas zögerte, aber ich rief der Bedienung, die gerade vorbeiging, zu, dass sie uns zwei Gläser trockenen Sekt bringen sollte. Sie bremste ihren Schritt ab.

»Habt ihr das Angebot gesehen?« Sie deutete auf ein Kärtchen auf dem Tisch. »Eine ganze Flasche kostet genauso viel wie zwei Gläser. Der Chef hat zu viel eingekauft.«

»Gut, in diesem Fall natürlich eine Flasche«, entschied Andy und endlich lächelte er mich an.

»Lass uns ein richtig großes Fest machen!«, redete ich in die Pause hinein, die entstand, nachdem die Kellnerin wieder verschwunden war. »Eine riesige Party. Wir laden alle ein, die wir kennen und feiern die ganze Nacht durch.«

Der Sekt kam und wir stießen noch einmal an.

»Auf uns«, sagte Andy. »Sei nicht so nervös. Ich werde es auch überleben, wenn du doch noch einen Rückzieher machst.« Ich wollte protestieren, aber er schnitt mir das Wort ab. »Und ich werde hiervon nur ein Glas trinken. Okay?«

»Okay.«

In diesem Moment war ich sicher wie nie, dass ich ihn liebte. Stets nahm er mich so, wie ich war, nie versuchte er, mich zu ändern. Stattdessen kämpfte er gegen seine eigenen Probleme an.

Das Hühnchen und der Fisch kamen und zu den indischen Gewürzen passte der trockene Sekt überhaupt nicht. Wir machten ein paar Witze über unsere Verlobungsparty und begannen zu essen.

»Irgendetwas stimmt nicht«, meinte Andreas, als er fast mit seinem Gericht fertig war.

Ich schluckte einen Bissen hinunter. »Nun hör auf. Ich war gerade überrumpelt, das ist alles. Du hättest deinen Antrag einfach besser vorbereiten müssen – mit roten Rosen und Champagner und einem Ring natürlich.«

Er lachte. »Soll ich dir gleich einen Ring aus dem Kaugummiautomaten ziehen? Ich meinte Dittrichs. Er hat Forkert benutzt, nicht nur als Spitzel. Das ist klar, denke ich.«

»Ach so, es geht schon nicht mehr um unseren Bund fürs Leben.« Ich schob mir eine Gabel voll Reis in den Mund.

Andy legte das Besteck ab und griff nach dem Sektglas. »Ich kann jetzt auf die Knie fallen und dich um deine zarte Hand bitten. Allerdings weiß ich jetzt nach dem Essen nicht, ob ich wieder hochkomme.«

Ich stieß mit ihm an und sagte, dass ich das nicht riskieren könnte. »Also was stimmt nicht mit Dittrichs und Forkert?«

»Forkert ist ein aggressiver, durchgeknallter Typ, aber kein Schläger – auf jeden Fall kein erfolgreicher.«

Ich lachte kurz auf. »Danke, mir hat's gereicht.«

»Klar. Aber du konntest ihm Paroli bieten. Und du bist nicht gerade besonders kräftig. Von Maik hat er auch was auf die Mappe gekriegt. So, wie du ihn beschrieben hast, ist er ein eher schmächtiger Mann –«

»Na ja, schmächtig – schlank«, relativierte ich, aber ich verstand, auf was Andy hinauswollte.

»Wir haben ihn immer einen Schlägertypen genannt, aber wir wissen bloß, dass er ein durchgeknallter Autonarr ist, der die Leute belästigt – und der manchmal die Nerven verliert.«

Ich nickte, schob meinen Teller weg und trank einen Schluck Sekt.

»Wenn wir von Dittrichs ausgehen«, fuhr Andy fort, »ist es ja auch eigentlich keine wirklich kluge Politikerstrategie, Gegner verprügeln zu lassen.« Er trank sein Glas aus.

»Ja«, sagte ich nachdenklich.

Die Mädchen am Nebentisch wurden wieder lauter, sie schnatterten wie die Hühner.

»Und die zielgerichtete Intelligenz eines Politikers kann man Dittrichs nicht absprechen, oder?«

Wieder pflichtete ich ihm bei, als die Stimmen neben uns in einen Begrüßungssturm ausbrachen, und Jonas sich an uns wandte: »Hallo, was macht ihr denn hier? Hattet ihr einen offiziellen Termin?«

Er trug ein orange-braun gestreiftes, enges Cordhemd, womit er aussah wie einem Modeprospekt entsprungen. Ich fragte mich, ob er mit allen drei Mädchen verabredet war.

»Wegen unserer Klamotten, meinst du?« Andy grinste. »Heute Morgen gab's was Offizielles und seitdem sind wir unterwegs. Willst du ein Glas Sekt?«

»Ja, gerne, klar.«

Ich registrierte, dass zumindest die junge Frau, die zuerst seinen Namen genannt hatte, enttäuscht wirkte, als Jonas an unserem Tisch Platz nahm. Andreas bedeutete der Bedienung, noch ein Glas zu bringen. Erstaunlich schnell kam sie damit zu uns; Andy goss Jonas ein, füllte mein Glas auf und nahm sich selbst noch ein halbes. Der junge Kollege prostete uns zu, bewegte sein Glas ein wenig unsicher auch in Richtung des Nebentisches, auf dem irgendwelche Mixgetränke standen, und fragte, was wir zu feiern hätten.

»Unsere Verlobung«, erklärte ich und konnte nicht umhin zu registrieren, dass Andy einen großen Schluck Sekt trank.

»Wow! Klasse! Herzlichen Glückwunsch!« Jonas konnte sich gar nicht fassen und stellte uns nun endlich auch seinen Freundinnen vor: »Mein Chef, Andreas Rönn, und meine Kollegin, Kirsten Bertram. Leben seit Ewigkeiten in wilder Ehe und wollen jetzt heiraten. Das sind Nadine«, diejenige, die am meisten auf ihn gewartet hatte, kam zuerst, bei den anderen Namen musste er sogar kurz überlegen: »Sophie und Lena.«

Andy wartete das allgemeine Sichzunicken und Nadines Gratulation kaum ab.

»Politikerstrategie«, erinnerte er mich. »Weniger Prügel in Auftrag geben als vielmehr?«

Ich hatte keine Ahnung, worauf er hinauswollte, Jonas verwirrte der rasante Themenwechsel sichtlich. Andreas' nächsten Worten lauschte er dennoch gebannt.

»Andere schlecht dastehen lassen. Wie wäre es, wenn Forkert eigentlich die Ausbaugegner nur so weit belästigen sollte, dass die genervt sind und vielleicht ihn verprügeln, was Dittrichs anschließend publik gemacht hätte?«

»Das hätte zu dem Bild der Chaoten gepasst, das so gerne gezeichnet wird«, stimmte ich ihm zu.

Andreas nickte. »Bloß Forkert hat es von Anfang an falsch angepackt. Und als es so weit war, dass er was eingesteckt hat, konnte er keine Anzeige erstatten, weil er nicht mehr glaubwürdig war.«

»Er hat Dittrichs nichts mehr genützt, eher geschadet, und der wollte ihn nur noch loswerden«, ergänzte ich.

»Genau!« Andy hob sein Sektglas und wir stießen ein weiteres Mal an. »Das macht Sinn, oder?«

»Allerdings. Und es bleibt die Möglichkeit, dass dieser frustrierte Forkert Kevin verfolgt und erschlagen hat. Quasi aus eigenem Antrieb.« Ich trank mein Glas aus und goss mir den Rest aus der Flasche ein.

Andreas guckte skeptisch. »Warum ist es ihm bei dem Praktikanten gelungen? Warum soll der sich nicht gewehrt haben? Und warum sagt Marianne nichts, wenn Forkert es war?«

Jonas hatte den Versuch, uns zu folgen, aufgegeben und seine Aufmerksamkeit Nadine zugewandt, eine ihrer Freundinnen jedoch – Sophie oder Lena? – starrte uns an.

»Sprecht ihr von Kevin Sunders? Der ermordet wurde?«

»Ob es Mord war, steht noch nicht fest«, hörte ich mich mechanisch Dales Äußerung wiederholen.

»Der Germanistikstudent, der das Praktikum im Erich Kästner Museum gemacht hat?«

»Ja.« Andreas drehte sein leeres Glas in den Händen.

»Kevin hat in unserer WG gelebt«, berichtete sie. »In Sophies und meiner.«

»Was?« Jetzt war Jonas wieder voll da. »Das wusste ich ja gar nicht. Davon hast du nie etwas erzählt!« Der letzte Satz ging an Nadine und klang vorwurfsvoll.

Andy versuchte, den aufkeimenden Streit abzuwenden, indem er sich direkt an die beiden Freundinnen wandte und sie mit Fragen bombardierte: was Kevin für ein Mensch gewesen sei, ob er kräftig oder eher schwach war und was für eine Beziehung er zu der jungen Marianne gehabt hätte.

»Kevin war cool«, ließ Lena uns wissen.

»Flippig«, meinte Sophie.

»Intelligent und politisch aktiv.«

»Aber auch ein bisschen schräg.«

Die Kellnerin hob die Sektflasche an und fragte, ob wir noch eine wollten. Andreas nickte und bat um weitere drei Gläser.

»Kräftig? Muskulös?«

Die beiden wussten offenbar nicht so recht, was sie auf die Frage antworten sollten.

»So wie ich oder eher so wie Jonas?«

»Das ist doch Quatsch!«, fiel ich ihm ins Wort. Jonas war zwar dünner als Andy, aber sportlicher.

»Stimmt.« Andreas zog eine Grimasse.

Sophie zuckte die Achseln – ob als Aussage über Kevins Körperkräfte oder als Kommentar unseres Wortwechsels war schwer zu deuten; ihre dunkelhaarige Freundin sagte dennoch:

»Eher wie Jonas.« Eine leichte Röte spielte über ihr Gesicht. »Aber warum ist das so wichtig?«

Ich wollte es gerade erklären, als die Kellnerin den Sekt brachte. Andy verteilte den Inhalt der Flasche auf die sechs Gläser, obwohl ich ihm einen Blick zuschickte.

»Hat er vielleicht mal was gesagt, dass ein seltsamer Typ ihn verfolgt hat?«, wechselte ich kurzerhand das Thema.

Die beiden Mädchen schauten sich an.

»Ja?«, hakte ich nach.

»Kevin war zwar klasse –« Ich hatte den Eindruck, Lena folgte der uralten Regel, über Tote nichts Schlechtes zu sagen. »Aber er hat ziemlich viel erzählt.«

»Er fand sich selbst schon ganz schön wichtig«, wurde Sophie deutlicher. »Und natürlich alles, was er gemacht hat.«

Wie sich herausstellte, hatte der Student den Mädchen so häufig mit Heldensagen über seine politischen Aktionen und deren Gegner in den Ohren gelegen, dass sie bei den Geschichten nicht mehr genau hingehört hatten. Das Gleiche hätten sie auch der Polizei gesagt.

»Und dem Privatdetektiv, der da war.«

Dale schien Lena beeindruckt zu haben und ich grinste in mich hinein, während ich meinen Sekt trank. Jonas fragte in die Runde, ob er noch eine Flasche bestellen sollte und die Mädchen stimmten freudig zu. Andreas kam noch einmal auf Marianne zu sprechen.

»So ein Mäuschen!« Sophie schüttelte den Kopf. »Die hat echt überhaupt nichts geschnallt.«

»Inwiefern?«

»Na, dass Kevin was von ihr wollte. Der hat doch nie was anbrennen lassen. Wie sie drauf war, das konnte er gar nicht wechseln. Die waren schon ein seltsames Paar.«

So langsam bekam das Bild des Opfers ein realistisches Profil, dachte ich.

Die Kellnerin brachte die dritte Flasche Sekt und Jonas verteilte den Inhalt. Wieder machte Andy keinen Versuch, sich auszuklinken. Meinem Blick wich er aus.

»Wie war das an dem Abend, bevor Kevin getötet wurde?«, fragte er.

»Marianne hat stundenlang telefoniert«, sagte Lena, »das weiß ich noch. Vom Gemeinschaftsraum aus, wo sie auch geschlafen hat. Kevin brüllte irgendwann durch die Wohnung, dass sie gehen müssten, wenn sie nicht zu spät kommen wollten. Es hat trotzdem noch was gedauert, bis sie los sind – ziemlich Hals über Kopf.«

»Du weißt nicht, mit wem sie da gesprochen hat?« Das wäre zu schön, um wahr zu sein, dachte ich.

Lena schüttelte den Kopf. »Keine Ahnung.«

Doch, der Polizei habe sie davon auch erzählt. Also hatte Hantzsche vermutlich schon ermittelt, wer Ännchens Gesprächspartner gewesen war. Ihr Mann? Der danach wütend und enttäuscht in die Neustadt fuhr und seine Frau und deren Begleitung aufspürte? Oder war tatsächlich der verrückte Forkert durch die Stadt gestreunt und mitten in der Nacht auf die beiden gestoßen? Das setzte aber voraus, dass er Kevin persönlich kannte. Oder vielleicht hatte er die beiden schon vom Erich Kästner Museum aus verfolgt.

»Sie sind mit der Straßenbahn hoch zur Tante Ju?«, fragte ich.

»Später wohl schon«, stimmte Sophie zu. »Aber zuerst wollten sie sich noch mit einem Maik treffen.«

Andy und ich sahen uns an.

»Maik, der Punk aus dem besetzten Haus an der Königsbrücker Straße?« Ich klang aufgeregt.

Sophie zog die Schultern hoch. »Weiß nicht, ich kenn den nicht.«

Ich schaute fragend zu Lena hinüber, die abwinkte: »Davon habe ich gar nichts mitgekriegt.«

Nadine, die die ganze Zeit geschwiegen hatte, wandte sich an Jonas. »Wir wollten doch ins Kino.«

Ich hatte das Gefühl, dass der Kollege lieber noch mit uns Kevins und Mariannes Spuren verfolgt hätte, aber er nickte. Sophie und Lena erklärten, sie seien im Lofthouse verabredet und alle vier brachen auf. Urplötzlich saßen wir wieder zu zweit da. Andys Sektglas war noch halb voll. Er schob es zu mir hinüber.

»Es war einfacher während der Schwangerschaft«, sagte er bloß.

Das konnte ich mir gut vorstellen. »Mein Fehler. Ich hätte nicht mit dem Sekt anfangen sollen.«

»Quatsch! Na gut«, in betonter Gleichmütigkeit zuckte er die Achseln. »Beginnt der Monat eben von vorn. Und jetzt auf zu Maik, was?«

Arm in Arm gingen wir durch die Louisenstraße. Es war kurz vor neun und die Leute strömten nur so in die Neustadt. In vielen Kneipen waren bereits alle Plätze besetzt, wie man durch die Scheiben erkennen konnte. Musik drang bis auf den Bürgersteig.

»Du brauchst aber auch nicht päpstlicher als der Papst zu sein mit deiner Abstinenz«, beruhigte ich ihn und verstärkte meine Umarmung.

»Seit wann ist der Papst abstinent? Der braucht doch den Messwein, um den fehlenden Sex zu kompensieren«, behauptete Andy. »Ich muss das jetzt durchziehen – schon, um mir selbst zu beweisen, dass ich es kann.«

An der Königsbrücker Straße warteten wir lange, bis die Fußgängerampel auf Grün schaltete. Zwischen den Autos hindurchzulaufen traute ich mich mit den Pumps, in denen meine Füße schon wieder zu gefühllosen Eisklumpen geworden waren, nicht.

Im Hausflur des besetzten Hauses gab es keine Beleuchtung. Vorsichtig bewegten wir uns in den dritten Stock hoch, vorbei an den stinkenden Toiletten, bei denen ich darauf achtete, nicht nach Halt zu tasten. Endlich waren wir oben und pochten an die Tür. Wir hatten Glück. Schnell waren Schritte zu hören und Maik öffnete uns.

»Hallo. Wir haben am Mittwoch auf dem Friedhof miteinander gesprochen.«

»Nu.« Der Punker nickte abwartend.

»Das ist Andreas, mein Freund. Wir würden dich gern noch was fragen. Können wir reinkommen?«

Maik stieß die Tür weiter auf und machte eine Handbewegung in Richtung des ersten Raums auf der rechten Seite. Dort, in der Küche, saßen die junge Frau, die wir am Mittwoch gestört hatten, und ein älterer Mann mit einer eindrucksvollen grauen Mähne an einem Holztisch. In einer Ecke stand eine Elektrodusche, an der Längswand eine billige Spüle. Ein Regal war voll durcheinander gewürfeltem Geschirr und Gläser. In dem Raum herrschte eine angenehme Wärme und ich fühlte mich auf Anhieb wohl – auch wenn wir mit unseren Sachen überhaupt nicht hier her passten.

Maik holte zwei Klappstühle aus dem Flur und stellte

sie an den Tisch. Anscheinend hatten die drei gerade gegessen, das schmutzige Geschirr war noch nicht abgeräumt. An den Plätzen der beiden Männer standen Bierflaschen, vor der jungen Frau eine Teetasse.

»Auch ein Bier?«

Andy lehnte ab und signalisierte mir eindringlich, dass ich eins nehmen sollte. Also nickte ich.

»Ich hatte dir am Mittwoch gesagt, dass ich einen Kripokommissar vorbeischicken würde«, begann ich, als Maik mir eine Flasche gereicht und sich gesetzt hatte. Gleichzeitig wurde mir klar, dass ich kaum einen dümmeren Einstieg hätte wählen können. Trotzdem fuhr ich fort: »Ist er zu dir gekommen?«

»Was soll das denn?«, fluchte denn auch die junge Frau.

Andy machte eine beschwichtigende Handbewegung. »Keine Panik. Wir vermuten, dass die Bullen nicht ordentlich gearbeitet haben und ein Mädchen unschuldig im Knast sitzt.«

Das wirkte. »So was hast du mir doch auch schon erzählt«, erinnerte Maik sich. Einer seiner Augenbrauenringe fing das Licht der Deckenlampe ein und blinkte, wobei der Eindruck entstand, dass er zwinkerte. »Nein, bei mir war niemand.«

Ich trank einen Schluck Bier und hoffte, dass es in Verbindung mit dem ganzen Sekt nicht dazu führen würde, dass ich die Toilette auf dem Flur benutzen musste. Also war Hantzsche so genervt gewesen, dass er meinem Tipp nicht nachgegangen war. Obwohl doch auch irgendwo in den Unterlagen stehen musste, dass Kevin am Abend seines Todes mit Marianne bei einem

Maik gewesen war. Wenn Lutter und Willner die WG-Mädchen befragt hatten. Aber der Hauptkommissar hatte doch auch selbst noch einmal alle Spuren aufnehmen wollen …

»Hast du dich vorgestern vor zwei Wochen mit Kevin aus dem Kästner Museum getroffen?«, fragte Andreas.

Maiks Miene wurde wieder verschlossener. »Wie soll ich heute noch wissen, mit wem ich mich vor über zwei Wochen getroffen habe?«

»Es ging um Aktionen gegen den Ausbau der Königsbrücker«, probierte ich einen Schuss ins Blaue.

Maik zuckte die Schultern. Der ältere Mann schaltete sich ein: »Wer seid ihr überhaupt? Was wollt Ihr?«

»Kevin, der Museumspraktikant, wurde umgebracht«, sagte Andy. War es möglich, dass die drei davon nichts mitbekommen hatten? »Und das junge Mädchen, das ihn an dem Abend begleitet hat, steht unter Mordverdacht.«

»Sie ist eine Freundin von mir«, behauptete ich.

»Sie haben mir doch am Mittwoch erzählt, dass Sie Journalistin sind«, sagte die junge Frau. Das ›Sie‹ kam sehr betont über ihre Lippen.

»Das widerspricht sich doch nicht, oder?«, gab ich pampig zurück.

»Wir wollen euch nichts anhaben«, versicherte Andy. »Wir verdächtigen diesen Schlägertypen –«

»– den Psycho, über den wir gesprochen haben«, erklärte ich.

»Genau. Es wäre möglich, dass der Psycho den beiden aufgelauert hat. Er hat sich doch immer da herumgetrieben, wo ihr euch getroffen habt, richtig?«

Aus der Tiefe der Wohnung kam wieder Babyschreien, leise noch, aber unüberhörbar.

»Macht er das jetzt nicht mehr?« Der Grauhaarige blickte Andreas forschend an.

»Was?«

»Du hast die Vergangenheitsform gebraucht.«

Das Schreien wurde lauter.

»Im Moment nicht«, sagte ich. »Nachdem er mich angegriffen hat, sitzt er jetzt erst mal.«

Die Frau wollte aufstehen, aber Maik war schneller.

»Ja, an dem Abend gab es ein Treffen hier.« Der ältere Mann sprach nur Andreas an. Wurden Frauen in so etwas nicht eingeweiht? Ich trank mein Bier und konzentrierte mich darauf, die Babygeräusche zu ignorieren. »Es ging um eine Aktion, über die wir dir nichts sagen werden, sie ist auch nicht zustande gekommen. Kevin war da und das junge Ding auch.«

16. KAPITEL

»Jetzt sag ihnen auch, was für einen Schwachsinn ihr veranstalten wolltet!«

Ich hatte nicht bemerkt, dass eine weitere Frau die Küche betreten hatte. Im Gegensatz zu Maiks Freundin, die auch an diesem Abend in einem hellgrünen Pullover wenig punkig wirkte, trug sie die volle Montur: Enge schwarze Hose, Lederjacke und Stiefel, was in der gut geheizten Wohnung seltsam wirkte. Vor allem aber war sie dick; sie quoll geradezu aus den Sachen heraus, sodass die Aufmachung nicht im Geringsten einschüchternd, sondern eher lächerlich aussah.

»Das geht keinen was an«, beschied der Grauhaarige.

Das Babyschreien, das zwischendurch ein wenig abgeebbt war, näherte sich über den Flur. Maik trug das winzige, klagende Bündel auf dem Arm.

»Sie hat Hunger.«

Die Mutter schob ohne Umstände ihren Pullover und ein T-Shirt hoch und löste den Träger des BHs. Maik reichte ihr das Kind, das gleich darauf zufrieden nuckelte. Ich bemühte mich, die Szene mitsamt den leisen Sauggeräuschen und dem feinen Geruch nach Puder auszublenden. Unter dem Tisch fasste ich nach Andys Hand.

»Ach nein, ist dir der geistige Dünnschiss mittlerweile selbst peinlich?« Die Dicke ließ sich nicht zum Schweigen bringen.

»Nein, ich halte das noch immer für eine gute Aktion.«

Das Baby schmatzte zufrieden. Andreas griff mit seiner freien Hand nach meiner Bierflasche.

»Willst du doch eins?« Maik wartete die Antwort nicht ab, sondern holte eine Flasche aus dem Kühlschrank, öffnete sie mit einer mechanischen Bewegung und stellte sie vor Andy auf den Tisch. »Mensch, Günther, die Idee war idiotisch. Von Anfang an.«

»Aber an dem Abend hast du schön dein Maul gehalten. Wolltest nicht zu den feigen Weibern gehören.«

»Jetzt halt du doch mal dein Maul, Tine!«, meldete die Stillende sich laut zu Wort, woraufhin der Säugling zusammenzuckte und wieder zu weinen begann. »Das hast du ja wieder sauber hingekriegt.« Sie strich ihrem Kind beruhigend über den Kopf und drehte sich vom Tisch weg, wofür ich ihr dankbar war.

Die Punkerin war allem Anschein nach die Außenseiterin in der WG. Ich fragte mich, wo das Mädchen war, dessen Handynummer ich hatte und mit dem ich am Tag nach Kevins Tod gesprochen hatte. Die mir die schlichte Info gegeben hatte, dass von der Truppe der Besetzer keiner fehlte. Nichts von einem Treffen am Abend davor. Aber warum auch, danach hatte ich ja nicht gefragt.

Maik war zu dem breiten, alten Heizkörper am Fenster gegangen und lehnte dagegen.

»Man muss ja nicht immer zu allem seinen Scheiß dazugeben«, murrte er.

Eine Katze war in die Küche gekommen, sie lief zu Maik und strich um seine Beine.

»Vor allem nicht vor Journalisten«, sagte Günther.

»Verdammt, Kevin ist tot und die Kleine, die er hier angeschleppt hatte, sitzt!« Tines Stimme überschlug sich fast.

Hatte sie unser Gespräch schon länger verfolgt? Oder wussten die WG-Bewohner sehr wohl, was passiert war und hatten bloß ihr Möglichstes getan, sich herauszuhalten? Maik beugte sich zu der Katze herab. Bloß keinen Kontakt zu den Bullen riskieren, dachte ich.

»Die Helden hier – und noch ein paar andere – wollten Kinder gegen den Ausbau der Königsbrücker auf die Straße schicken, schön rein in den Verkehr«, teilte die Punkerin uns mit, was ihr feindselige Blicke von Günther eintrug.

Die Stillende drehte sich nicht um, Maik beschäftigte sich weiter mit der Katze.

»Ach so, das feinsinnige Detail hab ich vergessen: Die Kinder sollten Figuren aus Erich Kästners Büchern darstellen und hübsch kostümiert sein.«

»Wieso?«, fragte Andy und auch ich begriff nicht, was das bezwecken sollte.

»Siehst du, so toll war die Idee! Das rafft keiner, was ihr damit wolltet. Hirntot seid ihr alle!«

»Wir wollten deutlich machen, dass hier auch heute noch Kinder leben«, erklärte Günther an Andreas gerichtet.

»Ja, und?«

Der Gesichtsausdruck des Grauhaarigen zeigte, dass er Andy für minderbemittelt hielt. Da er sowieso nur zu ihm sprach, galt das für mich vermutlich von vornherein.

»Kinder können immer mal auf die Straße laufen, wenn ihnen ein Ball wegrollt, zum Beispiel. Deshalb sollte der Verkehr dort möglichst gedrosselt sein und keineswegs vierspurig daherbrausen.«

»Ja.« Andy klang abwartend.

»Das war's schon. Um das zu verdeutlichen, wollten wir Freunde und Bekannte, die Kinder haben, ansprechen. Die Kids hätten wir mit kurzen Hosen und Schlägermützen und so ausstaffiert und dann wären sie immer mal wieder plötzlich auf die Königsbrücker gelaufen.«

Mir zog sich der Magen zusammen.

»Die Autofahrer hätten den Schreck ihres Lebens bekommen.« Er klang tatsächlich zufrieden.

»Seht ihr?« Wieder war Tines Stimme kurz vorm Kippen, und ich konnte es ihr nicht verdenken. »Der ist gemeingefährlich. Total gemeingefährlich!«

»Aber ihr habt das Ganze abgeblasen«, hoffte ich.

Günther reagierte nicht, Maik sagte leise: »Ja, haben wir.«

»Nach stundenlanger Diskussion haben sie es eingesehen. Bis auf Günther natürlich.« Die Dicke machte eine Handbewegung, die sich wohl auf den Geisteszustand des Älteren beziehen sollte.

»Und Kevin und Marianne? Waren sie dafür oder dagegen?«, fragte Andreas.

»Kevin war dafür«, verkündete der Grauhaarige im Bewusstsein der Unterstützung, die er von dem Praktikanten erhalten hatte. »Er wollte sogar gucken, ob man das Kästner Museum vielleicht einspannen kann.«

Die wären bestimmt begeistert gewesen, dachte ich. Das Bild des Chaoten Kevin bekam mehr und mehr Facetten – an einem einzigen Abend, nachdem er so lange nur ein unbekanntes Opfer gewesen war. Keine sympathischen Facetten allerdings.

»Die Kleine war fürchterlich verstört. Als sie verstanden hat, worauf das hinausläuft, ist sie panisch aus dem Haus gerannt.« Maik klang jetzt, als wolle er davon erzählen, wenigstens uns.

»Nein, es schien die ganze Zeit schon so, als würde sie es hier drin nicht mehr aushalten, aber wirklich rausgestürzt ist sie, als India anfing zu weinen«, korrigierte seine Freundin, die sich wieder herumgedreht hatte.

India, ein schöner Name, schoss es mir durch den Kopf. Ich setzte meine Bierflasche an und trank sie in einem großen Schluck aus.

»Kevin ist hinterher?« Andy tat alles, um den roten Faden zu halten.

»Nu.« Günther schaute ihn herausfordernd an. »Das war's. Wir haben weder ihn noch die Kleine wiedergesehen. Und die Aktion wurde abgeblasen. Also untersteht euch, damit zu den Bullen zu gehen.«

»Verdammt noch mal!« Meine Zunge war zu schwer, um ihn so anzuschreien, wie ich es wollte. »Eure Aktion ist uns doch sowas von egal – zumindest, wenn ihr den Schwachsinn wirklich gelassen habt. Aber Ännchen«, meine Stimme geriet ins Schwimmen, »und Kevin –«

»Der Psycho war bei dem Treffen nicht dabei?«, fragte Andreas.

»Bist du bescheuert?« Maik klang nun wieder sicherer. »Der hat sich schon Wochen vorher nicht mehr an uns rangetraut. Kann aber sein, dass er draußen rumgeschlichen ist. Wie gesagt, hat er häufiger gemacht.«

*

»Das ist so gruselig«, sagte ich und nahm mir eines der noch warmen Croissants, die Andy zusätzlich zu etlichen Brötchen von seiner Joggingrunde mitgebracht hatte. »Ich werde das Bild von Kindern, die in den Dresdner Autoverkehr geschickt werden, überhaupt nicht los.«

»Ich hab es regelrecht rausgeschwitzt.«

Vor uns in der warmen Küche stand ein opulent gedeckter Frühstückstisch. Wir hatten wohl beide das Bedürfnis, uns etwas Gutes zu tun. Andy war früh aufgestanden und sehr lange gelaufen. Ich hatte erst gegen Morgen einschlafen können und war nun im Gegensatz zu ihm, der nach einer Dusche einigermaßen frisch wirkte, noch in beunruhigenden Traumbildern gefangen.

»Was für Idioten! Da denkt man, das sind Leute, die prinzipiell so ähnlich ticken wie man selbst, und dann so was!« Ich hatte plötzlich keinen Appetit mehr und ließ das Croissant auf dem Teller liegen, trank einen Schluck Kaffee.

»Letzten Endes hat ja der gesunde Menschenverstand gesiegt.« Andy biss ein großes Stück von seinem Hörnchen ab.

»Wo wollten sie überhaupt die Kinder herkriegen? Welche Eltern spielen denn bei so etwas mit?«

Andy zuckte ratlos die Schultern. »Keine Ahnung.

Vermutlich wären sie also auch daran gescheitert.« Er schaute auf meinen Teller. »Du musst etwas essen. Du kannst nicht wollen, dass ich das alles futtere.«

Ich begann zu lachen. »Das würdest selbst du nicht schaffen.« Ich nahm einen Bissen von dem Croissant. »Zumindest wissen wir aber jetzt, dass Kevin tatsächlich ein Chaot war – und zwar ein richtig durchgeknallter«, sagte ich mit vollem Mund.

Andreas suchte meinen Blick. »Was wiederum Marianne als Täterin sehr plausibel erscheinen lässt. Sie haben sich da gestritten, dann noch einmal in der Tante Ju, er wollte etwas von ihr, sie hat wohl so nach und nach begriffen, was für ein Schaumschläger und Idiot er war –« Er beendete den Satz nicht.

Am Vorabend hatten wir nicht mehr über das Gehörte geredet, müde und verstört waren wir nach Hause und ins Bett gegangen, ohne das Naheliegende auszusprechen. Der Tag hinter dem schmutzigen Küchenfenster sah grau und kalt aus. Ich wollte nichts von Andys Schlussfolgerungen wissen und ich wollte vor allem Hantzsche nichts von dem sagen, was wir in Erfahrung gebracht hatten. Er war schließlich zu blöd gewesen, meinem Hinweis auf Maik und Forkert nachzugehen ...

Ich aß den Rest des Hörnchens, um meine Antwort hinauszuschieben. Andreas wartete, bis ich den Blick hob.

»Es gibt zwei Möglichkeiten«, sagte er sanft, als ich noch immer schwieg. »Entweder du bringst sie jetzt dazu, dir endlich reinen Wein einzuschenken, oder du erzählst Hantzsche, was los war.«

Das wusste ich selbst. Verdammt! Am liebsten wäre ich geradewegs zurück unter mein Federbett gekrochen. Es klingelte. Erstaunt schaute ich auf die Uhr, die kurz nach zehn anzeigte. Andy ging zur Wohnungstür. Kurz darauf kehrte er mit Dale in die Küche zurück.

»Guten Morgen. Entschuldigt den Überfall.«

Ich zog meinen Bademantel enger zu, als er sich vorbeugte und mich auf die Wange küsste. Andreas stellte ein drittes Gedeck auf den Tisch.

»Kein Problem. Wir haben viel zu viel zu frühstücken, da Kirsten mal wieder in den Hungerstreik tritt.«

»Unsinn«, wiegelte ich ab. »Ich hab das Croissant gegessen.«

Dale schaute mich prüfend an, setzte sich und dankte Andy für den eingeschenkten Kaffee. Er wirkte in sich gekehrt, bedrückt.

»Jess musste um acht am Flughafen Tegel sein. Deshalb bin ich jetzt schon zurück und wollte fragen, was es Neues gibt.«

Er hatte sich gedacht, dass ich nicht auf seine Rückkehr warten würde bevor ich weiter nachforschte. So gut kannte er mich allemal. Die diplomatische Formulierung sollte eine Brücke bauen. Ich schwieg.

»Das sieht alles lecker aus.« Er nahm ein Körnerbrötchen, schnitt es auf und bestrich eine Hälfte mit Butter.

Am liebsten hätte ich gar nichts gesagt, Dale nichts von den tausend Dingen berichtet, die geschehen waren, seit er am Freitagvormittag vor der Hauptbibliothek aus meinem Auto gestiegen war. Andreas war mir keine Hilfe. Sein leicht ironisches Grinsen signalisierte, dass er das mir überlassen würde.

»Nichts passiert hier in Dresden?« Dale belegte das Brötchen mit Gouda.

Andy stand auf und verteilte den restlichen Kaffee aus der Kanne auf unsere Tassen, setzte eine weitere Maschine an.

»Du hast großen Eindruck auf Kevins Mitbewohnerinnen gemacht«, sagte ich schließlich. »Wir haben sie zufällig gestern Abend in der Scheune getroffen.«

»Wo wir im Übrigen unsere Verlobung gefeiert haben«, ließ Andreas sich von hinten vernehmen.

»Was? Herzlichen Glückwunsch!« Dale sah nicht so überrascht aus, wie ich gedacht hätte. »Und was haben die Mädchen gesagt?«, kam er gleich wieder auf das Thema zurück.

»Dass Kevin ein ziemlicher Chaot war.« Ich trank einen Schluck Kaffee, gab mir einen Ruck. Es hatte keinen Sinn, den Kopf in den Sand zu stecken. »Und dass er mit Marianne an dem Abend noch auf der Königsbrücker war, bevor sie in die Tante Ju hoch sind.«

»Was?«, fragte Dale wieder, deutlich erstaunt jetzt. »Welche von beiden hat das gesagt?«

Unsicher schaute ich Andy an. Er zuckte die Achseln. »Die Blonde, glaube ich«, antwortete er schließlich.

Dale stützte die Ellenbogen auf, starrte mich an. Ich fühlte mich unwohl.

»Mein Fehler.« Er knetete seine Finger. »Als ich versucht habe, nach Kevins Tod Mariannes Spur aufzunehmen, habe ich in der WG bloß mit einem Mädchen gesprochen, und das war dunkelhaarig. Verdammt!«

Ich bemerkte das leichte Blitzen in Andreas' Augen,

die Freude über den Rechercheerfolg, auch wenn er ihn nicht nutzen konnte, und fasste mir ein Herz, berichtete Dale, was wir in dem besetzten Haus erfahren hatten.

»Das ist krass«, sagte er, nachdem ich zum Ende gekommen war. »Und lässt Marianne dumm dastehen.« Er trank einen Schluck Kaffee. »Ihr müsst das Hantzsche sagen. Du kannst ja trotzdem noch ein letztes Mal versuchen, ob du etwas aus ihr herausbekommst, das lässt er bestimmt zu.«

»Ach«, brauste ich auf. »Das lässt er zu? Wirklich? Nachdem er selbst sich so mit Ruhm bekleckert hat?«

Andreas klärte Dale darüber auf, dass Hantzsche von Maiks Zusammenstoß mit Forkert gewusst, aber den Punk nicht aufgesucht hatte.

»Vermutlich war es ihm zu beschwerlich, auf den Friedhof zu gehen! Zu viel Bewegung.«

Dale ging nicht auf mein Gezeter ein, er schüttelte nur leicht den Kopf. »Du kannst es drehen, wie du willst, Kirsten. Er muss davon erfahren.«

Ich stand auf, um den frisch gebrühten Kaffee an den Tisch zu holen und eine winzige Pause zu gewinnen.

»Was ist mit der Familie? Du wolltest dich da noch mal dahinterklemmen. Ist das jetzt schon wieder passé?« Ich füllte die Tassen neu. Noch immer lagen drei Brötchen im Brotkorb.

»Man sollte immer die vielversprechendste Spur verfolgen. Und die ist jetzt hier vor unserer Nase.« Dale blickte Andreas an, wollte anscheinend bei ihm Unterstützung suchen. »Hantzsches Mobile-Nummer habt ihr?«

Andy nickte.

»Ruft ihn jetzt an, bitte. Sonst mache ich es heute Nachmittag.« Damit stand er auf. »Danke für das Frühstück.«

*

Andreas ließ mich toben, aß eine Brötchenhälfte mit Salami und eine mit Blauschimmelkäse, trank Kaffee. Als mir die Schimpfworte und die Luft ausgingen, kam er um den Küchentisch herum und nahm mich von hinten fest in die Arme.

»So, jetzt ziehst du dich möglichst seriös an und versuchst, ob du bei Ännchen vorgelassen wirst, ohne zuerst mit Hantzsche zu sprechen. Und wenn das nicht klappt, fahren wir raus zu ihrem Mann. Ein bisschen Zeit haben wir noch.«

»Und du meinst –?« Die Idee erschien mir zu dreist, um erfolgversprechend zu sein.

»Ich weiß es nicht. Aber: Wer nicht wagt, der kann nur am heimischen Tisch schimpfen.«

Das Lachen platzte fast hysterisch aus mir heraus. Es war ein Kamikaze-Vorgehen à la Andy, keine Frage, aber vielleicht würde es ja klappen. Ich löste seine Arme, stand auf und drehte mich zu ihm um.

»Danke.«

Nach einem flüchtigen Kuss verschwand ich ins Schlafzimmer, um wieder das unbequeme Kostüm anzuziehen. Zwei Tage hintereinander in Pumps herumzulaufen war grauenhaft, aber vermutlich erhöhte es wirklich meine Chancen, im Polizeipräsidium vorgelassen zu werden.

Die Böhmische Straße, ohnehin immer angenehm verkehrsarm, lag an diesem Sonntagvormittag komplett ausgestorben da. Durch ein offenes Fenster im Obergeschoss der alteingesessenen Weinhandlung Bethe drangen ungeübte Saxofonklänge; auf dem Platz gegenüber saß eine Mutter in Mantel, Schal und Mütze und bewegte den Kinderwagen mit einem leise weinenden Baby sacht hin und her. Ich bog nach rechts ein; am Vorabend hatten wir das Auto in der Louisenstraße abgestellt. Die Temperatur lag um den Gefrierpunkt; der tief hängende Wolkenhimmel ließ vermuten, dass es bald wieder regnen oder schneien würde, aktuell war es jedoch trocken.

Dank des wenigen Verkehrs war ich sehr schnell in der Altstadt und fand auch direkt hinter dem Polizeipräsidium einen Parkplatz. Während ich mich der Pforte näherte, hoffte ich inständig, dass der Beamte vom Vortag Dienst hatte und sich an mich erinnerte.

Glück gehabt, es war tatsächlich der gleiche Mittfünfziger. Ich probierte mein strahlendstes Lächeln.

»Guten Tag. Ich hoffe, Hauptkommissar Hantzsche hat hinterlassen, dass ich heute noch einmal mit Marianne Kulka sprechen darf?« Lockerer Tonfall, keine wirkliche Frage, eher ein höfliches Fordern.

Und – ich wagte kaum, mich zu freuen – es funktionierte. Der Mann hob den Telefonhörer, sprach etwas hinein und brachte mich danach in den gleichen Raum wie am Vortag.

Es dauerte fast eine Viertelstunde, bis Ännchen, bleich und mit rot verquollenen Augen, den Raum betrat. Ihr folgte eine sehr junge Polizistin.

Spontan stand ich auf und wollte das Mädchen in den Arm nehmen. Marianne zuckte zurück und die Wärterin sagte mit betonter Strenge: »Keine Berührungen, bitte.«

Wir setzten uns. Gern hätte ich sie gefragt, warum sie geweint hatte, aber ich musste versuchen, aus ihr herauszubekommen, was an dem Abend von Kevins Tod passiert war. Worin ich bislang mit Verständnis nicht weit gekommen war.

»Wir haben erfahren, was für eine seltsame Diskussion in dem besetzten Haus geführt wurde.«

Ännchen guckte wie ein verschrecktes Kaninchen. Die Beamtin gab sich unbeteiligt, ich hätte jedoch geschworen, dass sie sich bemühte, jedes Wort zu verstehen.

»Der Junge war ein Idiot«, bemerkte ich leise.

Wie Sturzbäche flossen neue Tränen über ihr Gesicht. Zwischen den Schniefern wollte sie etwas sagen, viel mehr als »ja« und »nein« kam jedoch nicht heraus.

»Du hast das Richtige gemacht, dass du da raus bist. So etwas muss man sich nicht anhören.«

Sie schluckte einmal mit sichtlicher Kraftanstrengung und sagte dann: »Ich hätte sie bekehren müssen.«

Ohne dass ich es verhindern konnte, zogen sich meine Mundwinkel nach oben.

»Schwierig«, erwiderte ich, während ich das Lachen unterdrückte.

Sie rang förmlich ihre Hände. Ich hatte mich wieder unter Kontrolle.

»Wie ging es weiter?« Ich wollte sie mit der Frage überrumpeln.

»Wir haben uns gestritten«, gab sie auch wirklich

Auskunft. »Kevin hat nicht verstanden, was für eine Sünde allein schon solche Gedanken sind.«

»Ich sag doch: Idiot«, bestätigte ich sie. Die Polizistin hatte bei der Namensnennung nicht aufgesehen. »Also habt ihr euch auf dem Weg in die Tante Ju gestritten, da auch – und habt euch dann zusammen auf den Rückweg gemacht?«

Sollte ich wirklich so viel Glück haben? Bekam Ännchen nicht mit, dass sie mir nun die Antworten gab, die alle die ganze Zeit von ihr wollten?

Zu früh gefreut. Auf die letzte Frage folgte nur noch ein leises »Nu.«

Ich musste einen Vorstoß wagen. »Aber da war noch jemand, nicht wahr?«

Das Mädchen senkte den Kopf, die Hände um die Unterarme in der gleichen hellblauen Strickjacke wie am Vortag gekrallt. Sie schwieg.

»Marianne, wir wissen, dass da noch jemand war. Wen willst du schützen?«

Ihre Schultern zitterten.

»Oder hast du vor jemandem Angst?« Vor Frust über das wieder erstorbene Gespräch wurde ich laut: »Verdammt, das mit ›Du sollst nicht lügen‹ nimmst du nicht so ernst, was?«

Ich griff über den Tisch und versuchte, ihr Kinn anzuheben. Sie wich so panisch zurück, als hätte ich sie geschlagen.

»Keine Berührungen«, kam es wieder von der Tür.

»Ich finde es heraus.« Ich schlug einen drohenden Tonfall an. »Ich bin sicher, dass wir ganz nah dran sind. Wir finden den Täter. Auch ohne deine Hilfe.«

17. KAPITEL

Andy war nicht zu Hause. Verflucht! Ich wollte so schnell wie möglich nach Löbtau zu Mariannes Mann hinausfahren. Ohne meinen Mantel auszuziehen griff ich nach dem Telefon: »Wo steckst du denn?« Die typische Frage an einen Handynutzer.

»Sorry, ich wollte schon wieder zurück sein. Holst du mich ab? Ich laufe dir auf der Königsbrücker entgegen.«

In weniger als zehn Minuten hatte ich die Gegend erreicht, in der der tote Kevin aufgefunden worden war, und sah Andreas hinter den Bäumen. Er hatte die Hände in die Taschen seiner Lederjacke gebohrt und schien in Gedanken. Kurz tippte ich die Hupe an und hielt am Straßenrand. Er kam zum Auto und stieg ein.

»Das hätten wir längst mal machen sollen. Ich habe Kevins und Mariannes Weg an dem Donnerstagabend nachvollzogen. Mit der Bahn bis zur Haltestelle Industriegelände, zu Fuß zur Tante Ju und zurück.«

»Und?« Ich hatte gewendet und fuhr wieder auf die Neustadt zu.

»Es ist ziemlich unrealistisch, dass jemand die beiden von dem besetzten Haus bis zur Ju und dann zurück verfolgen konnte, ohne dass sie es gemerkt hätten. Der Fußweg ist viel zu lang und einsam, und gerade Forkert scheint ja mittlerweile bekannt gewesen zu sein.«

Wir rollten über die Stauffenbergallee.

»Ja, ich bin mir auch fast sicher, dass Ännchen jemanden deckt.«

»Und gefunden wurde Kevin doch ungefähr da, wo du mich jetzt aufgegabelt hast, oder?«, fragte er, zu sehr in Gedanken, um auf das, was ich gesagt hatte, einzugehen.

Ich gab ein zustimmendes Geräusch von mir.

»Also wollten sie zurück vermutlich zu Fuß gehen – vielleicht, weil die Bahn gerade weg war.«

Wieder brummte ich etwas. Das hatte ich immer als selbstverständlich angenommen. Es waren nur gut zwei Kilometer bis hinunter zur Louisenstraße, sodass es sich nicht lohnte, lange auf eine Straßenbahn zu warten – zumindest nicht, wenn das Wetter einigermaßen mitspielte.

»Eine noch längere Wegstrecke, auf der der Verfolger hätte ungesehen bleiben müssen.« Andy schaute zu mir herüber. »Was hat Marianne denn gesagt?« Aus dem überlegenden Tonfall wurde ein aufgeregter. »Hast du was aus ihr herausbekommen?«

»Nicht wirklich.« Ich gab unser Gespräch wieder. »Sie war demnach in einem totalen Zwiespalt – was ihr in der letzten Zeit begegnete, war im Vergleich zu ihrem bisherigen Leben eine absolut fremde Welt und sie fühlte sich schuldig, schon weil sie nichts unternommen hat, um sie von ihren hirnrissigen Protestplänen abzubringen.«

»Vielleicht hat sie ja doch etwas unternommen«, sagte Andreas. »Etwas Endgültiges.«

*

Es war kurz vor halb eins, als wir vor dem Haus von Mariannes Eltern in der Reisewitzer Straße parkten. Vermutlich war Sven gerade bei den Schwiegereltern zum Mittagessen, dachte ich. Aber wenn der Sonntag für die Adventisten kein Feiertag war, vielleicht auch nicht. Ich klingelte bei Kulka und fast direkt darauf wurden wir eingelassen.

So schnell, wie auf den Pumps möglich, ging ich an der Tür zur Erdgeschosswohnung vorbei und die Treppe hoch, Andreas neben mir. Oben erwartete uns ein hübscher Junge mit weichen, kindlichen Gesichtszügen, in die allerdings die Geschehnisse der letzten Zeit vorzeitige Furchen gegraben hatten. Die rötlichblonden, feinen Haare lockten sich ein wenig zu lang über dem schief sitzenden Kragen des blauen Sweatshirts. Es konnte der junge Mann sein, den ich in der Kirche neben den Ahrendts gesehen hatte.

»Guten Tag.« Er klang sehr höflich.

»Guten Tag, Herr Kulka. Ich soll Ihnen Grüße von Marianne bestellen«, sagte ich und registrierte das schmerzvolle Zusammenziehen seiner Wangen.

»Danke.« Er reagierte mechanisch, bat uns hinein, nahm Mantel und Jacke entgegen.

Der Flur war rosa gestrichen, kein Blassrosa, sondern ein richtig kräftiges. An der Wand hing eine Darstellung Jesus' und seiner Jünger in einer Art naiver Malerei. Das Wohnzimmer, in das Sven Kulka uns lotste, sah aus wie eine Mischung aus Puppenstube und Werkraum. Auf dem Sofa, das ebenso wie die anderen Möbel aus der Werkstatt von Ännchens Vater zu stammen schien, saß eine ganze Schar von Plüschtieren, in einer Ecke stand ein Tisch mit darauf montierter Zwinge. Sven deutete auf das Sofa, blieb selbst stehen. In der Hoffnung, die Situation zu entspannen, setzte ich mich. Andreas tat es mir gleich.

Ich stellte uns vor, sagte, dass ich mit Marianne im Krankenhaus gelegen hatte.

Der junge Mann nickte, langsam, als wären das schwer verständliche Zusammenhänge. Der Gegensatz zu Ännchens Lebhaftigkeit und ihrer Auffassungsgabe war frappierend. Stärker denn je fragte ich mich, was für eine Rolle er in ihrem Leben spielte.

»Im Krankenhaus war ich auch, natürlich. Sie habe ich dort aber nicht gesehen«, sagte er endlich.

»Ich war nicht sehr lange dort«, erklärte ich.

Es hing kein Essensgeruch in der Wohnung, auch im Hausflur hatte ich nichts wahrgenommen, fiel mir jetzt ein. Dabei war ich sicher, dass bei dieser Familie normalerweise die Mahlzeiten eingehalten wurden.

»Entschuldigen Sie, dass wir Sie zur Mittagszeit stören«, machte ich Konversation.

Sven zuckte in einer sehr kindlichen Geste die Schultern.

»Sie gehen bestimmt zu Ihren Schwiegereltern hinunter, oder?«, fragte ich.

Wieder dauerte es lange, bis er reagierte. »Sonst immer, aber jetzt«, er zögerte, machte wieder eine Pause, »jetzt habe ich gar keinen Hunger.«

»Das kann ich verstehen«, sagte Andreas in einem beruhigenden Tonfall. »Schön haben Sie es hier. Sie sind auch Handwerker?«

Der Junge schüttelte in einer langsamen Bewegung

den Kopf, ließ sich endlich in den Sessel uns gegenüber sinken.

»Ich tue das bloß in meiner Freizeit. Kleine Dinge. Für uns und die Gemeinde.«

Erst jetzt bemerkte ich, dass in einem Vitrinenschrank etliche Holzfigürchen standen, auch sie stellten wohl Personen aus der Bibel dar.

»Ich war bei Marianne im Gefängnis«, versuchte ich, auf das Thema zurückzukommen.

Unter dem Fenster rechts von uns stand eine Kommode, auf der etliche Fotos verteilt waren. Die Entfernung war zu groß, um die Menschen darauf klar zu erkennen, auf jeden Fall war Ännchen auf mehreren vertreten.

»Wie geht es ihr?« Die Frage kam wieder mit Verspätung und sehr gequält aus ihm heraus.

»Um ehrlich zu sein: Nicht besonders«, sagte ich klar und fixierte ihn. Er wich meinem Blick aus. »Ich habe den Eindruck, dass sie für Sie stark sein will. Ich soll Ihnen ausrichten, dass sie Sie ganz doll lieb hat.« Ich gebrauchte exakt Mariannes Worte, und sie verfehlten ihre Wirkung nicht. Sven schossen Tränen in die Augen und er senkte den Kopf. »Und dass Gott weiß, dass sie büßen muss.«

Der Junge konnte das Weinen nicht unterdrücken. Seine schmalen Schultern bebten.

»Warum muss sie büßen, wissen Sie das?«, bohrte ich nach.

In dem Moment klingelte es an der Tür. Sven zog ein zerknülltes Taschentuch aus der Tasche seiner Jeans, wischte sich über die Augen, schniefte hinein und ging auf den Flur hinaus.

»Verdammt, ich hatte ihn fast so weit«, flüsterte ich.

Andreas stand auf und machte einen Schritt zu der Kommode hin, betrachtete die Fotos. An der Wohnungstür hörte man eine tiefe, männliche Stimme, ein wenig außer Atem. Svens leichte Schritte wurden zurück von schweren begleitet. Hauptkommissar Hantzsche betrat hinter ihm das Wohnzimmer. Als er uns sah, rang er regelrecht um Fassung.

»Wir sprechen uns später noch!«, zischte er endlich voller Wut.

»Marianne ist aus dem Gefängnis geflüchtet«, informierte Sven uns, der Tonfall höflich, die Stimme gebrochen.

»Was? Wie?« Ich war aufgestanden, als ich den Kommissar gesehen hatte.

Hantzsche schoss einen vernichtenden Blick auf mich ab.

»Jemand hatte sich widerrechtlich Zugang zu ihr verschafft. Nach diesem Besuch«, seine Stimme war reines Eis, »war der jungen Frau wohl äußerlich nichts anzumerken, aber sie muss sehr aufgewühlt gewesen sein. Die Vollzugsbeamtin«, kurz zögerte er, »war unaufmerksam und Marianne Kulka konnte auf dem Rückweg in ihre Zelle entweichen.«

Ich wusste nicht, was ich sagen sollte. Andy, der noch immer an der Kommode stand, starrte Sven an.

»Worum ging es in dem Gespräch?«, fragte mich der Kommissar streng.

Sven verstand offenbar überhaupt nicht, worüber wir redeten.

»Um das Gleiche wie immer«, sagte ich in möglichst neutralem Tonfall, auch wenn es in mir tobte. Wo wollte Ännchen jetzt hin? Was für ein Wahnsinn, aus der Untersuchungshaft auszubrechen! Und so leicht ging das? Darüber sollten wir schreiben – selbst das dachte ich. »Ein bisschen weiter bin ich gekommen. Sie hat zugegeben, dass sie sich mit Kevin gestritten hat und ich bin mir sicher, dass sie jemanden schützen will.« Auch ich sah jetzt Sven an.

Der schien langsam zu begreifen, worum es ging und begann wieder zu schluchzen.

»Herr Kulka«, setzte Hantzsche an, als Andreas' Handy im Flur klingelte, wieder viel zu laut eingestellt.

Er lief hinaus, meldete sich und kehrte sofort zurück.

»Dale, für dich.« Er reichte mir das Telefon. Wie fast immer lag mein eigenes Handy irgendwo zu Hause.

Ich wollte das Gespräch abwürgen, zumal Hantzsche mich schon wieder anstarrte, als würde er mich gleich verhaften, aber Dale redete nach einer knappen Begrüßung ohne jede Pause weiter:

»Es tut mir leid, wie ich heute Morgen reagiert habe. Ich bin im Moment manchmal nicht ich selbst. Es geht mir so viel durch den Kopf, ich mache Fehler, ich habe auch in diesem Fall Fehler gemacht. Also, ich werde Hantzsche nicht anrufen.« Endlich holte er einmal Luft, ich reagierte jedoch zu langsam, zumal mich die Nennung von Hantzsches Namen wie hypnotisiert auf den Kommissar hatte blicken lassen.

»Oder höchstens, um zu erreichen, dass du noch einmal mit Marianne sprechen kannst. Allein. Und ich kümmere mich doch noch mal um die Familie. Da stimmt etwas nicht, und ich hätte längst herausfinden müssen, was.«

Nun kam ich zu Wort. »Dale, Dale, stopp! Es ist in Ordnung. Wir sind gerade mit dem Hauptkommissar bei Sven Kulka. Ich rufe dich später wieder an, okay?«

Ich hörte noch sein tiefes Einatmen, als ich das Telefonat beendete. Andy war zu der Kommode zurückgekehrt und hatte eines der gerahmten Fotos in die Hand genommen.

Hantzsche hob die Stimme: »Herr Kulka, bevor Ihre Frau mit Kevin Sunders an jenem Abend in den Musikclub Tante Ju aufgebrochen ist, hat sie lange mit Ihnen telefoniert.« Also wusste er nichts von dem Besuch in dem besetzten Haus. »Ist das korrekt?«

Sven hatte sich wieder auf den Sessel fallen lassen. Er nickte kaum sichtbar.

»Ist das korrekt?«

»Nu.« Verzweifelt schaute er hoch.

»Sie haben Ihrer Frau Vorhaltungen gemacht.«

Der junge Mann entgegnete nichts, seine Schultern bebten.

»Haben Sie Ihrer Frau Vorhaltungen gemacht?«

Hantzsche ignorierte uns jetzt völlig. Ich drehte das Handy in meinen Händen, Andreas starrte noch immer auf das Bild.

»Ich habe sie gebeten, nach Hause zu kommen«, sagte Sven sehr leise. »Wir gehören doch zusammen. Bis dass der Tod uns scheidet.« Das Letzte war kaum noch zu verstehen.

Mir lief eine Gänsehaut über den Rücken. Es war eine Art Kinderliebe, die Ännchen und ihn verband, aber es war Liebe. Konnte ich das über Andreas und mich auch sagen? Wir standen in einer Geraden in dem Raum, ich sah zu ihm hinüber und erfasste sein Profil: Der zurückgewichene Haaransatz, die hohe Stirn, die schmale, kleine Nase, der volle Mund, das etwas zu runde Kinn. Ja, dachte ich, ja.

»Das hier auf diesem Foto ist ein sehr guter Freund von Ihnen, nehme ich an?«, fragte Andy Sven.

Der Kommissar war erbost, dass er gestört wurde, schaute dann aber gemeinsam mit dem jungen Mann auf das Bild. Ich kam zu ihnen und studierte es ebenfalls. Es zeigte Sven, glücklich lächelnd, Arm in Arm mit einem Älteren, der mir vage bekannt vorkam. Die beiden trugen Anzüge und standen in einem Garten vor einem blühenden Baum.

»Das war bei unserer Hochzeit«, antwortete Sven.

»Und der Mann ist?«, hakte Andreas nach.

Sven schaute von ihm zu Hantzsche, ich starrte weiter auf das Bild, ohne zu wissen, ob ich den gütig dreinschauenden Älteren wirklich schon einmal gesehen hatte. Der Kommissar holte Luft, um etwas zu sagen, endlich sprach Sven aber.

»Bruder Sebastian. Ja, er ist ein guter Freund.« Er bemühte sich um Festigkeit in der Stimme, was ihm nur schlecht gelang.

Bruder – also war es einer aus der Gemeinde. Auf einmal durchfuhr es mich wie ein Blitz: Es war der Mann mit dem fleckigen Hemd, der uns gefolgt war, als wir den Gottesdienst verlassen hatten. Vor Aufregung krampften sich meine Hände zusammen, das Handy piepte, weil ich Tasten drückte. Ich schrak zusammen.

»Ist er auch ein guter Freund von Marianne?«, fragte Andy.

Hantzsche ließ ihn gewähren.

Der junge Mann hatte den Blick wieder starr auf den Boden gerichtet und nickte nur.

»War er vielleicht an jenem Donnerstagabend, als Sie mit Marianne telefoniert haben, hier bei Ihnen?«, riet ich.

Ein noch schwacheres Nicken.

»Und haben Sie mit ihm Ihre Sorgen besprochen – was Ihre Frau macht, generell und an jenem Abend?« Andy bemühte sich wieder um die tiefe, vertrauenserweckende Stimme.

Der Kommissar verfolgte jede Regung Svens, der jetzt laut aufschluchzte. Lange Sekunden sagte er nichts. Dann begann er lauter als zuvor, als wolle er sich selbst Mut machen.

»Basti hat mir – uns – immer geholfen. Er ist ein wirklicher Bruder, er kümmert sich um alles, womit man die Eltern nicht behelligen will. Er«, jetzt richtete Sven den Kopf auf und sah Andreas mit einem so verzweifelten Ausdruck an, dass es mir den Magen zusammenschnürte, »weiß, dass junge Menschen manchmal Probleme haben, nach der Bibel zu leben. Basti hat immer so viel verstanden.« Er senkte den Blick wieder und schwieg.

»Und er hat angeboten, Ihnen in der Situation auch zu helfen«, sprach Andy aus, was ich dachte.

Keine Antwort. Lange standen wir so in einem schiefen Viereck, bis Hantzsche die Stille durchbrach.

»Dieser Sebastian ist in die Neustadt gefahren, um mit Marianne zu reden. Ist es so?«

»Ja«, bestätigte Sven, und noch einmal, lauter: »Ja.«

»Wir müssen sofort zu ihm. Kommen Sie!«

Der Kommissar schob den Jungen zur Tür, wir folgten ihm, liefen mit den beiden durch den Hausflur. Vor dem Haus stieg gerade Dale aus dem Toyota, den er seit ein paar Monaten fuhr. Hantzsche warf ihm einen Gruß hin und bedachte Andy und mich mit einem schwer einzuordnenden Blick. Vermutlich wollte er uns eigentlich zur Hölle schicken, aber nachdem wir ihm die richtige Fährte aufgezeigt hatten, hielt er sich zurück. Er schloss den dunkelblauen Passat auf, wartete, bis Sven auf dem Beifahrersitz saß und sagte schließlich an uns gewandt: »Ich vermute, ich kann Sie nicht davon abhalten, mir zu folgen. Herr Ingram, Sie sind dafür verantwortlich, dass die beiden Kollegen hier keinen Ärger machen. Haben Sie Ihre Waffe dabei?«

»Ja.«

Wir stiegen in den Wagen, ich überließ Andreas den Vordersitz und die Aufgabe, Dale zu erklären, was herausgekommen war, hing auf der Rückbank meinen Gedanken nach. Mit hoher Geschwindigkeit ging es zurück zur Kesselsdorfer Straße, auf dieser stadtauswärts. Als ich rechts die Plattenbauten der Trabantenstadt Gorbitz sah, bog der Passat links in eine kleine Straße ein. Wir befanden uns in einer Art Dorf mit schönen alten, kleinen Häusern. Hantzsche stellte den Wagen ab, Dale parkte direkt hinter ihm, wir stiegen aus.

»Es ist noch ein Stück«, informierte uns der Kommissar und ging mit Sven in normalem Schritttempo die Straße hoch.

Bruder Sebastian sollte durch die Autos, die in dieser friedlichen Straße auffallen könnten, nicht vorgewarnt werden, dass er amtlichen Besuch bekam, vermutete ich.

Vor einem in sonnigem Gelb gestrichenen, bis direkt an den Bürgersteig herangebauten Haus machten Hantzsche und Sven Halt. Dale drückte sich an die Wand und öffnete seine Jacke, holte die Smith & Wesson aus dem Schulterhalfter, entsicherte sie. Der Hauptkommissar hatte eine kleine Pistole aus der Tasche seines voluminösen Parkas gezogen und machte sie ebenfalls schussbereit. Sven sah aus, als würde er gleich in Ohnmacht fallen.

»Sie klingeln«, sagte Hantzsche leise zu ihm, »und wenn er nicht reagiert, rufen Sie nach ihm. Sagen Sie einfach nur, dass Sie ihn sprechen müssen. Wir sind direkt hinter Ihnen, es kann nichts passieren.«

Passieren kann immer etwas, dachte ich.

»Ihr bleibt in jedem Fall zurück«, schärfte Dale uns ein.

Andys Blick sollte wohl darauf hinweisen, dass er den entscheidenden Hinweis geliefert hatte; ich drückte seine Hand, die sich in meiner eiskalten heiß anfühlte.

Wie ihm aufgetragen, klingelte Sven, als darauf nichts passierte, pochte er an die hölzerne Tür und rief mit erstaunlich fester Stimme nach seinem Freund.

Danach schrie eine weibliche Stimme »Sven«. Ein paar schnelle Schritte stoppten so plötzlich, wie sie begonnen hatten. Hantzsche schaute Dale an, der schob

Sven nach hinten und nickte ihm zu. Die beiden machten einen Schritt zurück, Hantzsche zählte leise bis drei und mit einer Kraft, die ich zumindest dem Kommissar nicht zugetraut hätte, traten sie in Höhe des Schlosses gegen die Tür. Das Holz krachte, es splitterte, aber es hielt. Von innen hörte man ein ersticktes Rufen.

»Lassen Sie mich«, forderte Andreas Hantzsche auf. »Ich mache Karate.«

Ohne Diskussion überließ der Kommissar Andy seinen Platz, Dale zählte an und dieses Mal flog das Schloss auf. Dale streckte seinen linken Arm aus, um Andy nach hinten zu schieben und betrat als Erster den Hausflur, die Waffe im Anschlag.

Ich zog den widerstrebenden Andreas noch ein Stück zurück. Hantzsche folgte Dale durch den leeren Eingangsbereich. Von rechts kam wieder das erstickte Geräusch.

»Herr Haas, geben Sie auf!«, rief der Kommissar. »Lassen Sie Frau Kulka frei.«

Dale stieß die Zimmertür, aus der die Geräusche zu hören waren, mit dem linken Fuß auf und schob sich, die Smith & Wesson voran, in den Raum. Hantzsche machte zunächst einen großen Schritt auf die andere Seite des Türrahmens, folgte ihm dann.

»Loslassen. Sofort loslassen!«, forderte er. »Es ist vorbei.«

Ich riskierte einen Blick in das Zimmer und sah Ännchen, die von dem Mann, den ich jetzt sofort wiedererkannte, als lebender Schutzschild genutzt wurde. Die Hand vor ihrem Mund ließ er gerade sinken. Marianne formte die blutleeren Lippen zu einem O, es kam jedoch kein Laut darüber. Andreas stand neben mir, Hantzsche und Dale einen Meter vor uns.

Mariannes Mann schob sich zwischen uns, er weinte wieder.

»Basti, was tust du?«, schluchzte er. »Das ist Sünde! Das ist des Satans.«

»Geh raus, Sven«, presste der Mann hervor. »Geh.«

Es war offensichtlich, dass er selbst nicht wusste, wie es weitergehen sollte. Der Raum – ein Arbeitszimmer – war winzig klein. Bücherregale füllten eine Wand aus, auf dem alten, abgetretenen Teppich stand ein großer Schreibtisch. Sebastian Haas stand mit Ännchen an die rückwärtige Wand gedrückt, kaum zwei Meter von Dale entfernt. Der warf Hantzsche einen Blick zu und machte gleich darauf einen Sprung nach vorn, riss das Mädchen von dem Mann weg und rollte mit ihr über den Boden. Hantzsche war mit drei schnellen Schritten bei Haas, packte seine Arme und zerrte sie ihm auf den Rücken.

»Sie sind vorläufig festgenommen.«

EPILOG

Marianne stand schon vor der Tür, als ich noch überlegte, was ich für den Abend anziehen sollte. Auch wenn es bloß eine sehr kleine Geburtstagsfeier werden würde, hatte ich Lust, den Alltag so weit wie möglich hinter mir zu lassen.

Ich führte sie in die Küche, wo der westfälische Grünkohl, eine schöne Wintererinnerung an meine Heimat, schon seit Stunden köchelte.

»Kann ich Ihnen noch bei etwas helfen?« Sie schien sich erstaunlich schnell von den Strapazen der letzten Zeit erholt zu haben. Ihre Wangen zeigten eine rosige Farbe, das ganze Gesicht war voller, sie wirkte zuversichtlich.

»Eigentlich nicht. Mein Chef«, ich zwinkerte ihr zu, »hat mir für den Nachmittag freigegeben, sodass ich alles gut vorbereiten konnte.«

»Also, erst einmal: Herzlichen Glückwunsch zum Geburtstag. Mögen all Ihre Wünsche in Erfüllung gehen«, trug Ännchen mit dieser Art heiligem Ernst vor, den ich schon von ihr kannte. »Das ist für Sie.« Sie überreichte mir ein kleines, in buntes Papier eingeschlagenes Päckchen.

Ich bedankte mich und wickelte es aus. Zum Vorschein kam die filigran geschnitzte Figur eines kleinen Jungen in wadenlangen, weiten Hosen und mit einer verwegen auf dem Kopf sitzenden Schlägermütze.

»Der kleine Erich Kästner – Sven hat ihn gemacht«, erklärte sie.

»Das ist wunderschön. Danke! Warum ist er nicht mitgekommen?«

Marianne schaute auf ihre Hände. »Es ist nicht so einfach nach allem, was passiert ist.« Betont munter blickte sie wieder auf und fuhr fort: »Lassen Sie mich den Tisch decken, dann können Sie sich in Ruhe umziehen.«

Ich willigte ein und kehrte zu meinem Kleiderschrank zurück. Draußen hatte Tauwetter eingesetzt und wenn wir zu fünft in der Küche saßen, würde es dort sehr warm werden. Also wählte ich ein tief ausgeschnittenes, dunkelgrünes Etuikleid im Stil der 60er-Jahre. Als ich wieder in die Küche kam, faltete Ännchen gerade die roten Servietten, die ich auf die Arbeitsplatte gelegt hatte, zu kunstvollen Blumen.

»Gefällt Ihnen das? Ich finde es hübsch.«

Ich nickte. »Du hast mit deiner Familie gesprochen?« Solange wir noch allein waren, wollte ich gern ein wenig darüber erfahren, wie es ihr in den letzten Tagen ergangen war.

»Nu.« Ein letzter Kniff und eine weitere Rose war komplett. »Meine Eltern sind einverstanden, dass ich das Praktikum bei Ihrer Zeitung mache. Wenn ich weiter in der Gemeinde mitarbeite.«

Mir lag die Frage auf der Zunge, ob sie das wollte; ich stellte sie jedoch nicht. Anscheinend versuchte Marianne sich an einem schwierigen Spagat zwischen ihrer alten und ihrer neuen Welt.

Fünf Servietten-Blumen waren fertig, Ännchen strich ihre Haare nach hinten: »Am Sonntag werden wir alle zusammen in das Erich Kästner Museum gehen. Ich hoffe, dass sie sehen –«

Es klingelte und sie brach ab. Ich ging die paar Schritte zur Haustür, drückte den Öffner.

»Sie werden auf jeden Fall auch danach stolz auf ihren Vorfahren sein«, sagte ich laut über meine Schulter, obwohl ich mir da ganz und gar nicht sicher war.

Dale sah aus, als habe er die letzten beiden Nächte nicht geschlafen. Das Weiße der Augen war von roten Äderchen durchzogen und sie lagen in tiefen Höhlen; er wirkte fast abgezehrt.

Er nahm mich fest in den Arm. »Alles, alles Gute für dich, Kicki!«

Er schien noch etwas sagen zu wollen, in dem Moment wurde jedoch schon wieder die Wohnungstür geöffnet und Andy kam mit Martin herein. Dale drückte mir einen roten Umschlag in die Hand, in dem ich eine CD fühlte; die Männer zogen ihre Jacken aus und wir gingen zusammen in die Küche.

»Sekt?«, fragte ich in die Runde und füllte, als niemand protestierte, vier Gläser.

Marianne wollte von Andreas wissen, ob er noch immer Magenbeschwerden habe. Er antwortete mit einem kleinen ironischen Lächeln, dass das wohl eine längerfristige Sache sei, und hob sein Mineralwasserglas.

»Auf meine wunderschöne zukünftige Frau. Herzlichen Glückwunsch zum Geburtstag!«

Es ging ihm gut, das sah man. Sein richtiger Instinkt in Svens und Mariannes Wohnung, der erfolgreiche Körpereinsatz bei der Aktion in Altgorbitz, unsere bevorstehende Hochzeit – all das schien ein Hochgefühl zu erzeugen, für das er keinen Alkohol brauchte.

Auch ich fühlte mich wohl. Ich war glücklich, dass die Geschichte mit Ännchen ein gutes Ende genommen hatte und freute mich auf die Geburtstagsfeier. Wenngleich der Gedanke, dass es für lange Zeit einer der letzten Abende mit Dale sein würde, einen Kloß in meinem Hals erzeugte.

Ich spülte ihn mit einem Schluck Sekt hinunter und richtete meine Aufmerksamkeit auf Marianne, die Martin mit der ihr eigenen Neugierde betrachtete.

»Marianne, das ist Martin, er wird sich während deines Praktikums ein bisschen um dich kümmern. Ach ja, und: Wir duzen uns alle.«

Martin hatte nachdenklich auf seinen wassertrinkenden Chef geschaut, nun strich er das Hemd über dem vorstehenden Bauch glatt und reichte Ännchen lächelnd die Hand: »Willkommen im Club.«

Vermutlich würde er in den kommenden Wochen doch wieder ein wenig auf seine Figur achten, dachte ich. Noch immer hielt ich Dales Geschenk in der Hand, nun zog ich die CD aus dem Tütchen. Sie war selbst gebrannt, trug ein Foto von Erfurt aus der Zeit, in der wir dort gelebt hatten, als Cover, und wies ein Best-of ›unserer‹ Songs jener Jahre auf.

»Dale, das ist –« Ich spürte, wie mir Tränen in die Augen stiegen und umarmte ihn, ging dann ins Wohnzimmer, um die CD einzulegen.

Nachdrückliche Klaviertöne legten die Grundlage für eine Stimme, die mir sogleich wieder eine Gänsehaut über den Rücken jagte. ›Mama, Mama‹, beschwor die blutjunge Laura Nyro, um danach zu fiebrigen Klängen zu bitten: ›Meet me, Captain Saint Lucifer‹.

Dale hatte mir damals die Musik der New Yorkerin aus den späten 60ern und frühen 70ern vorgespielt und ich war spontan und restlos begeistert gewesen von dem Universum, das sich da auftat. Seit Jahren hatte ich sie nicht mehr gehört. Einen Moment lang blieb ich im Wohnzimmer, die Anlage laut aufgedreht, dann riss ich mich aus den Erinnerungen und kehrte zu den anderen zurück.

»Von mir bekommst du noch etwas Schönes«, versprach Martin. »Bei der kurzfristigen Einladung, und nachdem Andreas mich direkt mitgenommen hat, konnte ich nichts besorgen.«

»Du brauchst mir nichts schenken«, versicherte ich.

Dale und Ännchen hatte ich spontan am Sonntag, nachdem sämtliche Protokolle aufgenommen und unterzeichnet waren, eingeladen, Martin hingegen erst heute – aus dem plötzlichen Wunsch heraus, nicht nur im eigenen Saft der letzten Tage zu kochen. Gern hätte ich auch meine Freundin Ines dabeigehabt. Aber es war so viel passiert, von dem nur ein Bruchteil in meinem am Vortag erschienenen Artikel stand, und wovon sie als Redakteurin der Konkurrenzzeitung nichts erfahren durfte, dass ich die Idee fallengelassen hatte. Ich würde mich mit ihr an einem anderen Abend treffen. Vielleicht hatte sie ja auch Lust, mich zu dem Wellnesswochenende zu begleiten, das Andreas mir geschenkt hatte.

»Setzt euch doch.«

Wir quetschten uns um den Küchentisch und ich füllte die Teller, warnte Marianne, dass in dem Kohl Mengen an Schweinefleisch waren.

»Lecker!«, sagte sie, die Wangen von dem Sekt noch roter als vorher.

Martin ihr gegenüber schmolz dahin.

Bevor ich neben Andy Platz nahm, stellte ich ein paar Flaschen Bier und Mineralwasser auf den Tisch und bat jeden, sich selbst zu bedienen. Im Wohnzimmer wurde Laura Nyro durch Marius Müller-Westernhagen abgelöst – mit dem ich Dale bekannt gemacht hatte.

»Weißt du, dass ich glücklich bin«, bekannte der Sänger und ich hoffte von Herzen, dass diese Aussage für Dale jetzt und in Zukunft zutraf.

»Ich weiß ja, dass ihr versprochen habt, nichts darüber zu schreiben«, begann Martin mit Blick zu uns, um sich sofort wieder Marianne zuzuwenden, »aber: Du konntest tatsächlich einfach so aus dem Polizeipräsidium herauslaufen?«

Andy und ich hatten ihn in die Hintergründe unserer Erlebnisse der letzten Tage eingeweiht – und in die Tatsache, dass wir Hantzsche unser Wort gegeben hatten, diese Blamage des Polizeiapparats nicht zu veröffentlichen. Schweren Herzens – aber vermutlich würden wir irgendwann einmal wieder sein Entgegenkommen brauchen, und so eine Fluchtaktion würde wohl auch kein zweites Mal passieren. Intern hatte es ordentlich Aufruhr gegeben, so viel hatte uns der Kommissar verraten.

Ännchen war verlegen: »Ich wollte doch gar nicht – ich war so durcheinander und ich dachte, dass ich Basti dazu bringen könnte, sich zu stellen, bevor alles noch schlimmer wird. Da bin ich einfach losgerannt.«

Martin schob sich ein großes Stück durchwachsenen Speck in den Mund und schüttelte den Kopf.

»Kommissar Hantzsche hat sich dieses Mal sowieso nicht mit Ruhm bekleckert, was?«, fragte er mich.

»Tja, er hat nichts Gescheites von den Kollegen Dick & Doof bekommen, als er den Fall übernommen hat. Er musste wirklich noch mal bei Null anfangen. Außerdem haben die Punks gemauert. Freiwillig und wenn sie nicht einen sehr guten Grund dafür haben, spricht keiner von denen mit der Polizei.« Ich trank einen Schluck Bier. »Und das Mädchen in der WG, das wusste, dass Kevin und Marianne noch zu diesem ominösen Treffen gegangen sind, war wohl selten in der gemeinsamen Wohnung anzutreffen.«

Dale nickte bestätigend. Unter vier Augen hatte er mir am Sonntag gesagt, dass in diesem Fall so ziemlich alles schiefgelaufen war – auch, was Hantzsches Arbeit anging. Das würde er aber niemals in größerer Runde wiederholen. Momentan beschäftigte ihn ebenso wie mich noch immer Ännchens seelische Verfassung in der Zeit: »Bevor du Sebastian zu einem Geständnis bringen wolltest, warst du entschlossen, die Schuld auf dich zu nehmen?«

Die ganze Aufmerksamkeit war Marianne peinlich. Sie zuckte unentschlossen die Achseln: »Ich hatte das doch provoziert«, sagte sie leise. »Wenn ich nicht in diese WG gezogen wäre –«

Ich schluckte einen großen Bissen herunter. »Du weißt, dass das Quatsch ist! Du hast nichts Falsches getan. Und ich glaube, dass Sven das auch so sieht.«

Vermutlich konnte es nicht schaden, Martin noch einmal daran zu erinnern, dass die Kleine vergeben war.

»Isn't it ironic?«, fragte Alanis Morissette mit mädchenhaftem Trotz in ihrer Stimme.

»Dieser Sebastian ist einfach ein durchgeknallter Fanatiker«, stellte Andy in den Raum.

Marianne schüttelte den Kopf. Schon am Sonntag hatte sie betont, dass die Situation aus dem Ruder gelaufen war, der ältere Freund ihr in der Tante Ju zunächst lediglich Vorhaltungen gemacht hatte. Plötzlich war er wieder verschwunden, nur um sie auf ihrem Nachhauseweg abzupassen, wo er Marianne überreden wollte, mit ihm zu kommen. Als Kevin begonnen hatte, ihn zu verhöhnen, hatte er nach einem am Boden liegenden Pflasterstein gegriffen und zugeschlagen.

»Er wollte eigentlich nur helfen. Er wollte das Richtige tun«, erklärte sie.

Ich traf Dales Blick.

»Wenn man bloß vorher wüsste, was das ist: Das Richtige«, sagte er.

ENDE

Weitere Titel finden Sie auf den folgenden Seiten und im Internet:

WWW.GMEINER-SPANNUNG.DE

Help!

Beate Baum
Die Ballade von John und Ines
Frauenroman
279 Seiten, 12 x 20 cm
Paperback
ISBN 978-3-8392-1642-2
€ 9,99 [D] / € 10,30 [A]

Ines Behrendt ist glücklich: Die Dresdner Sängerin ist an Paul McCartneys Pop-Uni LIPA angenommen worden, zwischen dem Mitstudenten John Raymond und ihr knistert es, und ausgerechnet in Liverpool wird ihr Beatles-Programm bejubelt. Alles ist perfekt, da wird eines Morgens der Chef des berühmten Cavern-Clubs erschlagen aufgefunden und John verhaftet. Dabei erscheint der deutsche Veranstalter Nicolas Olsen, der aus der Stadt eine Art Beatles-Disneyland machen will, doch sehr viel verdächtiger …

WWW.GMEINER-VERLAG.DE
Wir machen's spannend

Dresdner Mut

Beate Baum
Ruchlos
Kriminalroman
278 Seiten, 12 x 20 cm
Paperback
ISBN 978-3-8392-1020-8
€ 9,90 [D] / € 10,20 [A]

Herbst in Dresden. In der Stadt grassiert ein Magen-Darm-Virus, das auch vor der Redaktion der »Dresdner Zeitung« nicht haltmacht. Kirsten Bertram, die ihren kranken Freund Andreas vertritt, erhält den Anruf eines kleinen Jungen, der sich Sorgen um seinen Urgroßvater macht. Der sofort alarmierte Notarzt kommt zu spät, Heinz Wachowiak ist tot. Der alte Mann war häufiger Gast in der Redaktion, um verschiedene Missstände anzuprangern. Unter anderem, dass ein Jugendzentrum in Dresden-Friedrichstadt Gelder einer Kampagne gegen Rechtsextremismus dafür verwandt hatte, befreundete Bands auftreten zu lassen. Kirsten glaubt nicht an einen Zufall und beginnt zu recherchieren. Doch was sie herausfindet, bringt nicht nur sie, sondern auch Andreas in höchste Gefahr …

GMEINER SPANNUNG

WWW.GMEINER-VERLAG.DE
Wir machen's spannend

Beate Baum
Häuserkampf
Kriminalroman
278 Seiten, 11 x 18 cm
Paperback
ISBN 978-3-89977-775-8
€ 9,90 [D] / € 10,20 [A]

Die Dresdner Journalistin Kirsten Bertram und ihr Freund Andreas Rönn, Lokalchef der »Dresdner Zeitung«, freuen sich auf die nahenden Festtage. Das ändert sich schlagartig, als Andreas' ungeliebter Bruder Frank auftaucht. Als Geschäftsführer einer Hamburger Baufirma will er im Dresdner Hechtviertel im großen Stil tätig werden. Andreas ist sich sicher, dass sein Bruder dabei mit unlauteren Mitteln vorgeht. Er beginnt zu recherchieren und steht bald nicht nur vor den Abgründen seiner Familiengeschichte, sondern befindet sich mit Kirsten inmitten eines mörderischen Kampfes um die von der Sanierung betroffenen Häuser.

GMEINER SPANNUNG

WWW.GMEINER-VERLAG.DE
Wir machen's spannend

Tot statt fröhlich!

© goldpix / stock.adobe.com

Petra Steps
Glück Auf – oje du fröhliche
Kriminalroman
281 Seiten, 12 x 20 cm
Paperback
ISBN 978-3-8392-2528-8
€ 12,00 [D] / € 12,40 [A]

Wenn es ein Weihnachtsland gibt, dann das Erzgebirge. Das Thema hat Ganzjahrescharakter, nicht nur als Geschäftsmodell und Lockmittel. Ein Blick hinter die Kulissen zeigt, dass die Idylle trügen kann: Nicht jeder erträgt den bisweilen zwangsverordneten Weihnachtsfrieden. Zugereiste und Gäste verschärfen Konflikte noch. Wen wundert es also, wenn Weihnachtsmärkte als Ausgangspunkt für Verbrechen dienen, erzgebirgische Volkskunst zweckentfremdet eingesetzt wird oder ein Weihnachtsessen eskaliert.

GMEINER SPANNUNG

WWW.GMEINER-VERLAG.DE
Wir machen's spannend

Claudia Puhlfürst, Petra Steps
Mords-Sachsen 1
Kriminalroman
273 Seiten, 12 x 20 cm
Paperback
ISBN 978-3-8392-2512-7
€ 12,00 [D] / € 12,40 [A]

Wer an Sachsen denkt, der denkt an faszinierende *Geschichte, reizvolle Landschaften und einen zupackenden Menschenschlag, dessen Ideen und Erfindungen seit Jahrhunderten die Welt bewegen. Kaum vorstellbar, dass dieses schöne Land auch seine »dunklen Seiten« haben soll. Und doch sieht es ganz danach aus!

Neunzehn ebenso spannende wie furchterregende Kriminalgeschichten aus dem Südosten Deutschlands – erzählt von namhaften »Wiederholungstätern« und vielversprechenden Nachwuchstalenten der deutschen Krimiszene!

WWW.GMEINER-VERLAG.DE
Wir machen's spannend

Beim **goldenen Reiter**

© Jan Hübler

Jan Hübler
Dresden
Lieblingsplätze
192 Seiten, 14 x 21 cm
Paperback
ISBN 978-3-8392-1283-7
€ 14,99 [D] / € 15,50 [A]

Zwinger, Albertinum, Frauenkirche – jeder weiß, dass von Dresden die Rede ist. Aber kennen Sie auch die Louisenstraße, die Technischen Sammlungen oder die Kaditzer Linde? Jan Hübler zeigt seine Stadt, wie es nur jemand kann, der sie noch zu DDR-Zeiten kannte – ohne diese Ära zu verklären. Augenzwinkernd nimmt er den Leser an die Hand und präsentiert ihm seine 66 Lieblingsplätze, die er persönlich fotografiert hat. Und weil Dresden nur halb so schön ohne seine Landschaft wäre, sollte man sich auch die 11 ausgewählten Erlebnistouren nicht entgehen lassen.

GMEINER KULTUR

WWW.GMEINER-VERLAG.DE
Mensch, Kultur, Region